애프터

7

AFTER EVER HAPPY
by Anna Todd

Copyright ⓒ 2015 by Anna Todd
All rights reserved.
This Korean edition was published by Comma Books in 2019 by arrangement with
the original publisher, Gallery Books, a division of Simon & Schuster, Inc.
through KCC(Korea Copyright Center Inc.), Seoul.

애프터 7

초판 1쇄 발행 2019년 8월 30일
초판 2쇄 발행 2020년 12월 10일

지은이 | 안나 토드
옮긴이 | 강효준

발행인 | 금교돈
편집인 | 문경선
디자인 | 장선희
마케팅 | 이종웅, 김민정

발행 | 콤마
주소 | 서울시 중구 세종대로 21길 30
등록 | 2013년 11월 7일 제301-2013-205호
내용 문의 | 02-724-7855~7
구입 문의 | 02-724-7851
인스타그램 | @comma_and_style

ISBN 979-11-88253-16-6 04840
       979-11-88253-02-9 04840(세트)

* 잘못된 책은 구입하신 곳에서 바꾸어 드립니다.

AFTER

애프터

7 너에게 가는 길

자신이 믿는 사람이나 신념을 위해 싸운 적이 있는 모든 분께.

이 책은 당신을 위한 것입니다.

프롤로그
·
하딘

벌써 몇 번째인가. 단 한 번도 원한 적 없는 이런 최악의 상황을 맞닥뜨리는 게. 이제 엄마까지. 엄마는 정말 죽을힘을 다해 노력했지만, 늘 목표한 데에 미치지 못했다. 나를 위해 열심히 일했다. 밤에도 일했기 때문에 낮에는 꾸벅꾸벅 졸기 일쑤였다. 그만큼 엄마는 주어진 삶에 최선을 다했다. 하지만 상처받고 방황하는 소년이었던 당시의 내게는 아빠가 필요했다.

나는 가족을 버린 '켄 스캇'이 문제였다고 생각했다. 내가 하는 행동은 그 어느 것도 기꺼워하지 않았던, 절대 닮고 싶지 않았던 인간. 가엾은 어린 하딘은 그의 마음에 들고 싶어서 기를 썼다. 그래 봤자 돌아오는 건 거친 고함과 살림을 때려 부수는 폭력이었지만 말이다. 아빠라고 믿었던, 냉정하기 짝이 없는 그 인간에게 무언가 인정받을 수 있지 않을까 하는 실낱같은 기대만으로도 어린 하딘은 가슴이 뛰었다. 하지만 결국 한숨을 내쉬며 테이블 위에 놓인 책을 쥐곤 했다. 그러고는 엄마에게 물었다. "크리스찬 아저씨는 언제 와?" 친절한 크리스찬은 책을 재미있게 읽어 주었고, 그럴 때마다 어린 하딘은 모처럼 환하게 웃을 수 있었다.

그렇게 어른이 된 하딘 스캇은, 지금, 말도 안 되는 생부 논란으로 끓어오르는 분노와 사투를 벌이고 있다. 배신감과 혼란스러움, 그리고 분노가 온몸을 휘감고 있다. 믿을 수가 없다. 저질 시트콤에서나 나올 법한 일이 내 인생에서 일어나다니. 묻어 두었던 기억의 조각이 다시 표면 위로 올라왔다.

지역 신문에 내 작문이 실렸던 날 아침, 전화 통화를 하던 엄마가 떠올랐다.

"당신도 알고 싶을 것 같아서. 하딘은 정말 똑똑해, 꼭 자기 아빠처럼." 엄마는 전화로 완곡하게 칭찬의 말을 건넸다. 나는 손바닥만 한 거실을 돌아보았다. 발치에 갈색 술병을 떨구고 의자에 널브러져 있는 검은 머리 남자는 전혀 똑똑하지 않다. 그는 엉망진창이다. 남자가 의자에서 삐걱거리자 엄마는 얼른 전화를 끊었던 것 같다. 이런 일이 수도 없이 많았다. 너무 많아 셀 수도 없었다. 나는 너무 어리석었고, 너무 어렸다. 그래서 켄 스캇이 왜 그렇게 나와 거리를 두는지, 왜 다른 아빠들처럼 나를 한 번도 안아주지 않는지 이해할 수가 없었다. 캐치볼은 커녕 아빠로서 아무 것도 가르쳐주지 않았다. 오직 하나, 어떻게 술주정뱅이가 되는지만 빼고 말이다.

그 모든 일이 다 거짓에 기반한 거였다고? 정말로 크리스찬 반스가 내 아빠라고?

내가 서 있는 공간이 빙글빙글 도는 것 같았다. 나는 남자를 노려보왔다, 내 아빠일지도 모르는 남자를. 그리고 그의 초록색 눈동자와 턱선에서 익숙한 무언가를 발견했다. 이마에 흘러내린 머리카락을 쓸어 올리는 그의 손이 떨리고 있었다. 그 동작이 무의식중에 내가 하는 짓과 똑같다는 걸 깨닫는 순간, 나는 얼어붙고 말았다.

1 · 테사

"말도 안 돼요."

나는 벌떡 일어섰다가 얼른 다시 앉았다. 딛고 있던 잔디밭이 휘청거리는 것 같았다. 이제 공원은 사람들로 가득했다. 아이들과 함께 나온 수많은 가족, 쌀쌀한 날씨에도 아이들의 두 팔에는 풍선과 선물들이 들려 있었다.

"사실이에요. 하딘은 크리스찬의 아들이에요."

킴벌리의 푸른 눈동자가 내 눈을 똑바로 바라보았다.

"하지만 켄 씨는…, 하딘은 그분을 꼭 닮았잖아요."

요거트 가게에서 켄 스캇 씨를 처음 만났던 때가 기억났다. 나는 그를 보자마자 하딘의 아버지인 걸 알아보았다. 짙은 머리색과 훤칠한 키로 쉽게 그런 결론을 낼 수 있었다.

"그렇게 생각해요? 난 잘 모르겠던데, 머리카락 색깔만 빼고요. 하딘은 크리스찬이랑 눈동자 색깔이 똑같잖아요, 얼굴 골격도 그렇고."

그랬던가? 세 명의 얼굴을 떠올려 보려고 애를 썼다. 크리스찬은 하딘 같은 보조개가 있다. 그리고 똑같은 눈동자 색깔…. 하지만 이건 말도 안 된다. 켄 스캇 씨가 하딘의 아버지다. 아니, 그래야만 한다. 크리스찬은 켄 씨에 비하면 너무 젊어 보인다. 그 둘이 친구인 건 알지만, 그저 켄 씨가 나이가 들어 보이는 줄 알았다. 켄 씨는 미남이지만, 술 때문에 그런지 나이가 들어 보였다.

"이건 정말….'

뭐라고 표현해야 할지 적당한 말이 생각나지 않았다. 킴벌리는 미안한 표정으로 나를 쳐다보았다.

"당신한테 얘기해야 한다고 생각하니 입이 떨어지지 않았어요. 그래도 숨기기는 싫었어요. 내가 이러쿵저러쿵할 문제가 아니긴 하죠."

킴벌리는 내 손을 부드럽게 잡았다.

"크리스찬이 그랬어요. 트리시가 허락하는 대로 곧 하딘에게 말하겠다고."

나는 크게 심호흡을 했다.

"그럼 크리스찬이 하딘한테 얘기한 거예요?"

나는 다시 벌떡 일어섰다. 잡고 있던 킴벌리의 손이 툭 떨어졌다.

"하딘한테 가봐야겠어요. 지금 아마….'

하딘이 그 얘기를 듣고 무슨 행동을 했을지 짐작조차 가지 않았다. 안 그래도 어젯밤 트리시와 크리스찬이 함께 있는 걸 봤는데 말이다. 이건 하딘한테 너무 잔인한 일이다.

"그래요, 얘기했을 거예요."

킴벌리가 한숨을 내쉬었다.

"트리시가 백 퍼센트 동의한 건 아니었어요. 하지만 크리스찬은 이제 하딘이 엄마랑 웬만큼 가까워졌으니, 진실을 밝혀야 한다고 했어요."

휴대전화를 꺼냈다. 트리시가 이 엄청난 일은 하딘에게 숨기고 있었다니 믿어지지 않았다. 온통 머릿속에 그 생각뿐이었다. 나는 트리시를 진심으로 좋아했다. 하딘의 엄마라는 존재에 대한 호감 그 이상으로. 그러나 지금은 한 번도 만난 적 없는 사람처럼 느껴졌다.

어느새 전화기를 뺨에 대고 있었다. 하딘의 전화벨이 울리는 소리가 들렸다.

"크리스찬한테 당신과 하딘이 같이 있을 때 이야기해야 한다고 말했어요. 근데 트리시가 말할 거면 크리스찬 혼자 하라고 해서…."

킴벌리는 입술을 앙다물었다. 그러고는 공원을 한 바퀴 둘러보더니, 고개를 들어 하늘을 올려다보았다.

하딘의 전화는 음성사서함으로 넘어갔다. 나는 다시 전화했고, 킴벌리는 가만히 앉아 있었다. 두 번째 통화도 음성사서함으로 넘어갔다. 휴대전화를 뒷주머니에 쑤셔 넣고, 두 손을 꽉 잡았다.

"나 좀 하딘한테 데려다줄래요? 부탁이에요."

"그래요, 물론이죠."

킴벌리는 벌떡 일어서며 스미스를 불렀다.

꼬맹이가 다가오는 걸 물끄러미 보면서, 번득 어떤 생각이 떠올랐다. 스미스는 크리스찬의 아들이니까…, 하딘의 동생이다. 하딘에겐 동생이 있었던 거다. 그러자 랜던 생각이 났다…. 이 사건이 랜던과 하딘의 관계에 어떤 영향을 미칠까? 하딘은 랜던과 진짜 가족이 아니라는 이유로 랜던에게 무슨 짓을 하고 싶어질까? 그리고 카렌, 카렌은 또 어떡하나? 그녀의 다정한 얼굴과 그 따뜻한 음식들은? 켄 씨는 또 어떤가. 자기 아들도 아닌 한 소년의 어린 시절을 최선을 다해 짓밟은 남자. 켄 씨도 알고 있었던 건가? 머리가 빙글빙글 돌았다. 하딘을 만나야 한다. 그의 곁에 내가 있다는 걸 알려줘야 한다. 그리고 우리는 함께 이 난관을 헤쳐 나갈 거다. 하딘의 기분이 어떨지 짐작조차 할 수 없었다. 하딘은 완전히 무너져버렸을 거다.

"스미스도 알아요?"

내가 물었다. 잠시 뜸을 들였다가 킴벌리가 입을 열었다.

"아는 줄 알았어요. 하딘이랑 어울리는 걸 보고. 근데 아마 모를 거예요."

킴벌리가 측은해졌다. 킴벌리는 약혼자의 불륜을 감당해내야 했고, 지금 이 순간도 오롯이 혼자 감내하고 있었다. 스미스가 다가오다가 멈칫 서서 우리를 의아한 눈빛으로 쳐다보았다. 마치 우리가 무슨 얘기를 나누고 있었는지 아는 것 같은 눈빛이었다. 그럴 리는 없다. 하지만 스미스는 뭘 눈치챈 걸까? 뒤돌아 아무 말도 없이 차 쪽으로 가버렸다.

패닉에 휩싸여 가슴은 쉴 새 없이 쿵쾅거렸다. 햄스테드로, 하딘과 그의 아버지를 찾으러 가는 길 내내.

2 · 하딘

우지끈, 나무 부러지는 소리가 가게 안에 울려 퍼졌다.

"하딘, 그만해!"

반스의 목소리가 어딘가에서 들려왔다.

한 차례 더 내려치자 와장창, 잔이 깨지는 소리가 들렸다. 그 소리에 희열을 느끼며, 목말라 있던 폭력성이 최고조로 치솟았다. 부숴버려야 한다. 상처 입혀야 한다. 그게 물건이든 뭐든 상관없다.

그리고 나는 그렇게 하고야 말았다.

여기저기서 비명이 터져 나왔다. 그 소리에 퍼뜩 정신이 들었다. 내 손에는 부러진 의자 다리가 들려 있었다. 한때는 값비싼 의자였을 텐데. 고개를 들어 당황스러움에 멍해진 표정의 사람들을 훑어보았다. 낯선 얼굴들 틈에서 한 사람 찾고 있었다. 테사. 하지만 테사는 여기 없다. 분노에 휩싸여 무엇이 옳고 그른지 분별할 수 없는 이 상황에, 테사가 없다. 테사는 두려워하겠지. 아마 나를 걱정할지도 모르겠다. 급한 마음에 정신 못 차리고, 가쁜 숨을 숨기느라 내 이름을 마구 불러대고 있을지도 모르겠다.

불에 덴 듯이 화들짝 놀라며 들고 있던 걸 떨어뜨렸다. 누군가 내 어깨를 감싸 안는 느낌이 들었다.

"경찰이 오기 전에 얼른 하딘을 데리고 나가게!"

마이크가 다급히 말했다. 지금껏 들어본 적 없는 큰 목소리였다.

"나한테서 손 떼!"

나는 반스에게서 떨어지려 몸을 움츠리며 그를 노려보았다. 눈에서 불이 나는 것 같았다.

"감옥에 가고 싶어 이러는 거야?"

반스는 얼굴을 바짝 들이대며 소리쳤다.

생각 같아서는 그를 바닥에 내동댕이치고 목을 조르고 싶었다.

여자들 몇이 짧은 비명을 질러댔다. 더 이상 나락으로 빠져서는 안 된다. 비싼 가게 안을 둘러보았다. 바닥에 산산조각 난 유리잔과 부서진 의자가 뒹굴고, 이 광기의 현장에서 빠져나고 싶어 하는 겁에 질린 손님들뿐이었다. 그들은 사치스러운 행복을 방해한 내 행동에 충격을 받았겠지만, 머지않아 곧 그 충격은 분노로 바뀔 거다.

나는 쏜살같이 가게 주인을 지나쳐 밖으로 나왔다. 크리스찬이 곁에 있었다.

"내 차에 타게. 다 설명해 줄게."

크리스찬이 씨근덕거렸다.

금방이라도 경찰들이 들이닥칠 것 같았다. 그게 걱정스러워 크리스찬의 말대로 했다. 하지만 내가 어떤 감정인지, 그와 무슨 대화를 해야 할지 모르겠다. 그의 고백에도 불구하고 나는 여전히 갈피를 잡을 수가 없었다. 이런 일이 벌어졌다는 게 도대체 말이 안 된다.

크리스찬이 운전석에 앉는 동시에 나도 조수석에 앉았다.

"당신이 내 아빠라니, 그건 불가능해요. 말도 안 돼요, 손톱만큼도."

으리으리한 렌터카를 둘러보며 문득 궁금해졌다. 테사는 여전히 아까 내려준 그 빌어먹을 공원에서 헤매고 있는 건가?

"킴벌리도 차 있는 거 맞죠?"

반스는 어이없다는 듯 나를 넘겨보았다.

"물론."

낮게 울리는 엔진 소리가 점점 커졌다. 크리스찬은 천천히 차를 몰기 시작했다.

"이런 식으로 알게 해서 미안하다. 모든 게 한꺼번에 밀려왔어. 근데 제대로 소화되지 않았지."

그가 한숨을 내쉬었다.

나는 잠자코 있었다. 입을 열었다간 무슨 험한 소리가 나갈지 몰랐다. 두 손을 다리 사이에 묻었다. 은근한 통증이 오히려 나를 차분하게 만들어줬다.

"전부 설명하지. 하지만 너도 최대한 마음을 열고 받아들여야 해, 알겠지?"

크리스찬이 나를 힐끗 쳐다보았다. 그의 눈에서 연민을 읽을 수 있었다. 하지만 그런 동정 따위는 받고 싶지 않다.

"빌어먹을, 어린애한테 말하듯이 하지 말아요."

반스는 나를 한 번 쳐다보고는 다시 앞을 보았다.

"너도 알 거다, 내가 네 아버지인 켄과 함께 자랐다는 걸. 우리는 내가 기억하는 순간부터 친구였어."

"그딴 거 몰랐어요."

그를 노려보았다. 그러다가 고개를 돌려 시선을 바깥으로 던졌다.

"확실한 건, 내가 아무 것도 몰랐다는 것뿐이죠."

"아무튼 우리는 거의 형제처럼 자랐다."

"그랬는데, 당신은 그런 친구 와이프와 잔 거예요?"

시답지 않은 그의 말을 막으며 쏘아붙였다.

"이봐!"

성난 목소리였다. 반스는 두 주먹이 하얘지도록 핸들을 잡은 손에 힘을 주었다.

"지금 있는 힘을 다해 설명하려고 애쓰는 중이야. 그러니 제발, 말 좀 하게 해줘."

반스는 깊은 한숨을 쉬었다. 뻗쳐오르는 성질을 가라앉히려는 듯했다.

"일단 네 질문에 대답하자면, 그렇지 않아. 네 엄마와 켄이 사귀기 시작한 건 고등학교 때야. 네 엄마가 햄스테드로 이사한 다음이지. 네 엄마는 그때까지 내가 본 가장 아름다운 여성이었다."

반스의 더러운 입술이 엄마의 몸을 훑고 있던 장면이 떠오르면서 속이 뒤틀렸다.

"그런데 켄이 네 엄마를 보자마자 낚아채 갔다. 둘은 한시도 떨어지지 않고 붙어 다녔어. 맥스와 드니즈가 그랬던 것처럼. 우리 다섯은 한 패거리로 어울렸다."

어처구니없는 추억에 빠진 듯 그는 한숨을 내쉬었다. 그의 목소리는 점점 아련해져 갔다.

"네 엄마는 위트 넘치고 똑똑했다. 그리고 늘 네 아버지만 바라보았어, 빌어먹을. 켄을 이딴 식으로 말하는 걸 멈출 수 있을지 모르겠다만…."

신음처럼 내뱉으며 반스는 손가락으로 운전대를 툭툭 두들겼다. 마치 스스로를 자극하려는 것처럼.

"켄은 영리했지, 정말 똑똑했어. 켄은 일찌감치 대학에 전액 장학생으로 합격했고, 그런 다음 눈코 뜰 새 없이 바빴다. 네 엄마를 등한시할 만큼. 그는 온종일 학교에 처박혀 살았어. 우리 넷은 자연스레 켄 없이 모였고, 그러다 보니 네 엄마와 나 사이에…, 그래, 걷잡을 수 없을 만큼 감정이 커졌다. 네 엄마도 마찬가지였고."

반스는 잠시 말을 끊고 차선을 변경했다. 그리고 창문을 열어 바깥 공기가 들어오게 했다. 날씨는 여전히 흐리고 찌뿌둥했다. 반스가 다시 입을 열자, 마음이 심란해졌다.

"나는 네 엄마를 사랑했다. 네 엄마도 그걸 알았고. 하지만 네 엄마는 켄을 사랑했지. 내 둘도 없는 친구를 말이다."

반스는 침을 꿀꺽 삼켰다.

"우리는… 점점 더 허물없는 사이가 됐어. 성적인 부분을 말하는 게 아니다. 깊은 감정을 교류하면서도 서로를 얽매지 않았다."

"누가 그딴 자세한 내용을 알고 싶대요?"

다리 위에 얹어 놓은 두 주먹에 힘이 들어갔지만, 억지로 입을 꽉 다물었다.

"그래, 그래. 알았다."

반스는 정면을 응시하고 있었다.

"물꼬가 트이면 그 뒤론 걷잡을 수 없게 되는 건가. 우리는 완전히 성숙한 사랑을 시작했지. 물론 켄은 전혀 몰랐고. 맥스와 드니즈도 심증은 있었겠지만, 아무도 입 밖으로 꺼내진 않았다. 나는 네 엄마에게 애원하고 또 애원했다. 제발 자신을 소홀히 하는 켄을 떠나라고. 그래, 빌어먹을 짓이야. 하지만 나는 그만큼 네 엄마를 사랑했어."

반스는 미간을 찌푸렸다.

"망나니 같던 나에게 네 엄마는 유일한 피난처였다. 켄이 신경 안 쓰인 건 아니었지만, 그래도 네 엄마를 향한 사랑을 묻을 수 없었어."

말을 마치고 그는 깊은 한숨을 내쉬었다.

"그래서….”

나는 잠시 말을 잇지 못했다.

"맞다…, 음, 그래서 네 엄마가 임신했다고 했을 때, 우린 함께 도망칠 줄 알았고 켄 대신 네 엄마가 나와 결혼할 줄 알았다. 그래서 네 엄마에게 약속했지. 나를 택해준다면 당장이라도 망나니짓을 멈추겠다고. 그리고 항상 곁에 있겠다고, 네 엄마와…, 그리고 네 곁에."

반스의 시선이 나에게 꽂히는 느낌이 들었다. 나는 그 시선을 외면했다.

"네 엄마는 나를 못 미더워했다. 그래서 결국 네 엄마와 켄이 그 주에 결혼하겠다고 발표했을 때, 나는 혀를 깨물고 잠자코 있을 수밖에 없었다."

'이게 무슨 개소리야?'

반스를 쳐다보았다. 그는 과거의 망령에서 헤매고 있는지 멍하니 앞만 바라보고 있었다.

"네 엄마에게만은 좋은 걸 주고 싶었어. 켄이나 다른 사람들에게 우리 일을 떠벌려서 네 엄마를 진흙탕에 빠뜨리고 싶지 않았다. 혼자 수백만 번 되뇌었어. 네 엄마 뱃속에서 자라는 아이가 자기 자식이 아니라는 걸 켄도 알아야 한다고. 네 엄마는 켄이 몇 달이나 자기 몸에 손끝 하나 대지 않았다고 맹세했거든."

온몸에 전율이 이는 듯 반스의 어깨는 가볍게 떨렸다.

"결혼식에서 나는 슈트를 차려입고 켄의 옆에 서 있었다. 네 엄마에게 내가 절대로 줄 수 없는 걸 켄은 줄 수 있다는 걸 알았으니까. 난 대학에 갈 생각 같은 건 전혀 없었다. 그저 할 수 있는 건 유부녀가 된 옛 연인을 그리워하며 시간을 보내는 것뿐이었지. 내 인생에 다시는 오지 않을 아름다운 기억을 곱씹으면서 말이다. 나는 누군가와 도모할 미래도, 돈도 없었지만, 네 엄마는 그 두 가지가 모두 필요했으니까."

반스는 기억 속에서 빠져나오려는 듯 한숨을 내쉬었다.

그 모습을 쳐다보면서 나 스스로 놀랐다. 무슨 말이라도 해야 할 것 같았다. 두 주먹을 꽉 쥐었다가 다시 놓았다. 감정을 억누르려고 애를 썼다. 그러고는 또 다시 주먹을 쥐었다. 내 목소리가 어떻게 들리는지도 깨닫지 못하고 있었다.

"그러니까 정리하자면, 우리 엄마가 재미를 보려고 당신을 이용했다가, 당신이 돈도 미래도 없다는 걸 알고 버렸단 거예요?"

반스는 깊은숨을 토해냈다.

"아니, 네 엄마는 날 이용한 게 아니야."

반스는 나를 똑바로 노려보았다.

"그런 식으로 생각할 수도 있겠지. 변명의 여지가 없는 상황이긴 하지. 하지만 네 엄마는 너와 너의 장래를 생각했을 거야. 당시 나는 완전히 개판인 데다가 쓰레기였으니까. 내 한 몸 건사할 겨를도 없었다."

"근데 지금은 백만장자가 되었군요."

나는 씁쓸하게 읊조렸다. 이런 일들을 겪고도 어떻게 이 자는 엄마 편을 들 수 있는 거지? 어디가 좀 모자라는 건가? 하지만 곧 다른 생각이 들었다. 엄마 생각이 났다. 엄마는 어쨌든 부자가 된 두 남자를 다 버리고 먹고 살려고 아등바등하며 좁아터진 집으로 매일 돌아왔다. 무얼 위해?

반스가 고개를 끄덕거렸다.

"그렇군. 하지만 나는 켄이 그렇게 막장으로 살았다는 걸 알 도리가 없었다. 정말 모르고 있었어, 그게 다야."

"아빠가 매일 밤 술에 떡이 되어 들어왔는데도 말이죠?"

다시 화가 치밀어 올랐다. 온몸을 관통하는 이 날카로운 배신감에서 평생 빠져나오지 못할 것 같았다. 반스가 떵떵거리며 상류사회를 휘젓고 다니는 동안 나는 어린 시절을 빌어먹을 주정뱅이와 함께 불우하게 보냈다.

"그게 마음에 걸리는 또 한 가지 지점이다."

꽤 오랫동안이나 나를 잘 알고 있다고 생각했던 인간의 입에서 나온다는 소리가 고작 이거라니.

"네가 태어난 다음에도 난 한참이나 허송세월을 보냈다. 그러다 대학에 입학했지. 네 엄마를 쭉 사랑했다…."

"언제까지요?"

"네가 다섯 살이 될 때까지. 그날 네 생일 파티에 우리 전부가 모였다. 네가 네 아빠를 소리쳐 부르면서 부엌으로 뛰어 들어오더구나."

반스는 꽉 잠긴 목소리로 말했다. 주먹을 쥔 손에 다시 힘이 들어갔다.

"넌 가슴에 책 한 권을 안고 있었다. 그때, 아주 잠깐 네가 나를 부른 게 아니라는 걸 깜빡하고 말았다."

나는 주먹으로 대시보드를 내리쳤다.

"여기서 내릴래요."

더는 듣고 있을 수가 없었다. 말도 안 되는 소리다. 이런 헛소리를 이해해 달라고? 너무하잖아.

버럭 하는 나를 무시하고 반스는 계속 운전했다. 어느새 차는 주택가로 접어들었다.

"그날 제정신이 아니었지. 네 엄마에게 켄한테 사실대로 말하라고 강요했어. 네가 자라는 모습을 도저히 그냥 보고 있을 수가 없어서. 그

때 이미 나는 미국으로 갈 계획을 세운 상태였고. 네 엄마에게 나와 같이 가자고 애원했다. 내 아들인 너를 데리고 말이다."

내 아들이라니.

속이 뒤틀렸다. 차가 달리든 말든 여기서 뛰어내려야겠다. 즐겁게 지나쳐갔던 작고 예쁜 집들을 내다보았다. 이제 이 장면을 볼 때마다 나는 고통에 시달릴 거다.

"하지만 네 엄마가 거절했어. 그리고 나한테 말했지. 무슨 테스트를 해봤다고…, 그리고 너는 내 아들이 아니라고."

"뭐라고요?"

양쪽 관자놀이를 문질렀다. 대시보드를 머리로 들이받고 싶었다.

반스를 쳐다보니 그는 재빨리 좌우를 살피고 있었다. 그제야 우리 차가 달리는 속도를 실감할 수 있었다. 반스는 정지 신호를 죄다 무시하는 중이었다. 어떻게든 내가 뛰어내리지 못하게 하려는 듯했다.

"아마 네 엄마는 두려웠을 거다."

반스는 나를 쳐다보았다.

"네 엄마가 거짓말을 했다는 건 나중에 알았다. 몇 년이나 지난 다음에 그런 테스트는 안 했다고 실토했으니까. 근데 당시 네 엄마는 너무도 완고했다. 제발 그냥 놔두라고 하더구나. 그리고 너를 내 아들이라 생각하게 만들어 미안하다고 사과했다."

나는 시선을 꽉 쥔 주먹으로 옮겼다. 쥐었다, 풀었다, 쥐었다, 풀었다….

"세월이 몇 년이나 흐르고 나서 우리는 다시 가까워지기 시작했어…"

그의 목소리는 어딘지 한풀 꺾여 있었다.

"그러니까 다시 자기 시작했다는 거잖아요."

반스에게서 땅이 꺼질 듯한 한숨이 새어 나왔다.

"그래…, 가까이 있을 때마다 우리는 똑같은 실수를 저질러 왔다. 그 시점에 켄은 석사 논문 때문에 눈코 뜰 새 없이 바빴으니까. 넌 언제 봐도 나를 너무 닮았더구나. 집에 들를 때마다 너는 항상 책에 빠져 있었다. 네가 기억하는지 모르겠다만, 나는 늘 네게 책을 가져다주었어. 소장하고 있던 『위대한 개츠비』도 네게 주었…."

"그만요."

굽신거리는 듯한 그의 말투에 진절머리가 났다. 그때의 기억이 어렴풋이 떠오르는 것도 같았다.

"몇 년 동안 우리는 가까운 듯 먼 듯 그렇게 지냈다. 그리고 다들 잊어버렸을 거라 생각했지. 내 실수였다. 네 엄마를 사랑하는 걸 멈출 수가 없었다. 내가 무슨 짓을 하든 네 엄마는 나를 받아주었지. 나는 너희 집과 가까운 곳으로 이사를 했고. 사실 바로 길 건너편 집이었다. 결국 네 아빠가 알아채고 말았어. 어떻게 알게 됐는지는 모르겠지만. 네 아빠가 하는 짓을 보니 확실히 알 수 있었다."

잠시 말을 끊고, 반스는 다른 길로 접어들었다.

"그때부터 네 아빠는 술에 절어 살았어."

나는 양손으로 대시보드를 내리쳤다. 반스는 꿈쩍도 하지 않았다.

"그래서 당신은 술주정뱅이 아버지 손에 나를 버려두고 떠났군요? 당신과 우리 엄마 때문에 술독에 빠진 아버지한테?"

분노 가득한 목소리가 차 안에 쩌렁쩌렁 울렸다. 숨을 쉴 수가 없었다.

"네 엄마를 설득하려고 갖은 애를 다 썼다, 하딘. 네 엄마 탓은 하지 않았으면 좋겠구나. 너라도 내 곁으로 보내 함께 살게 해달라고도 얘기했다. 하지만 네 엄마는 내 말을 끝까지 들어주지 않았지."

반스는 양손으로 머리카락을 쓸어 넘기다가 움켜쥐었다.

"네 아빠는 점점 술을 자주, 많이 마시게 됐지. 그런데도 네 엄마는 네가 내 아들이라고 털어놓지 않더구나. 나한테까지도 말이다. 그래서 나는 결국 떠났어. 아니, 떠나야만 했다."

반스는 말을 멈추었다. 그의 눈은 가늘게 떨리고 있었다. 차 문으로 손을 옮겼다. 그러자 반스는 가속 페달을 몇 차례 세게 밟았다. 우웅 하는 소리가 메아리처럼 울려 퍼졌다.

반스는 맥이 다 빠진 목소리로 말을 이어나갔다.

"미국으로 건너와 몇 년 동안은 네 엄마 소식을 듣지 못했어. 켄이 네 엄마 곁을 떠날 때까지 말이다. 네 엄마는 한 푼도 없었고, 그래서 뼈 빠지게 돈을 벌어야 했다. 지금만큼은 아니다만, 나는 그때 이미 꽤 많은 돈을 벌고 있었지. 그래서 제법 여유가 있었고. 다시 이곳으로 돌아와서 우리를 위한, 우리 셋을 위한 보금자리를 마련했다. 네 아빠의 부재를 메꿔주려고 네 엄마를 열심히 돌봤고. 그런데도 네 엄마는 점점 내게서 멀어져 갔다. 어디 있는지도 모르는 켄이 네 엄마에게 이혼 서류를 보냈다. 그래도 네 엄마는 내게 조금도 곁은 주지 않았어."

반스는 인상을 찌푸렸다.

"모든 걸 다 주었는데도, 네 엄마에게 난 늘 어딘가 부족한 사람이었다."

아버지가 떠난 뒤, 반스가 엄마와 나를 도와줬던 게 기억난다. 하지만 그에 대해 깊게 생각해본 적은 없었다. 엄마와 길고 질긴 인연이 있다거나 내가 자기 아들일지도 몰라서 그랬을 거라는 생각은 꿈에도 못 했다. 이미 너덜너덜해진 엄마에 대한 마음마저 갈가리 찢겨나갔다. 엄마가 안쓰럽다는 생각도 모두 사라졌다.

"너희 모자가 그 집으로 이사 왔을 때 나는 다시 미국으로 돌아갔다. 물론 재정적 지원은 끊지 않았어. 하지만 네 엄마는 매달 내가 보내는 수표를 다시 되돌려 보냈다. 내 연락도 받지 않았고. 그래서 네 엄마가 새로운 사람을 만났을 거라고 짐작했었다."

"아니에요. 엄마는 매일 죽도록 일만 했어요."

그래서 사춘기 시절 나는 늘 집에 혼자 있었다. 그러다 보니 질 나쁜 패거리들과 어울리게 되었다.

"네 엄마는 켄이 다시 돌아오기를 기다렸던 것 같다."

반스는 단숨에 말하더니 잠깐 뜸을 들였다.

"그런데 네 아빠는 결국 돌아오지 않았지. 켄은 몇 년 동안이나 술독에 빠져 살았다. 마실 만큼 다 마셨다고 스스로 깨달을 때까지. 네 아빠가 미국에 왔을 때도 나는 몇 년 동안이나 네 아빠와 연락을 하지 않았다. 네 아빠가 정신을 차리고 새사람이 되었을 때, 난 그때 막 로즈를 잃었지. 로즈는 네 엄마 이후에 처음으로 만난 여자였다. 세상에서 가장 다정한 사람이고, 나를 행복하게 해준 여자였다. 네 엄마를 사랑한 이후로 그 누구도 사랑하지 못할 거라 생각했지. 하지만 로즈에게 만족했다. 우리는 행복했고, 나는 그녀와 함께하는 삶을 설계했다. 그런데 빌어먹게도…, 그녀는 병에 걸렸어. 스미스를 남기고 내 곁을 떠나고 말았지…."

잊고 있던 뭔가가 불쑥 떠올랐다.

"스미스…."

거지 같은 일들이 한꺼번에 일어나는 바람에 그 꼬맹이를 까맣게 잊고 있었다. 그럼 이게 무슨 의미인 거야? 빌어먹을.

"그 영특한 아이를 보고 깨달았다. 아버지가 될 수 있는 새로운 기회를 얻었다는 걸. 그 애 엄마가 죽고 난 뒤, 그 애는 내 삶을 송두리째 바꿔놓았다. 그 애를 볼 때면 언제나 네 생각이 났다. 그 애는 어린 시절 네 모습과 똑같았거든. 눈동자와 머리 색깔만 좀 달랐을 뿐."

테사가 그 꼬맹이를 만났을 때 했던 말이 기억났다. 하지만 이해가 되지 않았다.

"이건…, 이건 말도 안 돼요."

고작 내 입에서 나온 건 이 말뿐이었다. 주머니 속에서 휴대전화가 울렸다. 나는 귀신에 씌운 듯 멍하니 아래만 내려다보고 있었다. 미동조차 할 수 없었다.

"미안하구나. 네가 미국으로 건너왔을 때, 우리가 가까워질 수 있을 거라 생각했다. 애비 노릇을 하겠다는 생각 같은 거 말고 말이다. 네 엄마와 계속 연락을 주고받으며 너를 반스 출판사에 취직시켰다. 네가 스스로 다가오게 하려고 부단히 애를 썼지. 켄과의 관계도 회복시키고 싶었다. 처음엔 껄끄러웠겠지만. 로즈가 세상을 떠난 후, 네 아빠는 내가 불쌍했던 모양이야. 그때부터 나를 대하는 태도가 달라졌거든. 난 그저 너와 조금이라도 가까워지길 바랐다. 할 수 있는 거라면 뭐든 했지. 그래도 그동안 아주 조금이라도 이룬 게 있다고 생각하고 싶구나. 이제는 날 미워하겠지만."

"당신은 평생 나한테 거짓말을 했어요."

"안다."

"엄마도, 그리고 아빠…, 아니 켄도."

"네 엄마는 지금도 아니라고 말한다."

반스는 여전히 엄마를 두둔했다.

"지금도 네 엄마는 인정하지 않을 거다. 켄은 끝까지 미심쩍어했지만, 네 엄마는 절대 실토하지 않았어. 그래서 켄은 지금도 네가 자기 아들일지도 모른다는 실낱같은 기대를 가지고 있다고 믿는다, 나는."

어처구니없는 그의 말에 기가 막혔다.

"지금 켄 스캇이 내가 자기 아들일 거라 믿을 만큼 명청하단 소리를 하는 거예요? 당신들 둘이 몇 년이나 켄의 등 뒤에서 추악한 짓을 해놓고도?"

"아니."

반스는 차를 주차장에 세웠다. 그리고 나를 빤히 쳐다보았다. 그의 눈빛은 이글이글 타오르고 있었다.

"켄은 명청한 게 아니라 희망을 품고 있는 거다. 여전히 너를 사랑하기 때문에. 그가 술을 끊고 학위를 마저 마칠 수 있었던 건 오로지 너 때문이었다. 자기 자식이 아닐지도 모른다는 걸 알면서도 너한테 할 수 있는 건 다 해줬다. 켄은 지금도 땅을 치고 후회하고 있어. 너와 네 엄마를 그렇게 모질게 대했던 걸."

악몽의 한 장면이 떠오르며 몸서리가 쳐졌다. 오랜 시간이 지났지만, 그들이 엄마에게 했던 짓은 늘 선명하게 떠올랐다.

"테스트해본 적도 없다면서요? 근데 어떻게 당신은 내 아버지라고 확신하죠?"

이 질문을 또 입에 올리다니 어처구니가 없다.

"그냥 알 수 있다. 너도 알 거고. 모두가 이구동성으로 네가 켄을 얼마나 많이 닮았는지 떠들어댔지. 하지만 나는 안다. 네 혈관 속에는 내피가 흐르고 있다는 걸. 날짜를 따져 봐도 켄은 네 아버지가 될 수 없어. 켄이 네 엄마를 임신시킬 수 없던 시기였다."

나는 밖에 있는 나무만 쳐다보고 있었다. 휴대전화가 다시 울렸다.

"왜 지금이에요? 왜 그걸 지금에서야 말하는 거예요?"

목소리 톤이 점점 높아졌다. 겨우 남아 있던 인내심마저 증발해버리는 것 같았다.

"네 엄마가 피해망상에 사로잡혀 있으니까 그렇지. 켄이 2주쯤 전에 나한테 말하더구나. 너한테 혈액 검사 같은 걸 받게 하고 싶다고. 카렌을 위해서 말이다. 내가 그 얘기를 네 엄마한테 꺼내니까….."

"뭘 검사해요? 카렌 얘기가 왜 나와요?"

반스는 나를 힐끗 보았다. 그러더니 자기 휴대전화를 콘솔에 집어넣었다.

"전화를 받도록 해. 킴벌리가 이젠 나한테도 전화하는 모양이니."

나는 고개를 저을 뿐이었다. 이 차에서 내리면 바로 테사한테 전화를 할 거다.

"모든 게 전부 미안하다. 무슨 생각으로 어젯밤에 네 엄마 집에 갔는지 모르겠다. 네 엄마가 내게 전화했고, 난 그냥… 모르겠다. 킴벌리와 곧 결혼할 건데. 그녀를 그 누구보다 사랑하는데. 네 엄마를 사랑했던 것보다 훨씬 더 말이다. 이건 또 다른 느낌의 사랑이다. 서로에 대한 보답이라고나 할까. 킴벌리는 내 전부야. 네 엄마를 다시 만나서 나는 돌이킬 수 없는 실수를 저질렀어. 나는 평생을 두고 그걸 갚을 거야. 킴벌리가 나를 떠난다 해도 놀라지 않을 거고."

"암요, 그러시겠죠. 당신은 우리 집에서 엄마랑 그 짓거리를 하면 안 되는 거였다고요."

반스는 나를 노려보았다.

"네 엄마는 고통스러워했어. 그리고 결혼 전에 과거를 확실히 묻어 두고 싶다고 했어. 난 형편없는 바보 자식이었고."

반스는 손가락으로 운전대를 툭툭 두들겼다. 그의 목소리에는 수치심이 가득했다.

"나도 마찬가지예요."

나는 혼자서 중얼거렸다. 그리고 차 문으로 손을 뻗었다. 반스가 내 팔을 잡았다.

"하딘."

"놔요."

손을 뿌리치며 차에서 내렸다. 이 거짓말 같은 일들을 정리할 시간이 필요하다. 생각지도 못했던 사건들로 융단 폭격을 맞았다. 당장 반스에게서 헤어나와야 한다. 그리고 나의 구세주인 테사에게 가야 한다.

"나한테서 떨어져요. 우리 둘 다 왜 그래야 하는지 알잖아요."

반스는 꼼짝도 하지 않았다. 그는 잠시 나를 쳐다보더니 낙심한 듯 고개를 끄덕였다. 그리고 나를 길에 두고 가버렸다.

주위를 둘러보았다. 눈에 익은 상점가였다. 엄마 집에서 몇 블록 떨어지지 않은 곳이었다. 주머니를 뒤져 전화기를 찾았다. 테스에게 전화할 생각에 귓불로 피가 몰리는 것 같았다. 테사의 목소리를 들어야 한다. 테사가 나를 현실로 데리고 와야 한다.

눈앞에 있는 건물을 쳐다보면서 테사가 전화 받기를 기다렸다. 내 안에서 악마들이 전투를 벌이는 것 같았다. 그들은 나를 안락한 어둠 속으로 끌고 가고 있었다. 전화벨이 울릴 때마다 나를 끌어당기는 힘은 점점 더 세졌다. 어느새 나는 길을 건너고 있었다.

전화기를 다시 주머니에 쑤셔 넣었다. 문을 열자 익숙한 장면이 펼쳐지고 나는 그 안으로 빨려 들어갔다.

3 · 테사

조심조심 걸을 때마다 발밑에서 깨진 유리 조각들이 바스락거렸다.

참을성 있게 기다려야지. 그게 안 되더라도 할 수 있는 만큼은 침착해야지.

마침내 마이크가 경찰 진술을 마쳤다. 나는 그에게 다가갔다.

"하딘은 어딨어요?"

내 말투는 다급하게 들렸다.

"크리스찬 반스가 데리고 갔어요."

마이크는 아무 감정도 담겨 있지 않은 눈빛을 하고 있다. 그런 그의 모습을 보니 마음이 조금은 가라앉았다. 이 난리는 마이크의 잘못이 아니다. 그의 결혼식 날인데, 모든 게 엉망진창이 됐다.

부서져 나뒹구는 나무 조각들을 둘러보았다. 주위에서 수군대는 걸 애써 외면했다. 아랫배가 단단히 조여왔다. 나는 정신을 놓지 않으려 애를 썼다.

"둘이 어디로 갔는데요?"

"나도 몰라요."

마이크는 두 손으로 머리를 감싸 쥐었다. 킴벌리가 내 어깨를 툭 쳤다.

"경찰들이 조사를 마칠 때까지 여기서 얼쩡거렸다가는 다음 차례는 우리가 될지도 몰라요."

나는 마이크와 출입문을 번갈아 힐끔거렸다. 그리고 고개를 끄덕이고 킴벌리를 따라 술집 밖으로 나왔다. 최대한 경찰들의 시선을 끌지 않게 조심하면서.

"크리스찬에게 다시 전화해 볼래요? 미안해요, 하딘하고 꼭 통화해야 해요."

쌀쌀한 바깥 공기에 온몸이 떨렸다.

"다시 해볼게요."

우리는 차를 세워둔 주차장으로 함께 걸어왔다.

다른 경찰 몇몇이 호화스러운 술집 안으로 들어가는 게 보였다. 자꾸만 기분이 가라앉았다. 하딘이 걱정돼 미치겠다. 경찰 때문은 아니다. 하딘이 크리스찬과 단둘이 있으면서 이 모든 걸 혼자 어떻게 감당해낼지 걱정스러웠다.

차 뒷자리에 스미스가 조용히 앉아 있는 게 보였다. 나는 트렁크에 두 팔을 기대고 가만히 눈을 감았다.

"그게 무슨 소리예요, 당신도 모른다니?"

킴벌리가 소리를 질렀다. 번뜩 정신이 들었다.

"우리가 찾을게요!"

킴벌리가 일갈하더니 전화를 끊었다.

"무슨 일이에요?"

쿵쾅거리는 심장 소리가 너무 크게 들렸다. 킴벌리의 대답을 듣는 게 두려워졌다.

"하딘이 차에서 내렸는데, 크리스찬도 어디로 갔는지 모른대요."

킴벌리는 머리카락을 모으더니 하나로 묶었다.

"결혼식 시작할 시간 다 되었는데."

킴벌리는 마이크가 홀로 서 있는 술집 안을 쳐다보았다.

"이건 재앙이에요."

혼자 중얼거렸다. 하딘이 이곳으로 오고 있기를 간절히 바랐다.

전화기를 다시 꺼냈다. 부재중 전화에 찍혀 있는 하딘의 이름이 눈에 들어오자 아주 약간 안심이 됐다. 손을 떨며 그에게 전화를 걸고 기다렸다. 기다리고 또 기다렸다. 하지만 받지 않았다. 몇 차례나 다시 전화했지만, 그때마다 음성사서함으로 넘어갈 뿐이었다.

4 · 하딘

"잭앤콕."

고함에 가까운 소리였다. 대머리 바텐더는 나를 노려보더니 술잔을 꺼내 얼음을 담았다. 반스를 초대할 걸 그랬나. 그래서 부자간에 회포라도 좀 풀걸.

'젠장, 전부 빌어먹을 일이야.'

"더블로."

다시 주문을 넣었다.

"알았어요."

덩치 큰 바텐더는 비아냥거리듯 대답했다. 벽에 달린 낡은 텔레비전을 쳐다보았다. 화면 아래 자막이 흐르고 있었다. 보험 회사 광고였다. 화면 가득 웃고 있는 아기의 모습이 잡혔다. 왜 상업 광고에 아기들을 쓰는 거야. 도저히 이해할 수가 없다.

바텐더는 아무 말 없이 술잔을 밀어 보냈다. 화면의 아기가 더 귀엽게 보이려는 듯 웃음소리를 내던 참이었다. 술잔을 들었다. 술과 함께 복잡한 마음도 한꺼번에 털어버리고 싶었다.

"왜 아기용품을 사왔어?"

내가 물었다. 테사는 욕조 모서리에 앉아 머리를 묶고 있었다. 혹시 테사가 아이 문제에 집착하고 있는 건가, 걱정되기 시작했다. 그렇다면 정말 지옥 같을 거다.

"이거 아기용품 아니야."

테사가 웃음을 터뜨렸다.

"잘 봐, 포장에 아기와 아빠가 인쇄돼 있잖아."

"면도기에 이런 게 왜 인쇄된 건지 모르겠는데."

테사가 가져온 면도기 박스를 집어 들었다. 볼살이 통통히 오른 아기 모습이 있다. 면도기 포장에 대체 왜 아기 사진을 넣었는지 궁금했다. 테사도 어깨를 으쓱했다.

"나도 잘 모르겠어. 아기 모습을 넣으면 더 잘 팔리나 봐."

"남편이나 남자친구 주려고 여자들이 사는 거라서 그런가?"

정신이 제대로 박힌 남자라면 이딴 물건을 집어 들 리가 없다.

"아냐, 아빠들도 사겠지."

"그러시겠지."

박스를 뜯고 안에 있는 물건을 꺼냈다. 거울 속에서 테사와 눈이 마주쳤다.

"웬 그릇?"

"쉐이빙 크림 담는 그릇. 브러시를 쓰면 면도가 더 잘 될 거야."

"넌 이런 걸 어떻게 알아?"

미심쩍은 눈초리로 그녀를 쳐다보았다. 바라건대 제발 노아한테서 얻은 경험이라는 소리만 하지 말기를. 테사는 활짝 웃었다.

"다 찾아봤지!"

"그럴 줄 알았어."

질투심이 금세 사라졌다. 테사는 장난스럽게 나를 툭툭 쳤다.

"면도의 달인인 것 같은데, 와서 좀 도와주시죠?"

나는 늘 간단한 면도기와 크림을 사용했다. 하지만 테사가 간섭을 하겠다면 굳이 막지는 않을 거다. 솔직히 테사가 내 얼굴을 면도해 준다고 생각하니 적잖이 몸이 달아올랐다. 테사는 미소를 지으며 일어나 세면대 앞으로 왔다. 쉐이빙 크림을 그릇에 짜 넣더니 브러시로 휘휘 저었다. 거품을 만들 참인 것 같다.

"여기 있어."

테사는 미소를 지으며 브러시를 건넸다.

"네가 해줘."

나는 브러시를 테사 손에 쥐어주며 그녀의 손목을 잡았다.

"이리 올라와서."

테사를 번쩍 들어 세면대 위에 앉혔다. 나는 그녀의 두 다리를 벌리고 그 사이에 섰다.

테사는 걱정하는 듯한 표정을 짓다가 이내 집중했다. 브러시로 거품을 몇 차례 저어 내 턱에 문질렀다.

"오늘 밤엔 아무 데도 가기 싫어."

테사에게 얘기했다.

"할 일이 너무 많거든. 게다가 네가 날 또 방해하네."

양손 가득 그녀의 젖가슴을 잡고 부드럽게 주물렀다.

테사의 손이 휘청하는 바람에 쉐이빙 크림이 목에 묻었다.

"면도기가 아닌 게 얼마나 다행인지."

"다행이긴 하네."

테사가 내 말투를 흉내 내며 새 면도기를 집었다. 그런 다음 입술을 앙다물며 물었다.

"정말 내가 해주길 원하는 거야? 실수로 벨까 봐 걱정된단 말이야."

"걱정하지 마."

나는 싱글싱글 웃었다.

"면도하는 법도 인터넷에서 열심히 찾아봤을 거 아냐."

테사는 애들처럼 혀를 쏙 내밀었다. 그녀에게 입을 맞추려 몸을 기울였다. 테사는 아무 말도 못 했다. 내 말이 다 맞을 테니까.

"그래도 혹시 나를 베거든, 냅다 도망쳐야 해."

나는 껄껄 웃었고, 테사는 인상을 썼다.

"제발 움직이지 마."

테사의 손은 살짝 떨렸다. 그러다 금세 괜찮아졌다. 테사는 부드럽게 턱선을 따라 면도기를 쓸어내렸다.

"나 빼고 너만 가."

눈을 감으며 말했다. 면도를 해주는 테사의 손길에 마음이 놀랄 만큼 편안하고 차분해졌다. 아빠 집에 저녁 먹으러 가고 싶지는 않았지만, 온종일 아파트 안에만 있다가는 테사가 미쳐 날뛸 것 같았다. 카렌이 우리를 저녁식사에 초대했을 때, 테사는 뛸 듯이 기뻐하며 수락했다.

"그럼 오늘은 집에 있고, 이번 주말로 다시 스케줄을 잡자. 그때까진 다 마칠 수 있지?"

"그럴 거 같아⋯."

나는 뿌루퉁하게 대답했다.

"네가 전화해서 말씀드려. 이거 마치고 나는 저녁을 만들게. 넌 그 사이에 일하면 되고."

테사는 내 윗입술을 손가락으로 톡톡 건드렸다. 입술을 안으로 모으라는 사인이다. 이윽고 그녀는 내 입 주위를 조심스럽게 면도했다. 면도가 끝나자 내가 입을 열었다.

"냉장고에 있는 남은 와인 네가 다 마셔야 해. 딴 지 며칠 됐거든. 더 놔뒀다가는 식초가 될 거야."

"글쎄⋯."

테사가 머뭇거렸다. 그 이유를 나는 안다. 눈을 떴다. 테사는 수도꼭지를 틀어 수건을 적시고 있었다.

"테스."

한 손으로 그녀의 턱을 잡았다.

"내 앞에서 술 마셔도 돼. 이제 술 가지고 말썽 안 부릴 거거든."

"알아. 그래도 널 어색하게 만들고 싶진 않아. 와인을 마시고 싶지도 않고. 네가 술을 안 마시겠다면, 나도 안 마실래."

"내 문제는 음주가 아니잖아. 열받았을 때 술을 퍼마시는 거지."

"알아."

테사는 침을 꿀꺽 삼켰다. 그녀도 분명 잘 알고 있다.

테사는 따뜻한 수건을 내 얼굴에 가져와서 남은 쉐이빙 크림을 닦아냈다.

"술에 취해 문제를 해결하려고 할 때, 그때만 몹쓸 자식이 되는 거잖아. 최근에는 아무 문제도 없었고. 그러니까 괜찮아."

이게 백 퍼센트 보장이 아니라는 거 나도 안다.

"난 아빠 같은 얼간이는 되고 싶지 않아. 미친놈처럼 술 퍼마시고 주위 사람들을 위험에 빠뜨리는 그런 인간 말이야. 넌 유일하게 나한테 소중한 사람이야. 그래서 네 곁에선 더 이상 술 마시고 싶지 않아."

"사랑해."

테사의 대답은 간단명료했다.

"나도 사랑해."

일촉즉발의 분위기는 종료됐다. 술 가지고 계속 왈가왈부하고 싶지는 않았다. 나는 세면대 위에 올라앉은 테사의 몸을 훑어보았다. 내 흰 티셔츠와 그 아래 검정색 팬티, 입고 있는 건 그게 전부였다.

"나한텐 네가 필요해. 면도로 잘하고, 요리에, 청소까지…."

테사가 나를 찰싹 때리더니 살짝 눈을 흘겼다.

"이 거래에서 난 얻는 게 없네. 일주일에 한 번이라도 요리하는 걸 도와줘. 그리고 넌 아침에는 완전 심술쟁이가 되니까….”

나는 손을 그녀의 다리 사이로 밀어 넣으며 팬티를 한쪽으로 젖혔다. 그 바람에 테사가 말을 잇지 못했다.

“뭔가 한 가지는 잘하는 것 같네.”

테사가 빙긋 웃었다. 한 손가락을 그녀 안으로 미끄러지듯 집어 넣었다.

“겨우 한 가지?”

다른 손가락도 넣었다. 테사는 신음하며 머리를 뒤로 젖혔다.

바텐더가 내 앞에서 테이블을 쾅 내리쳤다.

“술 더 마실 거냐고요?”

몇 차례 눈을 깜박이며 바를 내려다보았다. 그리고 다시 고개를 들어 바텐더를 보았다.

“네.”

기억이 흐릿하게 사라졌다. 바텐더에게 잔을 건네자, 그는 다시 잔을 채웠다.

“더블로 한 잔 더.”

늙수그레한 대머리 영감이 바 쪽으로 내려와 앉았다. 그때 깜짝 놀란 듯한 여자의 목소리가 들렸다.

“하딘? 하딘 스캇?”

고개를 돌려보니 익숙한 얼굴이 눈에 들어왔다. 주디 웰치였다. 엄마의 오랜 친구, 아, 사실은 예전 친구다.

“네.”

고개를 까딱했다. 그녀는 세월의 직격탄을 맞은 것 같았다.

"세상에! 이게 얼마 만이니? 가만있어 보자…, 6년? 7년? 여기 혼자 온 거야?"

주디는 내 어깨에 손을 올리고는 옆에 있는 바 의자에 올라앉았다.

"네, 그쯤일 거예요. 혼자 온 거 맞아요. 엄마가 당신을 쫓아오지는 않았을 테니까."

주디는 찌푸린 인상이었다. 사는 내내 술을 그렇게 마셔댔으니. 머리카락은 내가 십대였을 때처럼 여전히 화이트 블론드였다. 작은 덩치에 가슴 수술을 너무 크게 했나보다. 그녀가 나를 처음으로 만졌던 때가 기억났다. 나는 남자가 된 것 같았고, 그래서 엄마 친구인 이 여자와 자버렸다. 근데 지금 보니, 다시 그럴 일은 없을 것 같다.

주디는 나에게 윙크를 했다.

"완전히 어른이 됐구나."

새 술잔이 내 앞에 놓였다. 나는 단숨에 술을 털어 넣었다.

"여전히 말이 많으시네요."

주디는 내 어깨를 또 툭툭 치며 바텐더에게 술을 주문했다. 그러더니 내게 말했다.

"여기엔 어쩐 일이야? 슬픔에 빠지셨나? 사랑 문제?"

"둘 다 아니에요."

술잔을 빙빙 돌렸다. 얼음이 부딪히는 소리가 들렸다.

"난 둘 다인데. 그럼 같이 한잔할까?"

주디가 미소를 지으며 말했다. 묻혀 있던 과거의 어느 순간으로부터 그 미소가 떠올랐다. 나는 싸구려 위스키 두 잔을 시켰다.

킴벌리는 전화에 대고 크리스찬에게 욕지거리를 퍼부었다. 그러고 나서 한동안 숨을 골랐다. 그녀는 손을 뻗어 내 어깨를 잡았다.

"희망적인 건, 하딘이 머리를 식히러 돌아다니는 모양이에요. 크리스찬이 그러는데, 하딘이 생각할 시간을 달라고 했대요."

킴벌리가 탐탁찮은 목소리로 말했다.

아니, 나는 하딘을 안다. 하딘은 돌아다니면서 머리를 식힐 캐릭터가 아니다. 다시 그에게 전화했지만 바로 음성사서함으로 넘어갔다. 전원을 완전히 꺼버린 거다.

"하딘이 결혼식장에 올까요?"

킴이 나를 쳐다보았다.

"그러니까, 사고를 치러 말이에요."

그러지는 않을 거라 말하고 싶었다. 하지만 이 상황에 그럴 가능성도 배제할 순 없었다.

"이런 짐작까지 해야 한다니 믿을 수가 없군요."

킴벌리는 조심스럽게 이야기했다.

"테사, 어쨌든 당신은 결혼식장에 가야 할 것 같아요. 적어도 하딘이 난장판을 만들지 않게 해야 하니까. 하딘이 당신을 찾을 거잖아요. 전화 통화가 안 되면, 하딘이 거기 제일 먼저 나타날 거예요."

하딘이 교회에 와서 난장판을 만들 거라고 생각하니 속이 울렁거렸다. 한편으로는 하딘이 그곳에 있었으면 하는 이기적인 생각도 들었다. 그렇지 않으면 하딘을 못 찾을 거 같았다. 휴대전화를 꺼놓았다는 것만으로도 걱정돼 죽을 지경이다. 혹시 아무도 찾지 않길 바라는 건가?

"그럴 거 같네요. 거기 가서 밖에서 기다릴게요."

내가 말했다. 킴벌리는 안쓰러운 듯 고개를 끄덕였다. 그러다 검정색 BMW가 주차장에 들어와 킴벌리 차 옆에 멈추자 금세 표정이 굳었다. 슈트를 차려입은 크리스찬이 차에서 내렸다.

"하딘한텐 소식 있나?"

그가 다가오며 물었다. 습관인 듯 그는 킴벌리 볼에 입을 맞추려 몸을 기댔다. 그러나 킴은 그의 입술이 닿기 전 몸을 뺐다.

"미안해."

크리스찬이 킴에게 속삭이는 소리가 들렸다. 킴벌리는 고개를 젓더니 내게서 시선을 돌렸다. 킴벌리를 생각하니 마음이 아팠다. 그녀는 이런 배신을 당해서는 안 된다. 멀쩡한 사람에게 이런 꼴을 당하게 하다니….

"테사는 하딘을 찾으러 같이 결혼식장에 갈 거예요."

킴벌리가 말을 꺼냈다. 그러더니 크리스찬의 눈을 쳐다보았다.

"이 소중한 날을 망쳐서는 안 되니까요. 우리가 식장 안에 있을 동안 테사가 그 역할을 해줄 거예요."

살벌한 말투였지만 킴벌리는 차분했다.

크리스찬은 약혼녀를 향해 세차게 고개를 저었다.

"우린 그 빌어먹을 결혼식에 안 갈 거야. 이 사달이 났는데 무슨."

"왜 안 가요?"

킴벌리의 눈빛은 공허했다.

"그러니까… 왜냐하면…."

반스는 우리 둘 사이를 왔다 갔다 했다.

"내 아들들이 결혼식보다 더 중요하기 때문이지. 특히나 하딘은 더욱. 당신도 트리시와 같은 공간에서 웃으며 앉아있을 수 있을 것 같지는 않거든."

킴벌리는 깜짝 놀란 듯 보였다. 크리스찬의 말에 조금은 평온해진 것 같았다. 나는 관망하며 잠자코 있던 참이었다. 그런데 크리스찬이 처음으로 하딘과 스미스를 '아들들'이라고 부르는 바람에 가슴이 철렁 내려앉았다. 이 사람한테 할 말이 많았다. 뿜어내고 싶은 독설이 가득했는데. 그러지 말아야 한다는 걸 나도 안다. 그래봤자 아무 도움도 안 되니까. 지금은 오직 하딘이 어디 있는지, 어디서 이 엄청난 상황을 혼자 감당하고 있는지 알아내는 데만 정신을 집중해야 한다.

"사람들이 뒷말을 할 거예요. 특히나 사샤."

킴벌리가 얼굴을 찡그렸다.

"사샤나 맥스, 누가 뭐라 그래도 상관없어. 하고 싶으면 떠들라지. 우린 햄스테드가 아니라 시애틀에 사는걸."

크리스찬은 킴벌리의 두 손을 잡았다. 이번에는 그녀도 빼지 않았다.

"내 잘못을 바로잡는 게 지금 나에겐 가장 우선순위야."

크리스찬의 목소리가 떨리고 있었다. 그를 향한 싸늘한 분노가 아주 약간 녹아내렸다.

"하딘을 차에서 내리게 하지 말았어야죠."

킴벌리는 여전히 크리스찬과 손을 맞잡은 채 말했다.

"그 아이를 막을 수가 없었어. 당신도 잘 알잖아. 안전벨트가 걸리는 바람에 어디로 가는지 묻지도 못했고…, 빌어먹을!"

킴벌리는 동조하는 표정으로 부드럽게 고개를 끄덕였다.

이제 내가 나서야 할 때인가.

"하딘은 어디로 갔을까요? 결혼식에도 안 나타난다면 어디 가서 찾아야 하죠?"

"글쎄, 일찍 연 술집들은 내가 다 뒤져보긴 했는데."

반스는 인상을 찌푸렸다.

"혹시나 해서."

나를 쳐다보는 그의 표정은 부드러워져 있었다.

"테사하고 하딘을 떨어뜨려놓지 말았어야 했는데, 이제야 후회하고 있네. 진실을 털어놓을 때 말이야. 정말 큰 실수였어. 지금 당장 하딘에게 가장 필요한 사람은 테사인데."

예의상 뭐라고 한마디 해야겠는데 아무 생각도 나지 않았다. 그저 간단하게 목례로 대신했다. 주머니에서 전화기를 꺼내 하딘에게 다시 전화했다. 휴대전화를 꺼놓았다는 거 안다. 그래도 하는 데까진 해봐야 한다.

전화를 하는 사이, 킴벌리와 크리스찬은 조용히 서로를 쳐다보았다. 손은 계속 잡은 채였다. 서로 눈짓으로 무슨 사인을 주고받는 것도 같았다. 전화를 끊자 크리스찬이 나를 보며 말했다.

"결혼식은 20분 후에 시작될 거네. 괜찮으면 식장까지 태워다 주지."

킴벌리가 손사래를 쳤다.

"내가 데려다 주면 돼요. 당신은 스미스를 데리고 호텔로 돌아가요."

"그래도…."

크리스찬이 발끈했지만 이내 수그러졌다. 킴벌리의 표정을 봤기 때문이다. 현명한 선택이다.

"당신도 호텔로 돌아오는 거 맞지?"

그의 눈빛에는 두려움이 가득했다.

"그래요."

킴벌리가 한숨을 내쉬었다.

"혼자 집에 돌아가진 않을 거예요."

겁에 질린 크리스찬의 낯빛에 안도감이 번졌다. 그제야 그는 킴벌리의 손을 놓아주었다.

"조심하고, 무슨 일 있으면 나한테 연락해. 교회 주소는 알지?"

"알아요. 호텔 키 줘요."

킴벌리는 손을 내밀었다.

"스미스가 잘 것 같아서. 깨우고 싶지 않거든요."

나는 당당한 킴벌리의 태도에 마음으로 박수갈채를 보냈다. 내가 킴벌리였다면 제정신이 아니었을 텐데. 사실 나는 지금도 엉망진창이지.

10분도 채 지나지 않아, 킴벌리는 나를 작은 교회 앞에 내려주었다. 하객들 대부분이 이미 안에 들어가 있었다. 몇몇 사람들만 바깥 계단에 모여 떠들고 있었다. 나는 벤치에 자리를 잡고 앉아 하딘이 나타나는지 길을 살폈다.

내 자리에서까지 교회 안의 웨딩마치가 그대로 들렸다. 웨딩드레스를 입고 신랑을 향해 입장하는 트리시의 모습도 보였다. 미소를 띤 그녀는 밝고 아름다웠다.

하나뿐인 아들에게 평생 생부의 정체를 속이고 산 엄마였다니. 내 마음 속 있는 트리시와 저 사람은 전혀 같은 인물이 아니다.

마지막 하객들까지 결혼식을 보러 교회 안으로 들어갔다. 이제 교회 앞 계단은 텅 비었다. 시간이 흘렀다. 작은 교회 안에서 나는 소리가 밖에까지 전부 들렸다. 30분쯤 지나자 신랑 신부의 성혼 선언문이 발표되었고, 하객들은 환호했다. 이제 더 이상 이곳에 있을 필요가 없다. 어디로 가야 할지 모르겠지만, 계속 여기 앉아 기다릴 순 없는 노릇이다. 곧 있으면 트리시가 교회 밖으로 나올 거다. 새신부와 어색하게 맞닥뜨리는 건 싫었다.

도착했던 쪽을 향해 걷기 시작했다. 적어도 그렇다고 생각했다. 정확하게 기억나지도 않았고, 꼭 어딘가로 가야 하는 것도 아니었다. 휴대전화를 꺼내 하딘에게 다시 전화했다. 아직도 전화기는 꺼져 있었다. 내 전화기 배터리도 채 반이 남지 않았다. 그렇다고 꺼둘 수도 없었다. 하딘이 전화를 할 수도 있으니까.

목적지도 없는 수색 작업이 시작되었다. 이리저리 술집들과 열린 식당들을 기웃거렸다. 점차 해가 기울기 시작했다. 킴벌리한테 차를 빌려올걸 그랬다. 하지만 아까는 정신이 없어서 아무 생각이 없었다. 킴벌리도 자신의 문제로 골치 아팠을 테니까. 하딘의 차는 가브리엘 바 앞에 서 있겠지만, 나는 여분의 키가 없었다.

햄스테드 거리의 우아함과 아름다움도 반감되고 있었다. 발이 아팠다. 해 질 녘 초봄의 밤공기는 점점 쌀쌀해졌다. 이런 드레스에 이런 바보 같은 구두는 신는 게 아니었다. 이렇게 될 줄 알았다면 편한 차림에 스니커즈를 신었을 거다. 그럼 하딘을 더 잘 찾아다닐 수 있었을 텐데.

잠시 후, 어찌된 일인지 나는 익숙한 거리에 서 있었다. 트리시의 집과 비슷한 작은 집들이 늘어서 있는 거리. 하딘이 마구 운전해 다니는 동안 잠에 빠졌다 깼다 했던 길인 것 같았다. 하지만 내 기억력을 믿을 수가 없다. 다행히 거리는 거의 텅 비었고, 사람들은 대부분 집으로 돌아간 것 같았다. 길 끝 저 멀리 트리시의 집이 보였을 땐 안도의 눈물이 터져나올 것 같았다. 길은 점점 더 어두워졌고, 거리엔 가로등이 켜졌다. 다가갈수록 트리시의 집인 게 더욱 분명해졌다. 하딘이 거기로 올지는 나도 모르겠다. 하딘이 없더라도 집 문만은 잠겨 있지 않기를 기도했다. 그러면 한숨 돌리며 앉아서 물이라도 마실 수 있겠지. 목적지도 없이 몇 시간이나 이 블록 저 블록을 헤매고 다녔다. 운 좋게도 결국 이 도시에서 내게 열려 있는 유일한 동네를 찾았으니 다행인 건가.

트리시의 집 근처에 오자 맥주 모양의 너덜너덜한 네온사인이 눈길을 끌었다. 작은 술집이 집과 길 사이에 있었다. 등골이 서늘한 느낌이 들었다. 켄 씨를 찾으러 들이닥친 침입자들이 머물던 술집이 여기였을까? 집에서 너무 가까웠다. 하딘이 딱 한 번 얘기했었다. 형편이 어려워 다른 곳으로 이사할 수가 없었다고. 하딘은 아무렇지도 않게 어깨를 으쓱해 보였지만, 나는 적잖이 놀랐다. 하지만 어쩌겠나, 슬프게도 돈이 원수인걸.

이곳에 하딘이 있다. 나는 알 수 있다.

작은 술집으로 걸음을 옮겼다. 문을 열고 들어가면서 이내 부끄러워졌다. 내 차림새 때문이다. 완전히 정신 나간 여자처럼 보일 거다. 드레스를 차려입고 맨발로 술집에 들어가는 여자라니. 구두는 한 시간쯤 전에 이미 벗어서 손에 들었다. 바닥에 구두를 놓고 발을 미끄러뜨려 신었다. 발목에 스트랩이 닿자 몸이 움찔했다. 쓸리는 느낌이 너무 아팠다.

술집 안에는 사람이 별로 없었다. 한번 훑어보며 하딘을 찾기까지 그리 오래 걸리지 않았다. 하딘은 바에 앉아 술잔을 입으로 가져가는 중이었다. 심장이 바닥으로 쿵 떨어졌다. 여기서 찾을 거라 생각했다. 그럼에도 그에 대한 내 신뢰는 한순간에 무너져 내렸다. 하딘이 고통스럽더라도 술을 입에 대지는 않을 거라는 일말의 희망을 가지고 있었는데.

나는 심호흡을 하고 그에게 다가갔다.

"하딘."

그의 어깨에 손을 올렸다.

하딘은 의자에서 몸을 돌려 나를 향해 앉았다. 그를 정면으로 바라보자 속이 쓰렸다. 그의 눈동자는 온통 새빨갛게 충혈되어 있었다. 흰 부분을 찾을 수 없을 만큼 전부 빨갰다. 두 뺨은 달아올라 있었고, 술 냄새가 진동했다. 손바닥이 축축해지면서 입이 바싹 말랐다.

"아니, 이게 누구야."

혀 꼬인 소리였다. 하딘의 손에 들려 있는 술잔은 거의 비어 있었다. 그의 앞에 이미 빈 잔이 세 개나 놓여 있었다.

"근데, 어떻게 날 찾은 거야?"

하딘은 고개를 젖혀 남아 있던 갈색 술을 남김없이 마셨다. 그러더니 바를 향해 소리쳤다.

"한 잔 더!"

얼굴을 하딘 앞으로 바싹 들이밀었다. 하딘은 이제 내 시선을 피할 수 없다.

"베이비, 괜찮아?"

안 괜찮겠지, 나도 안다. 그런데 하딘을 어떻게 다뤄야 할지 모르겠다. 술을 얼마나 마신 건지, 기분이 어떤지도 전혀 가늠할 수 없었다.

"베이비."

알듯 모를 듯한 목소리로 하딘이 말했다. 말하면서도 정신은 딴 데가 있는 것 같기도 했다. 그러더니 갑자기 웃어젖히며 치명적인 미소를 흘렸다.

"그럼, 난 괜찮지. 어서 앉아. 술 마실래? 한잔해. 바텐더, 여기 한잔 더!"

바텐더가 나를 쳐다보았다. 나는 거절의 의사로 고개를 가로저었다. 하딘은 바로 옆 의자를 끄집어내더니 시트를 툭툭 쳤다. 의자에 앉기 전, 좁은 술집 안을 한 바퀴 둘러보았다.

"그래서, 날 어떻게 찾았다고?"

또 똑같은 소리. 하딘의 행동에 혼란스럽고 예민해졌다. 확실히 그는 술에 취했다. 하지만 그 때문만은 아니다. 그의 목소리에 뭔지 모를 섬뜩한 차분함이 묻어 있었다. 전에도 이런 목소리를 들은 적이 있다. 그리고 그럴 때마다 늘 좋지 않은 일이 일어났다.

"몇 시간이나 헤매고 다녔어. 그러다 길 건너에 네 어머니 댁이 있는걸 알았고. 그래서 그냥 알았어…. 여기 있을 것 같다고 생각했어."

소름이 돋았다. 바로 이 술집에서 켄이 밤마다 시간을 보냈다는 건가?

"이런 깜찍한 탐정 나리 같으니라고."

하딘의 음성은 부드러웠다. 그는 한 손으로 내 귀 뒤에 있는 머리카락을 쓸어 올렸다. 나는 움찔거리지 않았다. 비록 머릿속에서는 불안의 열매가 쑥쑥 자라고 있었지만 말이다.

"나하고 같이 호텔로 가자. 거기서 쉬고 내일 아침에 출발하자."

바로 그때, 바텐더가 하딘에게 새 술잔을 건네주었다. 하딘은 심각한 눈빛으로 술잔을 뚫어져라 쳐다보았다.

"아직 안 돼."

"부탁이야, 하딘."

나는 핏발 선 그의 눈동자를 똑바로 쳐다보았다.

"나 너무 피곤해. 너도 그렇잖아."

크리스찬이나 켄 이야기를 꺼내지 않고 하딘을 설득해 보려고 했다. 그러려면 내가 힘들다고 징징거리는 수밖에 없다. 몸을 기울여 하딘에게 기댔다.

"발이 아파 죽을 지경이야. 네가 너무 보고 싶었어. 크리스찬이 널 찾으려고 애를 썼지만 찾을 수 없었대. 난 널 찾으려고 계속 걸어 다녔어. 이제 호텔로 가고 싶어. 너랑 같이."

장황하게 말을 늘어놓으면 하딘의 평정심은 금세 바닥을 드러낼 거다. 그 정도쯤은 잘 안다.

"그 사람은 열심히 찾지 않았어. 나는 내려준 바로 그 길 건너편에 있는 술집에서 술을 마시기 시작했거든."

하딘은 새 잔을 손에 쥐었다.

나는 좀 더 하딘에게 기댔다. 무슨 답을 해야 할지 생각도 하기 전에 하딘이 다시 말을 시작했다.

"술이나 마셔. 내 친구가 여기 있거든. 저 여자가 너한테 술을 사줄 거야."

하딘은 바 위에 늘어서 있는 술잔들을 가리켰다.

"여기 말고 다른 술집에서 우연히 만났어. 근데 꼭 그게 과거의 어느 날 밤 같았거든. 그래서 여기로 왔지. 우리의 과거를 추억하는 의미에서."

속이 뒤틀렸다.

"친구라고?"

"우리 가족하고 오랜 친구야."

하딘은 화장실에서 나오는 여자를 턱짓으로 가리켰다. 여자는 30대 후반이나 40대 초반처럼 보였고, 금발로 염색한 것 같았다. 젊은 여자가 아니라는 사실에 조금 안도했다. 하딘은 온종일 이 여자와 술을 마신 것처럼 보였다.

"우리 진짜 가야 해, 하딘."

하딘의 손을 잡으며 좀 더 세게 말했다. 하딘이 내 손을 뿌리쳤다.

"주디스, 이쪽은 테레사."

"주디예요."

여자가 이름을 정정하는 동시에 내 입에서도 말이 튀어나왔다.

"테사예요. 만나서 반가워요."

억지로 미소를 지어 보이고 다시 하딘을 돌아보았다.

"부탁이야, 제발."

그리고 또다시 애원했다.

"주디는 우리 엄마가 더러운 창녀라는 걸 알고 있었어."

하딘이 입을 열자 위스키 냄새가 훅 끼쳤다.

"내가 언제 그렇게 말했어."

여자는 깔깔거렸다. 나이에 비해 차림새가 지나치게 젊은 느낌이었다. 상의는 짤막했고, 청바지는 너무 타이트했다.

"그렇게 얘기했어. 그래서 엄마가 주디를 싫어해!"

하딘이 씩 웃었다. 낯선 여자는 하딘의 미소에 화답했다.

"왜 그랬을까?"

그들끼리만 아는 농담인가 보다. 나는 그들 사이에서 아웃사이더가 된 기분이었다.

"왜 그랬는데요?"

생각할 겨를도 없이 말이 먼저 튀어나왔다.

하딘은 여자에게 경고의 눈빛을 쏘았다. 그리고 손사래를 치며 내 질문을 일축했다. 한 대 패주고 싶은 걸 가까스로 참아냈다. 하딘이 고통을 숨기려 애쓰고 있다는 걸 몰랐다면 진짜 그랬을지도 모른다.

"말하자면 길어요, 아가씨."

여자는 바텐더를 향해 손짓했다.

"암튼, 데킬라라도 한잔 마셔야 할 것 같네요."

"전 괜찮아요."

술은 마시고 싶지 않았다.

"편하게 있어, 베이비."

하딘이 내게 바짝 기댔다.

"지금까지 살아온 인생이 죄다 거짓인 게 까발려진 건 네가 아니잖아. 그러니까 좀 편하게 있자, 나랑 술이나 마시면서."

하딘을 생각하니 가슴이 아팠다. 그렇지만 술 마시는 건 해결책이 아니다. 하딘을 끌고 나가야 한다, 지금 당장.

"마가리타 스타일이 좋아요, 아님 온더락? 여긴 제대로 된 곳이 아니라 선택의 여지가 별로 없어요."

주디가 말했다.

"술 마시고 싶지 않다고 말했잖아요."

내가 쏘아붙였다. 여자의 눈이 동그래졌다. 하지만 금세 괜찮아졌다. 여자만큼이나 나도 깜짝 놀랐다. 내가 이렇게 버럭 화를 낼 수 있다니. 옆에서 하딘이 키득거렸다. 나는 시선을 피하지 않고 여자를 똑바로 쳐다보았다. 자기들끼리만 아는 비밀을 즐기고 있는 게 분명했다.

"누구는 좀 진정하셔야겠네."

여자는 백을 뒤적거려 담배를 꺼내 불을 붙였다.

"피울래?"

여자가 하딘에게 물었다. 놀랍게도 하딘은 고개를 끄덕였다. 주디는 내 등 뒤로 자기 입에 물고 있던 담배를 하딘에게 건넸다. 이 여자 대체 뭐야? 역겨운 담배가 하딘의 입술에 물려 있다. 하딘은 담배 연기를 훅 뿜었다. 연기는 주위로 번져나갔다. 나는 손으로 입과 코를 틀어막았다. 그리고 하딘을 노려보았다.

"담배는 언제부터 피운 거야?"

"원래 피웠거든. 대학교 들어오면서부터 안 피운 거지."

하딘은 또 한 모금을 빨았다. 담배 끝에서 빨갛게 달아오르는 불빛이 나를 놀려대는 것 같았다. 하딘의 입에서 담배를 낚아채 술이 반쯤 남아있는 잔에 빠뜨렸다.

"이게 뭐 하는 짓이야?"

하딘은 재떨이가 된 술잔을 내려다보며 고함치듯 말했다.

"우린 갈 거야, 지금 당장."

나는 하딘의 소맷부리를 잡아 끌며 바 의자에서 내려왔다.

"아니, 안 갈 거야."

하딘이 내 손아귀에서 벗어나려 몸을 비틀었다.

"가기 싫다잖아요."

주디가 새된 소리로 쏘아붙였다.

인내심의 끈이 툭 끊어졌다. 여자가 나를 열받게 하고 있었다. 여자를 노려보았다. 마스카라를 떡칠한 여자의 눈이 나를 조롱하고 있었다.

"당신한테 한 말 아니에요. 참견 말고 다른 술친구나 찾아보세요. 우린 지금 나갈 거니까!"

어느새 나는 소리를 치고 있었다.

여자는 하딘을 쳐다보았다. 자기 편이 되어 달라는 눈치였다. 두 사람 사이의 역겨운 역사가 다시 떠올랐다. 이건 엄마와 아들뻘 되는 '가족의 오래된 친구'가 하는 행동이 아니다.

"가기 싫다고 했잖아."

하딘이 고집을 부렸다. 온갖 말로 얼러댔지만, 그는 듣지 않았다. 이제 남은 카드는 하나다. 하딘의 질투심을 이용하는 거다. 위험의 소지는 있다. 특히나 같이 있을 땐 더욱. 하지만 이렇게 만든 건 하딘이다.

"좋아."

짐짓 오버하며 술집 안을 둘러보았다.

"네가 호텔까지 못 데려다주겠다면, 할 수 없지. 데려다줄 다른 사람을 찾아봐야지."

내 시선은 술집에 있던 가장 젊은 남자에게 꽂혔다. 남자는 친구들과 술을 마시고 있었다. 하딘의 반응을 기다리며 눈치를 살폈지만, 꿈쩍도 하지 않았다. 나는 남자들 무리를 향해 다가갔다.

잠시 후 하딘은 내 팔을 잡아끌었다.

"빌어먹을, 안 돼. 그러기만 해."

뒤를 돌아보았다. 하딘이 허둥거리는 바람에 바 의자가 쓰러졌다. 여자는 우스꽝스럽게도 그 의자를 바로 세우려고 버둥거렸다.

"그럼 네가 데려다줘."

대답을 기다리며 고개를 갸웃거렸다.

"난 완전히 취했단 말이야."

이 판국에 그걸 변명이라고.

"일단 택시 불러서 가브리엘 바까지 가자. 거기서 렌터카를 찾아서 호텔로 가면 돼."

이 계획이 먹히기를 기도했다. 하딘은 눈을 가늘게 뜨고 나를 노려 보았다.

"나한테 무슨 일이 벌어졌는지 다 이해하잖아?"

"그래도 여기 계속 있는 건 좋을 게 하나도 없어. 얼른 계산하고 호텔 로 가자. 아니면 난 다른 사람이랑 갈 거야."

하딘은 붙잡은 손에 힘을 풀고 나에게 다가왔다.

"그런 식으로 협박하지 마. 나도 다른 사람이랑 가는 수가 있어."

질투심이 훅 치고 들어왔지만 무시했다.

"그러든가. 그럼 너는 주디랑 가. 너희 두 사람이 예전에 잤다는 거 다 아니까. 딱 봐도 알겠다."

나는 등을 꼿꼿이 세웠다. 목소리 또한 도발하는 듯 차분해졌다.

하딘은 나를 쳐다보았다. 그리고 여자를 쳐다보더니 희미하게 미소 를 지었다. 나는 살짝 휘청거렸고, 하딘은 인상을 썼다.

"별로 인상적이진 않아. 기억도 잘 안 나거든."

아마 내 기분을 풀어주려 했던 말일 테지만 오히려 역효과를 냈다.

"그래서?"

내가 가소롭다는 듯 대꾸했다.

"젠장."

하딘이 투덜거렸다. 그러더니 바텐더에게 계산서를 달라고 중얼거렸다. 바텐더가 계산서를 내밀자, 하딘은 주디 쪽으로 밀었다. 아마 빈털터리가 된 모양이다. 여자는 하딘을 한 번, 또 나를 한 번 쳐다보았다. 어쩐지 자존심이 상한 표정이었다.

문을 나서며 하딘이 말했다.

"주디가 잘 가래."

그 말에 이성의 끈이 끊어지며 폭발하고 말았다.

"그 여자 얘기하지 마."

"질투하는 거야, 테레사?"

하딘이 나를 감싸 안았다.

"빌어먹을, 난 여기가 진짜 싫어. 이 술집도, 저 집도."

하딘은 길 건너 작은 집을 가리켰다.

"재미있는 얘기해줄까? 반스가 저기 살았어."

하딘은 술집 바로 옆에 있는 벽돌집을 가리켰다. 집 안에 희미하게 불이 켜져 있고, 길 앞에는 차가 주차되어 있었다.

"저 집에서 반스가 뭘 하고 있었는지 궁금해. 그놈들이 우리 집에 쳐들어오던 그날 밤에 말이야."

하딘은 바닥을 두리번거리며 몸을 숙였다. 뭘 하려는 건지 알아차리기도 전에 하딘이 머리 위로 팔을 들어올렸다. 그의 손에는 벽돌이 쥐어져 있었다.

"하딘, 안 돼!"

나는 소리 지르며 그의 팔을 붙잡았다. 벽돌이 떨어지며 콘크리트 바닥에 자국을 냈다.

"엿이나 먹어."

하딘은 다시 벽돌을 집으려고 했지만 나는 그 앞을 가로막고 섰다.

"전부 엿이나 먹으라고! 이 거리도! 이 술집도! 저 집구석도! 세상 사람 전부 다!"

하딘은 비틀거리며 거리로 나아갔다.

"저 집을 부숴버리게 날 내버려 두라고…."

하딘이 혀 꼬인 소리로 말했다. 나는 다시 구두를 벗어 들었다. 그리고 길을 건너는 하딘을 따라갔다. 하딘은 자기가 살았던 집을 향해 돌진하는 중이었다.

6 · 테사

하딘의 뒤를 맨발로 허둥지둥 쫓았다. 하딘은 고통스러운 어린 시절을 보낸 집 앞마당으로 무섭게 달려갔다. 뒤따라 달리던 나는 한쪽 무릎이 꺾이며 풀밭에 주저앉았다. 하지만 재빨리 일어나 다시 그를 쫓았다. 하딘은 현관문 스크린도어 손잡이를 잡고 몇 차례 덜컥거렸다. 그러더니 실망한 듯 주먹으로 문틀을 내리쳤다.

"하딘! 제발 부탁이야, 호텔로 가자."

나는 하딘에게 뛰어가며 애원했다.

하딘은 몸을 숙여 현관 옆에서 무언가를 집어 들었다. 나 따위는 안

중에도 없었다. 여분 현관 열쇠일거라 짐작했지만, 아니었다. 그건 주먹 크기의 돌멩이였다. 하딘은 현관문 유리창을 돌로 깨부쉈다. 그러더니 팔을 안쪽으로 집어넣어 문을 열었다. 다행히도 날카로운 유리 조각은 잘 피한 듯했다.

쥐죽은 듯 고요한 거리를 둘러보았다. 이상한 낌새는 없었다. 우리가 벌인 난동을 알아채고 밖으로 나온 사람은 없었다. 유리 깨지는 소리가 들렸는데도 불빛 하나 깜박거리는 집이 없었다. 트리시와 마이크가 오늘 밤 마이크 집에서 보내지 않기를, 첫날밤 만큼은 멋진 호텔에서 보내기를 간절히 바랐다. 아니, 형편이 넉넉해서 이미 호화로운 신혼여행을 떠났기를 기도했다.

"하딘."

시궁창 속을 걸어가는 중이다. 물속으로 가라앉지 않으려고 죽도록 애를 쓰며. 한번 미끄러져 들어갔다가는 우리 둘 다 빠져 죽고 말 거다.

"이 거지 같은 집은 나한테 고통만 줄 뿐이야."

하딘은 휘청거리며 투덜댔다. 다행히 하딘이 소파를 잡는 바람에 넘어지지는 않았다. 나는 잽싸게 거실을 둘러보았다. 가구들은 대부분 박스 포장이 돼 있거나 이미 치워진 상태였다. 트리시가 이사를 가면 재건축을 시작한다더니 준비를 해놓은 것이다.

하딘은 눈을 가늘게 뜨고 소파를 노려보았다.

"이 소파 말이야."

하딘은 이마를 손으로 누르더니 말을 이어나갔다.

"여기서 그 사건이 일어난 거야, 알아? 이거랑 똑같은 소파에서."

하딘은 제정신이 아닌 것 같았다. 그런데도 말투는 너무도 단호했다. 몇 달 전에 분명히 나한테 말했었다. 문제의 그 소파를 자기가 부숴 버렸다고.

"그걸 산산조각 내는 건 식은 죽 먹기였어."

이러면서 뻐기기까지 했다.

하지만 눈앞에 놓인 소파는 확실히 새것이었다. 구김 없는 쿠션에, 얼룩도 하나 없었다. 가슴이 아팠다. 하딘의 기억과 다친 마음이 이런 상태를 만든 것 같았다.

하딘은 잠시 눈을 감았다.

"빌어먹을 아버지라는 사람 중 하나가 똑같은 걸 새로 사준 거겠지."

"그래, 정말 마음이 아프다. 네가 이 상황을 혼자 감당하느라 힘들다는 거 잘 알아."

어떻게든 하딘을 달래보려 했다. 그런데도 하딘은 못 들은 척했다.

하딘이 부엌으로 향했다. 얼른 그의 뒤를 쫓아갔다.

"어딨더라…."

하딘이 무릎을 굽혀 싱크대 아래 서랍을 뒤졌다.

"찾았다."

그의 손에 술병이 들려 있었다. 누구의 것인지, 애초에 어떻게 그 안에 들어있던 건지 묻고 싶지는 않았다. 하딘은 검정색 티셔츠에 술병을 문질러 닦았다. 뽀얗게 먼지가 묻어나왔다. 적어도 몇 달은 그 안에 있던 것 같았다.

거실로 나가는 하딘의 뒤를 따라갔다. 도대체 무슨 일을 벌일지 감이 잡히지 않았다.

"네가 화난 것도, 화나는 게 당연하다는 것도 다 알아."

하딘 앞에 우뚝 섰다. 어떻게든 하딘의 시선을 끌어야 했다. 하딘은 내게 눈길조차 주지 않았다.

"그래도 우리, 부탁인데, 호텔로 가면 안 될까?"

손을 잡으려 했지만, 하딘은 재빨리 뿌리쳤다.

"가서 얘기 좀 하자, 그럼 술이 깰 거야. 부탁이야. 아니면 한숨 자도 되고. 아무튼 너 하고 싶은 대로 해. 근데 제발 여기서 나가자."

하딘은 몸을 굽히고 나를 쳐다보았다. 그러더니 소파 쪽으로 다가갔다.

"엄마가 여기서…."

하딘은 술병을 든 손으로 소파를 가리켰다. 나는 눈물이 차올랐지만, 꿀꺽 삼켰다.

"아무도 말리러 오지 않았어. 빌어먹을 두 아버지 중에 아무도 오지 않았다고."

하딘이 침을 뱉고는 병뚜껑을 비틀었다. 그러더니 병째로 입에 대고 고개를 젖혀 술을 들이부었다.

"됐어, 이제 그만!"

하딘에게 가까이 가며 소리쳤다. 나는 하딘 손에 있는 술병을 낚아 챌 준비를 단단히 하고 있었다. 당장 빼앗아 바닥에 던져버려야지. 도 대체 저 몸에 얼마나 더 많은 알코올이 채워져야 포화 상태가 될지 짐 작이 가지 않았다.

하딘은 또 한 모금을 벌컥 들이켰다. 그러더니 술이 흐른 입가를 손 등으로 훔쳤다. 이 집에 들어온 후 처음으로 하딘이 나를 쳐다보았다. 빙글빙글 입가에 웃음까지 머금고 있었다.

"왜? 너도 좀 마시고 싶어?"

"아니, 아니. 맞아, 나도 마실래."

물론 거짓말이다.

"안됐네, 테시. 나누어 마시기엔 양이 너무 적거든."

하딘이 커다란 술병을 들어 보이며 중얼거렸다. 아빠만 사용하는 애칭을 쓰다니, 정말 싫다. 무슨 술인지는 모르겠지만 1리터는 넘는 것 같았다. 도대체 저걸 얼마나 오래 숨겨놨던 거야? 내 인생에서 최악의 11일이던 그때부터 있었던 건가?

"너도 분명히 이 술 좋아할 텐데 말이지."

한 걸음 물러섰다. 다음 액션은 어떻게 취해야 할지 궁리했다. 당장은 선택지가 많지 않다. 살짝 겁이 나기 시작했다. 물론 하딘이 나를 다치게 하지는 않을 거다. 하지만 자기 몸을 얼마나 망치려는지, 그걸 모르겠다. 나는 하딘이 내뱉는 할퀴는 말들을 받아들일 준비가 되어 있지 않다. 최근 잘 제어된 하딘에게 익숙해지던 참이었는데. 비아냥거리고 변덕스럽긴 했어도 증오가 섞여 있진 않았는데. 핏발 선 하딘의 눈동자가 번뜩 빛났다. 너무나 익숙한 눈빛이다. 그 안에 숨어 있는 악의를 읽을 수 있었다.

"너, 이런 모습 보이는 거 싫어. 네가 이렇게 상처 주는 거 싫단 말이야, 하딘."

하딘은 키득거리며 술병을 들어올렸다. 그러더니 소파 쿠션에 술을 쏟아부었다.

"그거 알아? 럼주가 영혼을 불태우는 최상의 술이라는 거?"

하딘의 목소리는 음울했다. 순간 피가 얼어붙는 것 같았다.

"하딘…."

"이 럼주는 백 퍼센트 불이 붙을 거야. 진짜 도수가 높거든."

하딘은 혀 꼬인 소리로 겁에 질린 듯 느릿하게 말했다. 그러면서 계속 소파에 술을 들이부었다.

"하딘!"

소리치는 내 목소리가 점점 커졌다.

"지금 무슨 짓을 하려는 거야? 이 집에 불내려고? 그런다고 달라지는 건 아무 것도 없어!"

하딘은 경멸하듯 손사래를 치며 콧방귀를 뀌었다.

"넌 얼른 가. 애들은 여기 있으면 안 돼."

"나한테 그런 식으로 말하지 마!"

어디서 나온 용기인지, 나는 술병으로 손을 뻗어 움켜쥐었다. 하딘은 콧구멍을 씨근덕거리며 내 손아귀에서 술병을 빼내려 기를 썼다.

"이거 놓지 못해? 당장 놔!"

하딘이 이를 악물고 으르렁댔다.

"싫어."

"테사, 날 몰아붙이지 마."

"뭘 어쩌려고? 술병 때문에 나랑 몸싸움이라도 하려고?"

우리는 술병을 서로 빼앗으려고 몸부림쳤다. 하딘은 놀란 듯 눈을 동그랗게 뜨고 입을 벌렸다.

"이리 내놔."

주둥이를 붙든 손에 힘을 꽉 주었다. 병은 무거웠고, 하딘은 조금도 물러서지 않았다. 하지만 나 역시 아드레날린이 솟구쳐 괴력이 솟아났다. 욕설을 내뱉으며 하딘이 손을 뗐다. 이렇게 쉽게 포기하리라고는 예상 못 했는데. 그 바람에 순식간에 무게가 나에게 쏠렸다. 술병은 손에서 미끄러져 바닥에 떨어졌다. 낡은 나무 바닥에 술이 쏟아졌다. 나는 술병을 차지하려고 했다.

"그냥 놔둬."

"그렇게는 안 되겠는데."

하딘이 눈 깜짝할 새에 병을 잡았다. 그러더니 소파에 술을 더 부었다. 하딘은 집 안을 빙글빙글 돌면서 불붙이기 쉬운 럼주를 여기저기 뿌리고 다녔다.

"이 거지 같은 집구석, 어쨌든 부숴질 거잖아. 다 새 주인을 위해 이러는 거야."

하딘은 나를 쳐다보면서 장난스럽게 어깨를 으쓱했다.

"이게 더 싸게 먹힐 거야."

천천히 하딘을 향해 몸을 돌렸다. 그리고 핸드백을 집어 휴대전화를 찾았다. 배터리가 다 됐다는 경고등이 켜져 있었다. 이 시점에서 도움을 청할 수 있는 곳은 딱 한 군데다. 전화기를 손에 들고 하딘을 쳐다보았다.

"그랬다간 당장 경찰이 들이닥칠 거야. 넌 바로 체포될 거고, 하딘."

제발 벼랑 끝에 서 있는 이 남자가 내 말을 듣기를 기도했다.

"상관없어."

하딘은 턱을 앙다물며 중얼거렸다. 그는 소파를 내려다보았다. 과거의 기억이 스치는 듯 눈빛이 이글거렸다.

"엄마의 비명이 아직도 들려. 엄마는 상처 입은 짐승처럼 울부짖었어. 그 소리를 듣는 어린아이의 심정이 어땠는지 알기나 해?"

하딘을 생각하니 마음이 아려왔다. 엄마가 몹쓸 짓 당하는 장면을 봐야 했던 어린 소년도, 기억을 지우려고 집을 불태우겠다는 상처 입고 분노에 찬 이 남자도 모두.

"감옥에 가고 싶진 않잖아? 네가 이러면 난 어떻게 해?"

내가 어떻게 되든, 지금 그게 중요하진 않았다. 하지만 이렇게라도 하딘을 막을 수 있다면 그걸로 됐다.

아름답고 음울한 나의 왕자님이 아주 잠깐 나를 쳐다보았다. 내 말이 먹힌 듯했다.

"당장 택시 불러. 길 아래쪽까지 걸어 내려가자. 내가 무슨 짓을 저지르기 전에 널 보내야겠어."

하딘 말투가 멀쩡해졌다. 하지만 내 귀에는 그 말이 하딘이 스스로를 포기하려 한다는 것처럼 들렸다.

"나, 택시비도 없어."

지갑을 뒤적이며 보여주었다. 환전도 안 해왔다.

하딘은 눈을 가늘게 뜨고 나를 보더니 술병을 벽에 집어던졌다. 병은 산산조각이 났지만 나는 꿈쩍도 하지 않았다. 지난 7개월 동안 이런 장면은 수없이 봐왔다.

"빌어먹을 내 지갑 가지고 나가. 꺼져, 젠장!"

하딘은 잽싸게 뒷주머니에서 지갑을 꺼내 내 발 밑에 던졌다.

나는 지갑을 주워 핸드백에 쑤셔 넣었다.

"싫어. 너랑 같이 갈 거야."

나는 부드럽게 말했다.

"넌 정말 완벽해…, 너도 알잖아, 그렇지?"

하딘이 한 발짝 다가와 내 턱을 감싸 쥐며 들어올렸다. 갑작스러운 접촉에 움찔했다. 아름다우면서도 고통에 가득 찬 표정이었다.

"모른다는 거야? 네가 이렇게 완벽하다는 걸?"

뺨에 닿은 그의 손이 뜨거웠다. 하딘은 엄지로 내 뺨을 어루만졌다. 파르르 입술 떨렸지만, 눈 하나 깜짝하지 않았다.

"난 완벽하지 않아, 하딘. 완벽한 사람은 세상에 없어."

조용히 대꾸했다. 그리고 그의 눈동자를 응시했다.

"넌 완벽해. 나 같은 인간한테는 너무도."

울고 싶어졌다. 다시 그 자리로 돌아가는 건가?

"네가 날 밀어내도록 놔두진 않을 거야. 네가 무슨 짓을 할지 다 알아. 넌 취했어. 그리고 말도 안 되는 이 상황을 자꾸 정당화하려 하지 마. 나도 너만큼이나 엉망진창이야."

"그딴 식으로 말하지 마."

하딘은 또 한 번 인상을 찌푸렸다. 하딘은 다른 손을 내 목 뒤 머리카락 안으로 넣었다.

"이렇게 예쁜 입으로 그런 말을 하면 안 되지."

하딘은 엄지로 내 아랫입술을 쓰다듬었다. 고통과 분노가 뒤섞여 이글거리고 있었다. 그러나 부드럽고 가벼운 그의 손길이 묘한 대조를 이루었다.

"사랑해, 하딘. 난 아무 데도 가지 않아."

몽롱한 하딘의 정신이 조금이나마 맑아지기를 바라며 말했다. 그의 눈빛에서 나의 하딘이라는 조그만 단서라도 찾고 싶었다.

"두 사람이 서로 사랑하면, 해피 엔딩은 있을 수 없어."

하딘은 부드러운 목소리로 대꾸했다.

그게 무슨 소린지 바로 알아차렸다. 나는 하딘을 살짝 흘겨보았다.

"헤밍웨이 말이잖아, 갖다 붙이지 마."

'내가 그걸 못 알아들을 거라 생각했나? 무슨 짓을 하려는지 모를 것 같아?'

"사실이야. 해피 엔딩은 없어, 적어도 나한테는. 모든 게 엉망진창이야."

하딘이 내 얼굴에서 손을 떼더니 등을 돌렸다.

"아냐, 엉망진창이 아니야! 넌⋯."

"넌 왜 그러는데?"

혀 꼬인 소리다. 하딘의 몸이 앞뒤로 비틀거렸다.

"넌 왜 나한테서 밝은 면을 찾아내려 안달이야? 정신 차려, 테사! 나한테 그런 건 없어!"

하딘은 소리를 지르며 두 손으로 자기 가슴을 내리쳤다.

"난 거지 같은 부모 밑에서 태어난 쓸모없는 자식이라고! 너한테 경고하려고 했어. 널 망치기 전에 밀어내려고 했다고⋯."

하딘의 목소리는 점점 낮아졌다. 그는 주머니에 손을 넣었다. 바에서 봤던 주디의 보라색 라이터가 눈에 들어왔다.

하딘은 라이터를 켜면서 나를 쳐다보지도 않았다.

"우리 부모님도 마찬가지야! 우리 아빠도 재활 시설에 있잖아, 제발 그러지 마."

나는 하딘의 등에 대고 소리쳤다.

결국 일이 벌어지고 말았다. 크리스찬의 고백이 하딘에게 도화선이 될 줄 알았다. 한 사람이 그 큰 충격을 모두 감당할 순 없다. 하딘은 이미 깨지기 일보 직전이었다.

"지금이 마지막 기회야. 이 집에 불 지르기 전에 얼른 나가."

하딘은 여전히 다른 데를 보고 말했다.

"내가 여기 있는데도 불을 지를 거야?"

목이 졸린 듯한 목소리가 나왔다. 나도 모르게 울고 있었던 거다. 가슴이 너무 아팠다. 이미 이성의 끈을 놓아버린 나 또한 두려웠다.

"이리 와."

하딘이 손잡아 달라는 듯 내게 손을 내밀었다.

"라이터 나한테 줘."

"이리 와봐."

하딘은 두 팔을 내밀었다. 나는 흐느끼고 있었다.

"제발."

하딘의 익숙한 손짓을 외면하고 싶었다. 그를 당장 이곳에서 끌고 나가고 싶었다. 하지만 이건 해피 엔딩으로 끝나는 오스틴의 소설이 아니다. 이건 기껏해야 헤밍웨이의 소설이다. 그의 제스처를 보면 분명 알 수 있다.

"라이터 나한테 줘. 그러면 우리 같이 나갈 수 있어."

"넌 억지로라도 내가 멀쩡한 놈이라고 믿게 만들려는 거구나."

라이터는 아직도 하딘의 손 위에 위태롭게 놓여 있었다.

"아니야!"

나는 울부짖었다.

"멀쩡한 사람은 아무도 없어. 네가 그러기를 바라지도 않고. 그냥 널 사랑해. 너와 이 모든 걸 나는 사랑한다고!"

나는 집 안을 둘러보고는 다시 하딘을 쳐다보았다.

"아니. 누구도 그럴 순 없어. 우리 엄마조차도 못했어."

하딘의 입에서 말이 떨어지기가 무섭게 현관문이 큰 소리를 내며 벽에 부딪혔다. 나는 펄쩍 뛸 만큼 놀라 소리 나는 쪽으로 고개를 돌렸다. 크리스찬이 거실로 들어오는 모습을 보자 안도감이 온몸을 휘감았다. 그는 패닉 상태로 헐떡거렸다. 그는 집 안으로 들어와 걸음을 멈추더니 바닥을 온통 뒤덮고 있는 게 술이라는 걸 알아차렸다.

"이게 대체…."

크리스찬은 하딘의 손에 들려 있는 라이터를 노려보았다.

"이리로 오는 중에 사이렌 소리를 들었다. 어서 나가자, 당장!"

크리스찬이 소리쳤다.

"어떻게 당신이…."

하딘은 크리스찬과 나를 번갈아 쳐다보았다.

"네가 전화했어?"

"당연하지! 아니면 테사가 뭘 어쩌겠어? 네가 이 집에 불 지르고 체포되게 그냥 두랴?"

크리스찬이 소리를 질렀다. 하딘은 두 손을 거칠게 휘둘렀다. 여전히 라이터를 켠 채였다.

"빌어먹을, 다 나가! 둘 다!"

크리스찬은 나를 향해 몸을 돌렸다.

"테사, 밖으로 나가자."

하지만 나는 꿈쩍도 하지 않았다.

"하딘을 여기 두고 나가지는 않을 거예요."

하딘이랑 나를 떼어놓으면 안 된다는 걸 아직도 못 깨달은 거야?

"가."

하딘이 내 앞으로 한 발짝 다가오며 말했다. 그는 찰칵거리며 라이터에 불을 붙이려 했다.

"테사 데리고 나가요."

"내 차는 길 건너편에 있다. 거기서 기다려라."

크리스찬이 말했다. 하딘은 라이터 위로 너울거리는 불꽃을 뚫어지게 바라보고 있었다. 나는 안다. 나랑 상관없이 하딘은 일을 저지르고 말 거라는 걸. 그는 너무 취했고, 너무 분노에 차 있었다.

내 손에 차 키가 쥐어졌다. 크리스찬이 내 쪽으로 몸을 기울였다.

"아무 일도 안 일어나게 할게."

잠시 실랑이를 벌이다 차 키를 가지고 현관문을 나섰다. 뒤는 돌아보지 않았다. 뛰어서 길을 건너며 속으로 간절히 바랐다. 저 사이렌 소리의 목적지가 이곳이 아니기를.

7 · 하딘

테사가 현관문을 빠져나가자마자, 반스는 코앞에서 손을 휘둘러가며 소리를 질렀다.

"해봐! 계속 해보라고!"

이 자가 지금 무슨 소리를 하는 거야? 그리고 도대체 언제 온 거야? 그에게 전화한 테사가 원망스럽다. 아니다, 취소다. 절대로 테사를 원망하거나 증오할 수 없다. 그래도 젠장, 완전 열받는다.

"누가 여기 오랬어요?"

말을 내뱉는데 혀가 마비된 것 같았다. 두 눈에서 불이 활활 타오르는 느낌이다.

'테사는 어디 있지? 나가버린 건가?'

그랬던 것 같다. 정신이 없다.

'테사는 언제 간 거지? 애초에 있기나 했던 건가? 젠장, 하나도 모르겠다.'

"어서 불을 붙이라고."

"왜요? 내가 이 집이랑 같이 불타 없어지길 바라요?"

젊은 반스가 벽난로에 비스듬히 기대 서 있다. 그 모습만 머릿속에 가득했다. 반스는 나에게 무언가 읽어주고 있었다.

"나한테 뭘 읽어주고 있는 거죠?"

'내가 지금 무슨 말을 하는 거야? 머릿속이 뒤죽박죽이다.'

현재의 반스가 나를 쳐다보고 있다. 뭔가를 기다리는 표정이다.

"여길 불 질러서 당신이 저지른 모든 잘못도 같이 사라지길 바라는 거죠?"

라이터 불에 엄지가 데일 것 같았지만, 나는 계속 라이터를 딸깍거렸다.

"그건 아니다. 난 네가 이 집을 불태웠으면 한다. 그러면 아마 너도 평안을 얻을 테니까."

그가 나에게 소리를 지르는 것 같다. 하지만 잘 모르겠다. 목소리가 얼마나 큰 건지 가늠이 안 된다. 내가 이 집에 불 질러도 된다고 허락이라도 해주는 거야, 뭐야?

"누가 당신한테 허락해 달래요?"

라이터 불꽃을 소파 팔걸이에 가져다 대었다. 불이 붙기를 기다렸다. 화염이 이 집 구석구석을 집어삼키기를 기다렸다.

하지만 아무 일도 일어나지 않았다.

"진짜 모자란 놈이네, 그렇죠?"

내 아버지라 주장하는 남자를 향해 말했다.

"그렇게 하는 걸로는 어림도 없어."

반스가 말했다. 아니, 떠들고 있는 건 나뿐인가. 젠장, 모르겠다.

포장 박스에 놓인 낡은 잡지 한 권을 집어 들었다. 그 잡지 한쪽 모서리에 불을 옮겨 붙였다. 금세 불이 붙었다. 잡지가 활활 타기 시작하는 걸 보면서 소파 위로 던졌다. 화염이 얼마나 빨리 소파를 집어삼키던지 감동스럽기까지 했다. 묵혀두었던 옛 기억들이 소파와 함께 타버리는 것 같았다.

불길은 쏟아 부은 럼주를 따라 번졌다. 불길이 이리저리 뒤틀리며 퍼져나갔다. 불꽃이 춤을 추듯 마룻바닥으로 번져나가는 모습에 눈을 떼기 힘들었다. 타닥거리는 소리를 듣고 있자니 마음이 편안해졌다. 활활 타는 불길에 온 집안이 환해졌다. 화마는 성이 난 듯 집을 삼키고 있었다.

집이 불타는 소리 사이로 반스의 목소리가 들렸다.

"이제 만족하나?"

잘 모르겠다. 아마 테사는 아니겠지. 결국 내가 이 집을 망가뜨렸다는 사실에 슬퍼하겠지.

"테사는 어딨죠?"

집 안을 둘러보았다. 온통 자욱한 연기만 가득했다. 테사가 여기 있다면, 혹시 무슨 일이라도 생긴다면….

"테사는 밖에 있어. 안전해."

반스가 말했다. 그 말을 믿어도 될까? 나는 이 사람이 죽도록 싫다. 이건 죄다 그의 잘못이다. 테사가 집 안에 있는 건 아닐까? 이 자가 거짓말하고 있는 건 아닐까?

하지만 테사는 바보가 아니다. 이미 빠져나갔다. 여기에서, 파괴를 일삼는 내 손아귀에서 벗어난 거지. 이 자가 나를 제대로 키웠더라면 이런 인간은 되지 않았을 텐데. 그렇게 많은 사람들에게 상처 주지 않았을 텐데, 특히 테사에게. 테사에게는 절대 상처 주고 싶지 않다. 그런데도 나는 늘 상처를 준다.

"당신은 어디 있었죠?"

불이 더 활활 타올랐으면 좋겠다. 이런 불길로는 이 집을 몽땅 태워버릴 수 없을 거다. 어딘가 숨겨놓은 술이 더 있을 텐데. 기억이 나지 않는다. 이 정도로는 성에 차지 않았다. 내 분노를 잠재우기엔 어림도 없다. 더 타올라라, 활활.

"킴벌리와 호텔에 있었다. 소방차가 오기 전에 빨리 나가자. 안 그랬다간 너도 다치게 될 거야."

"그 말이 아니에요. 그날 밤에 어디 있었냐고요!"

집 안이 빙빙 돌기 시작했다. 열기로 숨이 턱턱 막혀왔다.

반스는 충격을 받은 듯 잠시 얼어붙었다. 그러다 허리를 곧게 세우고 똑바로 섰다.

"난 그때 여기 없었어, 하딘! 미국에 있었다고. 나라면 네 엄마가 그런 꼴을 당하게 놔두진 않았을 거다. 하딘, 이제 우리 나가야 해!"

반스가 소리 질렀다.

왜 나가야 하지? 난 이곳이 불타 없어지는 걸 보고 싶은데.

"어찌 됐든 그런 일이 벌어졌잖아요."

몸이 점점 무거워진다. 좀 앉아야겠다. 머릿속에 같은 장면이 되풀이되고 있다. 반스도 그걸 피할 순 없다.

"엄마는 피투성이가 될 때까지 맞았어요. 그놈들은 엄마를 유린했어요. 엄마는 당하고 또 당하고, 당했어요…."

가슴이 찢어질 것 같았다. 그 장면으로 들어가 다 꺼져버리라고 소리치고 싶었다. 모든 게 쉬웠다. 테사를 만나기 전에는 말이다. 어떤 것도 나를 아프게 할 수 없었다. 이 빌어먹을 기억조차도. 스스로 억누르는 걸 배웠다. 그런데 테사가 이렇게 만들어버렸다…. 단 한 번도 원치 않았던 이런 기분을 느끼게, 테사가 그렇게 만들어버렸다.

"미안하다! 그런 일이 일어나게 해서 정말 미안해! 내가 막았어야 했는데!"

고개를 들었다. 반스는 울고 있었다.

'내 앞에서 눈물을 흘려? 자기 눈으로 보지도 못한 주제에? 자려고 눈 감을 때마다 그 장면이 펼쳐지는 고통을 알지도 못하는 주제에?'

푸른 불빛이 창문을 통해 쏟아져 들어왔다. 사이렌 소리가 너무 크다. 빌어먹을, 귀청 떨어질 것 같다.

"나가라고!"

반스가 소리쳤다.

"당장 나가! 뒷문으로 나가서 내 차에 타! 어서 가!"

반스는 반쯤 미친 것 같았다. 젠장, 드라마틱하군.

"엿이나 먹어요."

나는 휘청거렸다. 집 안이 이제 더 빨리 빙빙 돈다. 사이렌 소리가 귀청을 찢을 듯 요란했다. 저항할 틈도 없이 반스가 나를 움켜잡더니 부엌으로 끌어당겼다. 그러더니 등을 밀어 부엌 뒷문으로 밀어버렸다. 저항해보려고 했지만 이미 내 몸뚱이는 말을 듣지 않았다. 차가운 공기가 온몸을 휘감았다. 현기증이 났다. 콘크리트 바닥에 엉덩방아를 찧으며 주저앉았다.

"골목 저쪽에 있는 내 차에 타."

말이 끝나기 무섭게 반스는 사라져버렸다. 넘어지기를 수차례, 나는 비틀거리며 일어섰다. 부엌 뒷문을 열어보았지만 잠겨 있었다. 안에서는 사람들이 웅성거리는 소리가 들렸다. 모두 마구 소리치고 있었고, 소리는 전부 귓전에서 웅웅거렸다.

'젠장, 이건 또 뭐야?'

주머니에서 휴대전화가 울렸다. 화면에 테사의 이름이 반짝였다. 두 가지를 선택할 수 있다. 반스의 차로 가서 테사를 만나든가, 집 안으로 들어가 체포되든가. 전화기 화면에 테사의 얼굴이 희미하게 보였다. 나만 생각하기로 했다.

경찰 눈에 띄지 않고 길을 건널 방법이 없었다. 전화기 화면이 어른거려 제대로 보이지 않았다. 기를 쓰고 테사의 전화번호를 찾아 눌렀다.

"하딘! 괜찮아?"

테사는 수화기에 대고 울먹였다.

"길 아래쪽으로, 데리러 와줘. 공동묘지 앞이야."

이웃집 문 빗장을 열며 전화를 끊었다. 적어도 마이크네 앞마당으로는 안 들어가도 되겠다.

아, 마이크는 오늘 엄마랑 결혼한 건가? 마이크를 위해서라도 안 했기를….

'네 엄마가 평생 혼자 살길 바라는 건 아니잖아. 네가 엄마를 사랑한다는 거 알아. 결혼한대도 여전히 엄마잖아.'

테사의 목소리가 머릿속에서 맴돌았다. 멋지군, 환청까지 들리네.

'난 완벽하지 않아, 하딘. 완벽한 사람은 세상에 없어.'

테사의 달콤한 목소리가 들려왔다. 테사가 틀렸다. 그녀는 순수하고 완벽했다.

어떻게든 서 있으려고 기를 썼다. 엄마네 집 길 모퉁이였다. 뒤쪽에 있는 공동묘지는 캄캄했다. 멀리서 플래시 불빛이 푸른 빛을 내뿜으며 다가오고 있었다. 잠시 후, 검정색 세단이 다가와 내 앞에 멈춰 섰다. 테사였다. 아무 말 없이 차에 올라탔다. 테사가 가속 페달을 밟는 것과 동시에 가까스로 차 문을 닫았다.

"어디로 가야 해?"

쉰 목소리였다. 테사는 흐느낌을 멈추려고 애쓰고 있었다. 하지만 안쓰럽게도 실패다.

"몰라…. 갈 만한 데가…."

눈꺼풀이 무거웠다.

"별로 없을 거야. 한밤중에 너무 늦었으니…. 문 연 곳이 없을 거야…."

가만히 눈을 감았다. 모든 장면이 천천히 지워졌다.

사이렌 소리에 번쩍 눈을 떴다. 요란한 소리에 놀라 펄쩍 뛰는 바람에 천장에 머리를 부딪쳤다.

'차 안인가? 내가 왜 여기 있지?'

주위를 둘러보았다. 운전석에 테사가 앉아 있다. 테사는 눈을 감은 채 다리를 끌어안고 웅크리고 있었다. 지난밤 부엌에서의 일이 번뜩 떠올랐다. 머리가 지끈거린다. 술을 너무 많이 마셨다.

날이 훤히 밝았지만, 태양은 구름 뒤로 숨어 있었다. 하늘은 온통 잿빛으로 음울했다. 대시보드에 있는 시계를 보니, 7시 10분 전이다. 도대체 여기가 어딘지 모르겠다. 어쩌다가 이 차에 타게 됐는지 기억해 내려 애를 썼다.

경찰차도 사이렌도 없다⋯. 아마 꿈이었던가. 머리가 욱신거렸다. 셔츠를 들어 올려 얼굴을 문질렀다. 짙은 담배 냄새가 코를 자극했다.

불타오르던 소파와 테사가 울부짖던 모습이 머릿속을 스쳤다. 어떻게든 이야기를 꿰맞춰 보려 했다. 아직도 반쯤은 술에 취한 것 같다.

테사가 눈꺼풀을 움찔거리더니 눈을 떴다. 어젯밤 그녀는 무엇을 본 걸까. 내가 무슨 말을 했는지, 무슨 짓을 했는지 알 수가 없다. 하지만 이것만은 확실하다. 어젯밤 그 집을⋯ 불태운 게 맞기를. 테사의 눈빛이 말하고 있었다. 엄마 집이 머릿속에 떠올랐다.

"테사, 난⋯."

무슨 말을 해야 할지 모르겠다. 머리도, 빌어먹을 혀도 말을 듣지 않는다.

탈색한 주디의 머리카락, 크리스찬이 뒷문으로 나를 밀쳐내던 장면이 드문드문 떠올랐다.

"괜찮아?"

테사의 목소리는 부드러웠지만 갈라졌다. 목이 쉰 것 같았다.

지금 나한테 괜찮냐고 물어본 건가?

테사의 표정을 살폈다. 질문의 의도가 헷갈렸다.

"음, 응? 너는?"

어젯밤 무슨 일이 있었는지 기억이 나지 않는다…, 맙소사 낮에는 또 뭘 한 거지? 아무튼 테사가 나한테 화나 있다는 건 알겠다.

테사는 천천히 고개를 끄덕였다. 그녀도 내 표정을 살피는 듯 했다.

"기억해내려고 애쓰는 중이야…. 경찰들이 왔고…."

혼란스러운 기억들을 꿰맞추는 중이다.

"집이 불탔어…. 근데 여긴 어디야?"

창밖을 내다보았다.

"우린 지금…, 글쎄, 나도 여기가 어딘지 잘 모르겠어."

테사는 목청을 가다듬으며 앞을 바라보았다. 어젯밤 소리를 많이 질렀나 보다. 아니면 울었든가, 아니면 둘 다 했든가. 목소리가 거의 나오지 않았다.

"어디로 가야 할지 모르겠더라고. 넌 잠들었고. 그래서 그냥 막 운전했어. 근데 나도 너무 피곤했거든. 그래서 결국 어딘지도 모를 이곳에 차를 세웠어."

테사의 눈은 핏발이 서고 퉁퉁 부어 있었다. 눈 밑은 화장이 번져 시커멨고, 입술을 바짝 말라 갈라졌다. 그래도 여전히 아름다웠다. 내가 어제 그녀를 있는 대로 몰아붙인 모양이다.

테사의 두 볼은 생기가 사라졌고, 눈동자는 희망을 잃은 듯 공허했다. 도톰한 입술에 묻어있던 행복도 사라져버렸다. 타인을 위하고 배려하는 이 아름다운 여자를, 심지어 나에게서까지 좋은 면을 찾으려 했던 이 여자를 내가 망쳐버렸다. 나를 바라보고 있는 그녀를 아무것도 남지 않은 빈껍데기로 만들어버렸다.

"속이 너무 안 좋아."

속이 메슥거려 차 문을 재빨리 열었다. 어제 마신 위스키와 럼이, 내가 저지른 모든 잘못과 함께 한꺼번에 콘크리트 위로 쏟아졌다. 속에 있는 걸 모두 쏟아내듯 몇 차례 게워냈다. 이제 남은 건 죄책감뿐이다.

8 · 하딘

거친 숨을 내쉬는 사이사이 테사의 부드럽지만 성마른 목소리가 들렸다.

"우리, 어디로 가야 해?"

"몰라."

다음 비행기로 런던을 떠나라고 말해야 하나. 물론 테사 혼자. 하지만 이기적으로 생각하자면, 만약 그랬다간 술 없이는 살 수 없게 될 것이다. 또다시 구토가 올라왔다. 몸속에 있는 한 방울의 알코올까지 모두 게워내려는 듯 목구멍이 쓰렸다.

테사가 팔걸이 콘솔에서 냅킨을 꺼내 내 입 꼬리를 닦아주었다. 테사의 손끝이 뺨에 닿을 듯 스쳤다. 차가운 손길에 놀라 몸을 움찔했다.

"몸이 꽁꽁 얼었어. 얼른 시동 걸어."

테사가 머뭇거리는 사이 몸을 기울여 시동을 걸었다. 송풍구에서 찬 바람이 쏟아져 나왔다. 처음엔 추웠지만, 금세 차 안이 훈훈해졌다.

"기름 넣어야 해. 얼마나 더 갈 수 있을지 모르겠어. 연료등에 불이 들어왔고, 스크린에 경고 문구까지 떴어."

테사가 대시 보드에 있는 내비게이션 화면을 가리켰다.

테사의 목소리를 들으니 마음이 아팠다.

"목이 완전히 쉬었어."

테사는 고개를 끄덕이며 나에게서 얼굴을 돌렸다. 테사의 턱을 잡고 내 쪽으로 다시 돌렸다.

"네가 간다고 해도 말리지 않을 거야. 지금 바로 공항에 데려다줄게."

테사는 알 듯 모를 듯한 표정으로 잠시 나를 쳐다보았다.

"넌 여기 있으려고? 우리 비행기는 오늘 밤이야. 내 생각엔⋯."

목소리가 이상했다. 테사는 말을 멈추고 기침을 해댔다.

물이나 음료수가 있나 살펴봤지만, 아무것도 없었다. 테사가 기침을 멈출 때까지 등을 쓰다듬어 주었다. 그러고 나서 화제를 바꿨다.

"자리 바꾸자. 내가 운전할게."

나는 길 쪽으로 턱짓을 했다.

"목 상태를 보니 물이라도 좀 마셔야겠어."

테사가 내리기를 잠시 기다렸다. 그러나 테사는 나를 힐끗 보더니 차를 움직여 주차장을 빠져나왔다.

"너 아직 음주운전이거든."

테사는 억지로 목을 쥐어짜 내 겨우 말했다.

반박의 여지가 없었다. 차 안에서 쪽잠 몇 시간 잤다고 숙취가 해소될 리 만무다. 어젯밤 필름이 끊길 만큼 술을 퍼마셨다. 그 결과 무시무시한 두통에 시달리고 있다. 아마 온종일, 아니면 적어도 반나절은 이럴 거다. 변명의 여지도 없다. 술을 몇 병이나 마신 건지 기억도 나지 않으니까….

머릿속이 뒤죽박죽인 채로 기억을 더듬고 있었다. 때마침 주유소로 들어간 테사가 주유기 앞에 차를 세웠다.

"잠깐 안에 들어갔다 올게."

나는 말릴 틈도 없이 차에서 뛰어내렸다. 이른 시간이어서 그런지 안에는 사람이 거의 없었다. 아스피린과 생수, 간단한 주전부리들로 내 손은 그득 찼다. 테사가 안으로 들어왔다.

안에 있던 사람들의 머리가 일제히 테사를 향했다. 테사의 흰 드레스는 때가 꼬질꼬질했고, 매무새는 엉망이었다. 한 남자의 시선이 유난히 구역질 났다.

"차 안에 있으라니까."

테사가 다가오는 걸 보며 나무라듯 말했다. 테사는 내 코앞에 뭔가를 흔들어댔다.

"지갑을 두고 갔잖아."

"아."

테사는 지갑을 건네주더니 순식간에 사라졌다. 잠시 후, 계산대 앞에 섰을 때 테사가 다가와 내 곁에 섰다. 김이 모락모락 피어오르는 커다란 커피 컵을 양손에 든 채였다.

들고 있던 물건들을 계산대 위에 쏟아놓았다.

"계산하는 동안 휴대전화로 우리 위치 좀 확인해봐."

테사 손에 있는 큼지막한 커피 컵을 받아들며 말했다.

"뭐라고?"

"위치 확인하라고. 우리가 지금 어디 있는지."

카운터에 있던 남자 직원이 아스피린 병을 흔들어 바코드를 찍으며 거들었다.

"올할로우스예요. 당신들이 있는 곳이요."

남자는 테사에게 고개를 까딱했다. 테사는 남자에게 예의 바른 미소를 건넸다.

"고맙습니다."

테사가 환한 웃음을 짓자, 남자는 얼굴을 붉혔다.

'그래, 테사가 좀 섹시하지. 눈깔을 확 뽑아버리기 전에 어서 시선 돌리시지.'

남자에게 말해주고 싶었다.

'그리고 약병을 흔들어서 한 번 더 끔찍한 소음을 냈다간 가만두지 않을 거야. 안 그래도 머리가 깨질 것 같은데.'

어젯밤 이후, 누가 됐든 감정의 배출구가 필요했다. 게다가 저런 흐리멍덩한 눈으로 내 여자의 가슴을 훔쳐보는 녀석을 봐줄 상황이 아니란 말이다. 빌어먹을 아침 7시밖에 안 된 지금은 더욱.

영혼이 빠져나간 듯한 테사의 눈빛을 보지 못했더라면, 아마 당장 계산대에 있는 녀석의 멱살을 잡고 끄집어냈을 거다. 테사의 접대용 미소, 마스카라가 시커멓게 번진 두 눈, 꼬질꼬질한 드레스를 보자 그럴 마음이 사라졌다. 테사는 슬픔에 젖어 반쯤 정신이 나간 사람처럼 보였다.

'내가 대체 너한테 무슨 짓을 한 거니?'

테사의 시선이 출입문 쪽으로 옮겨졌다. 젊은 여자와 아이가 들어오고 있었다. 손을 잡은 채였다. 그들의 작은 움직임까지 눈을 떼지 못하는 테사를 바라보았다. 나를 그렇게 쳐다봤다면 소름이 끼쳤을지도 모른다. 여자아이가 엄마를 올려다보자, 그걸 바라보는 테사의 아랫입술이 가늘게 떨렸다.

'이건 또 무슨 상황이지? 가족사의 새로운 비밀이 드러나 내가 발광을 했다고 저러는 게 말이 돼?'

점원은 물건을 쇼핑백에 넣어 내 코앞에 던지듯 놓았다. 건방진 놈. 금세 신경이 곤두섰다. 테사가 시선을 거두자마자 녀석은 싹수없이 굴기로 결심한 듯했다.

쇼핑백을 낚아채며 테사에게 몸을 기울였다.

"나가자."

나는 팔꿈치로 테사를 쿡쿡 찔렀다.

"어, 그래. 미안."

테사가 중얼거리며 계산대 위에 있던 커피 컵을 잡았다.

차에 타며, 반스가 빌린 이 차를 바다에 처박아버릴까 생각했다. 올 할로우스라면 바닷가 바로 근처다. 그러니 어려운 일도 아니다.

"가브리엘 바에선 얼마나 떨어져 있는 거야, 우리?"

테사가 차에 타며 물었다.

"차가 거기에 있거든."

"한 시간 반쯤은 걸려, 교통 사정을 고려하면."

'차는 천천히 물속으로 가라앉을 거다. 반스는 차 값으로 큰돈을 물어줘야겠지. 가브리엘 바까지 우리는 택시를 타면 그뿐. 꽤 괜찮은 거

래군.'

테사가 아스피린 병을 열어, 내 손에 세 알을 올려주었다. 그러더니 휴대전화 화면을 보고 얼굴을 찌푸렸다. 메시지가 들어온 모양이었다.

"어젯밤 얘기 좀 해줘. 방금 킴벌리한테서 문자메시지 받았어."

그러자 어젯밤인 듯한 장면들이 흐릿하게 떠올랐다. 소리도 기억나는 것 같았다…. 반스가 나를 밖으로 밀어냈다. 그리고 불타는 집 안으로 다시 들어갔다…. 테사는 휴대전화에서 눈을 떼지 못했다. 나도 덩달아 걱정이 커졌다.

"그 사람은…."

뭐라고 말해야 할지 모르겠다. 목에 무슨 덩어리가 걸려 있는 것 같았다.

테사가 나를 쳐다보았다. 테사의 눈에 눈물이 차오르기 시작했다.

"살아 있대, 당연히. 근데…."

"뭔데? 그 사람이 뭐?"

"화상을 입었대."

무겁진 않지만 불쾌한 통증이 스멀스멀 번져나갔다. 테사의 눈물 때문에 가슴이 더 먹먹해졌다.

테사는 손등으로 한쪽 눈을 훔쳤다.

"킴벌리 말로는 한쪽 다리를 다쳤대. 그리고 병원에서 퇴원하는 대로 체포될 거래."

"뭣 때문에?"

이미 답을 알 것 같기도 했다.

"반스 씨가 불을 지른 게 자기라고 경찰한테 말했대."

테사가 휴대전화를 내게 들이밀었다. 킴벌리한테 온 장문의 문자메시지였다.

빠짐없이 모두 읽었다. 그닥 새삼스러울 건 없었다. 킴벌리가 패닉에 빠져있다는 정도?

아무 말도 하지 않았다. 사실 할 말도 없었다.

"그럼 이제…."

테사가 부드러운 목소리로 물었다.

"이제 뭐?"

"아버지가 전혀 걱정되지 않는 거야?"

살기등등한 내 시선을 피하지 않으며 테사가 덧붙였다.

"크리스찬 말이야."

'그 사람이 나 때문에 다쳤다.'

"애초에 거길 오지 말았어야지."

테사는 태연하게 말하는 나를 소름끼친다는 듯 쳐다보았다.

"하딘, 그 사람은 날, 아니 널 도와주러 온 거야."

그녀의 말을 막았다.

"나도 알아, 그런데…."

놀랍게도 테사가 손을 들어 내 말을 막았다.

"내 말 안 끝났어. 그 사람은 네가 저지른 방화 책임을 뒤집어쓴 것도 모자라 다치기까지 했어. 지금 네가 그 사람을 증오한다는 거 알아. 하지만 난 널 알아. 진짜 네 모습 말이야. 그러니까 이러고 앉아서 그 사람한테 무슨 일이 일어났든 상관 안 하는 것처럼 굴지 마. 네 속이 뻔히 다 보인다고."

열을 올리던 테사가 발작적으로 기침을 해댔다. 물병을 그녀에게 들이밀었다.

테사의 기침이 멎을 동안 그녀의 말을 곱씹어보았다. 테사 말이 맞다. 하지만 당장은 테사가 얘기한 것들을 감당할 자신이 없다. 그 자가 나한테 저지른 짓들을 받아들일 준비가 돼 있지 않았다. 그동안 모른 척 하다가 갑자기 아버지라 폭탄선언을 한 그를 인정할 수가 없다. 젠장, 모두 다 싫다, 특히 그자는 더욱. 내가 저지른 악행들로 자기 잘못이 상쇄될 것이라 생각하는 것 말이다. 또 결국엔 엉망진창인 과거를 내가 다 잊어버릴 거라고 생각하는 것도. 엄마 아빠가 소리를 질러대며 서로를 할퀴던 소리를 들으며 지새웠던 밤들. 술 취한 아빠를 피해 황급히 계단을 올라갔던 수많은 시간. 알고 있으면서도 내게 말해주지 않았던 그 모든 것들을 말이다.

안 돼, 빌어먹을! 그렇게는 안 돼. 이건 상쇄할 수 있는 게 아니다. 지금은 물론 앞으로도 절대.

"그깟 다리 좀 데고, 내 죄를 뒤집어썼다고 해서 내가 그자를 용서해야 한다는 거야?"

두 손으로 머리카락을 쓸어 넘겼다.

"빌어먹을 21년 동안이나 거짓말해왔던 걸, 내가 하루 만에 용서해야 하냐고?"

의도치 않게 목소리가 커졌다.

"아냐, 그런 거!"

테사도 나만큼이나 목청을 돋우며 말했다. 테사의 성대가 많이 상한 것 같았지만 그녀는 아랑곳하지 않았다.

"그 사람이 했던 어떤 일 때문에 네가 이 상황을 무시하려고 하는 걸 용납 못 한단 소리야. 그 사람은 널 위해 감옥까지 가게 됐어. 근데도 넌 그 사람 상태가 어떤지 묻는 것조차 귀찮다는 듯 행동하잖아. 네 곁에 없었든, 거짓말을 했든, 아버지든 아니든, 그 사람은 널 사랑해. 그래서 어젯밤에 저지른 네 만행을 대신 책임지려 하잖아."

'이건 또 무슨 개소리야.'

"지금 누구 편을 드는 거야?"

"편 같은 거 없어!"

테사는 소리 질렀다. 차 안 작은 공간에 그녀의 목소리가 쩌렁쩌렁 울렸다. 가뜩이나 머리가 깨질 것 같은데 퍽이나 도움 된다.

"다들 네 편이야, 하딘. 세상이 다 널 등지고 있다고 생각하지? 주위를 좀 둘러봐. 너한테는 내가 있잖아. 네 아버지도 있고. 또 널 친자식처럼 사랑하는 카렌도 있고. 그리고 랜던, 걔도 네가 인정하지 않을 수 없을 만큼 널 사랑하잖아."

테사는 일장 연설을 그치지 않는다.

"킴벌리가 좀 성가실지도 모르겠지만, 암튼 그녀도 널 많이 생각해 줘. 네가 유일하게 좋아하는 꼬마인 스미스도 있잖아."

테사는 떨리는 손으로 내 두 손을 꼭 잡았다. 그러더니 양쪽 엄지로 내 손바닥을 천천히 문질렀다.

"아이러니하잖아, 정말. 세상을 증오하던 남자가 세상으로부터 사랑을 받고 있다니."

속삭이던 테사의 두 눈에 눈물이 가득 고였다. 나를 위한 눈물일 테지. 나를 위해 흘린 그 많은 눈물.

"베이비."

테사를 끌어당겼다. 테사는 내 무릎 위에 올라앉아 두 팔로 내 목을 감싸 안았다.

"넌 날개 없는 천사야."

그녀의 목덜미에 얼굴을 파묻었다. 헝클어진 그녀의 머리카락 속에 나를 숨기고 싶었다.

"사람들을 받아들여, 하딘. 그러면 네 인생이 훨씬 쉬워질 거야."

애완동물 다루듯 테사가 내 머리를 쓰다듬었다…. 젠장, 이게 뭐라고 이렇게 좋을까. 나는 그녀의 품 안으로 더욱 파고들었다.

"그렇게 쉽진 않을 거야."

목구멍이 불타는 것 같았다. 테사의 체취를 맡으며 숨을 쉬고 싶다. 희미하게 담배 냄새와 불에 탄 냄새가 났다. 차 안은 숨이 막혔지만 마음이 차분해졌다.

"그래, 알아."

테사는 계속 내 머리를 쓰다듬었다. 나는 그 말을 믿고 싶었다.

테사는 어떤 상황에서도 내 마음을 이해해준다. 나 같은 놈을.

경적 소리에 퍼뜩 정신이 들었다. 아, 여기 주유소였지. 뒤에 있던 트럭이 자리를 차지하고 있는 우리를 못마땅해하는 게 분명했다. 테사는 얼른 조수석으로 돌아가 안전띠를 맸다.

차를 주유기 앞에 세워두고 우물거리는 건 안 될 일이지. 테사 배에서 꼬르륵거리는 소리가 들렸다. 테사가 밥을 먹은 게 언제였을까? 기억나지 않는다는 건 아주 오래됐다는 뜻이겠지. 주유소에서 빠져나와 길 건너에 있는 주차장에 차를 세웠다. 어제 밤을 지새운 곳이다.

"뭐 좀 먹자."

에너지바를 테사 손에 쥐어주었다. 차를 나무들이 빽빽한 곳 아래로 옮겨 세우고 히터를 켰다. 봄이지만 아침나절에는 꽤 쌀쌀했다. 테사는 사시나무 떨듯 덜덜 떨고 있었다. 한 팔로 테사를 감쌌다.

"우리 하워스에 갈까. 브론테 작품에 나오는 곳 말이야. 너한테 그 황야를 보여주고 싶어."

테사가 깔깔대는 바람에 깜짝 놀랐다.

"왜?"

바나나 머핀을 베어물며, 테사를 향해 한쪽 눈썹을 찡긋 올렸다.

"어젯밤 그 난리를 쳐놓고."

테사가 목청을 가다듬었다.

"그래놓고 나를 황야로 데려가겠다고?"

테사는 고개를 가로저으며 커피 컵을 쥐었다. 나는 한쪽 입술을 깨물며 어깨를 으쓱했다.

"음….."

"얼마나 가야 하는데?"

예상보다는 미적지근한 반응이다. 주말이 이렇게 개판으로 끝나지 않았더라면, 엄청 좋아했을 텐데. 제인 오스틴의 집인 초튼에도 데려가겠다고 약속했었다. 하지만 지금 기분으로는 『폭풍의 언덕』의 그 황무지가 더 어울릴 것 같았다.

"네 시간쯤."

"너무 먼데."

테사는 잠시 생각하며 커피를 마셨다.

"네가 가보고 싶어 할 거 같아서."

"가고는 싶지…."

뾰로통한 말투였다. 뭔가 석연찮은 게 분명했다. 빌어먹을, 난 언제 쯤 이 회색 눈동자 속에 드리운 근심을 거둬줄 수 있을까?

"그러면서 멀다고 구시렁거려?"

나는 머핀 한 개를 해치우고 다른 머핀 포장을 뜯었다.

테사는 살짝 화가 난 듯 했다. 하지만 여전히 부드러운 음성으로 말 했다.

"내가 궁금한 건, 그 황야를 보기 위해 네가 정말 하워스까지 내내 운 전해도 괜찮은지야."

테사는 머리카락을 귀 뒤로 쓸어 넘기며 깊은 한숨을 쉬었다.

"하딘, 네가 날 많이 생각하고 있다는 거 알아."

테사가 안전띠를 풀고 내 앞으로 바싹 다가왔다.

"『폭풍의 언덕』 때문에 날 그 황무지에 데려가고 싶은 거잖아. 오스 틴 작품에 나오는 초튼이 아니라. 그래서 더 초조해지는 것 같아."

이미 내 머리 꼭대기에 올라앉아 있구나, 테사. 어떻게 항상 이럴 수 있지?

"아니야."

거짓말을 했다.

"그냥 네가 그 황야와 브론테 동네를 보면 좋아할 거라고 생각했어. 맹세해."

테사의 눈길을 피하며 딴청을 피웠다. 테사 말이 맞다는 걸 인정하 기 싫었다.

테사는 에너지바 포장지를 만지작거렸다.

"암튼, 거기는 안 가는 게 나을 거 같아. 난 그냥 집에 가고 싶어."

한숨을 쉬며 테사의 손에서 에너지바를 가져와 포장을 뜯었다.

"일단 뭐 좀 먹어야 해. 금세 쓰러져 죽을 것처럼 보여."

"진짜 그럴 거 같아."

테사는 나지막이 중얼거렸다. 나한테 하는 말이라기보다는 혼잣말 같았다.

에너지바를 겨우 한입 먹는 걸 보고 억지로 입에 쑤셔 넣을까 잠깐 생각했다.

"그럼, 집에 가고 싶은 거야?"

할 수 없이 하기 싫은 질문을 던졌다. 정확하게 어느 집인지는 말하기 싫었다. 테사는 우거지상을 했다.

"응, 너희 아버지 말씀이 옳았어. 런던은 내가 상상했던 곳이 아닌 것 같아."

"내가 망쳐서 그래."

테사는 부정도 긍정도 하지 않았다. 그저 잠자코 앉아 멍한 눈빛으로 창밖의 나무들을 응시했다. 해야 할 말을 하라고 마음속에서 떠들어댔다. 지금이 아니면 못 할 것 같았다.

"난 여기 좀 더 있어야 할 것 같아…."

결국 던지고야 말았다. 테사는 우물거리던 입을 멈추고 내게 몸을 돌렸다. 그러고는 눈을 가늘게 뜨고 나를 쳐다보았다.

"왜?"

"거기 다시 가는 것도 말이 안 되잖아."

"아니, 네가 여기 있는 게 말이 안 되지. 왜 그렇게 생각해?"

테사는 마음이 상한 것 같았다. 그럴 줄 알았다. 하지만 내게 무슨 선택지가 있겠는가?

"아버지가 사실 내 아버지가 아니기 때문이지. 엄마는 거짓말쟁이고."

머릿속에 떠오르는 대로 엄마를 부르려다 멈추었다.

"게다가 내 생물학적 아버지란 사람은 감옥에 가게 생겼잖아. 내가 엄마네 집에 불을 지른 걸 뒤집어쓰고 말이야. 말도 안 되는 막장 드라마야."

어떻게든 테사의 리액션을 끌어내려 애를 쓰며 얼굴을 찌푸렸다.

"우리가 할 일은 이 역할을 끝내주게 소화할 배우들을 캐스팅하는 거야. 그럼 이 드라마는 대박날 거야."

테사는 슬픈 눈빛으로 나를 빤히 보았다.

"난 어째서 네가 여기 있으려고 하는지 아직도 이해가 안 돼. 그러면 나랑 멀리 떨어지게 되는 거잖아. 네가 원하는 게 그거야? 나하고 떨어지는 거?"

"그런 게 아니라⋯."

나는 더듬거리며 대답했다. 머릿속의 생각을 어떻게 말로 옮겨야 할지 모르겠다. 빌어먹을, 이게 항상 가장 큰 골칫거리다.

"그냥 그렇게 생각했어. 우리가 잠시 떨어져 있으면, 내가 널 위해 뭘 하는 건지 알게 될 거라고. 넌 그저 네 생각만 하면 돼."

테사는 풀이 죽었지만, 나는 밀어붙였다.

"내가 아니었으면 겪지 않아도 될 일을 네가 너무 많이 겪고 있잖아."

"날 위한 거라고 핑계 대지 마."

테사의 목소리는 얼음장처럼 차가웠다.

"넌 그걸 구실 삼아 스스로를 파괴하고 있잖아."

'맞아.'

나는 나 자신을 파괴하고 있다. 다른 사람에게 상처를 주고 스스로도 상처 입는다. 나는 구제 불능이다. 그래, 바로 그거다.

내 말을 잠깐 기다리다가 테사가 다시 말을 이었다.

"좋아. 나도 손 뗄게. 네가 네 생각만 하면서 우리 모두에게 상처를 줄 작정이라면⋯."

말을 채 끝내기 전에 테사를 안아 다시 내 다리 위에 앉혔다. 테사는 내 팔을 비틀며 내려가려 했다. 하지만 나는 그녀를 꼼짝 못 하게 했다.

"나랑 함께 있는 게 싫다면, 내 옆에서 꺼져버려."

테사는 분노했다. 눈물은 흘리지 않았다. 테사의 분노는 충분히 다룰 수 있다. 눈물이 더 문제지. 화가 나서 눈물마저 말라버린 모양이었다.

"그만 좀 덤벼."

테사의 손목을 꽉 잡아 등 뒤로 돌려 한 손으로 붙잡았다. 테사는 경고의 눈빛을 보내며 나를 노려보았다.

"매번 문제가 생길 때마다 이러는 건 아니잖아. 내가 너한테 과분하다고 네 맘대로 결정해버리는 것도 마찬가지야!"

면전에 대고 테사가 소리를 질렀다.

아랑곳하지 않고 나는 테사의 목덜미에 입술을 가져다 대었다. 테사가 흠칫 놀랐다. 이번엔 분노가 아닌 희열의 몸짓이다.

"하지 마⋯."

설득력이라곤 하나도 없는 말투였다. 테사는 거부하려고 몸부림을 쳤지만 소용없었다. 우리에게 필요한 건 이거라는 걸 우리 둘 다 알고 있었다. 서로의 몸이 필요했다. 설명할 수도, 거부할 수도 없다. 그저 감정이 이끄는 대로 몸을 맡길 수밖에.

"사랑해, 널 사랑한다는 거 잘 알잖아."

목덜미의 살갗을 부드럽게 빨았다. 입술이 닿는 곳마다 핑크빛으로 물드는 걸 희열에 차 바라보았다. 멈추지 않고 서서히 그녀의 목덜미를 잠식해 나갔다. 입술 자국이 이내 사라질 정도로 부드럽게.

"이러지 마."

말투는 단호했지만, 테사의 눈길은 어느새 내 손의 움직임을 쫓고 있었다. 손을 훤히 드러난 그녀의 허벅지 사이로 옮겼다. 테사의 드레스는 허리께까지 올라가 있었다.

"내가 하는 모든 행동은 널 사랑하기 때문이야. 아무리 한심한 행동이라도 말이야."

팬티 레이스에 손이 닿았다. 힘주어 모은 허벅지 사이로 손을 움직였다. 테사가 숨을 헐떡였다. 그녀의 몸은 이미 축축이 젖어 있었다.

팬티를 젖히고 젖어 있는 속살로 손가락 두 개를 밀어 넣었다. 테사가 흐느끼며 허리를 구부렸다. 그녀의 몸에 긴장이 풀리는 느낌이 들었다. 운전석을 더 뒤로 밀었다. 차 안이었지만 공간은 충분해졌다.

"이런 식으로 논점을 흐리지 마…."

손가락을 뺐다가 다시 밀어 넣었다. 테사가 더 이상 떠들지 못하게 할 참이다.

"아니, 베이비. 그렇게 할 거야."

테사의 귀에 입술을 갖다 대었다.

"손 풀어주면 그만 덤빌래?"

테사가 끄덕였다. 손을 놓아주자, 테사는 두 손을 내 머리카락 속에 파묻었다. 나는 테사의 드레스 앞섶은 잡아당겼다.

순백의 레이스 브라가 음란해 보였다. 테사의 금발과 순백의 드레스, 나의 짙은 색 머리카락과 시커먼 옷의 앙상블이 묘한 대조를 이루었다. 극명한 대조가 어쩐지 에로틱해 보였다. 내 손가락이 테사의 몸 안을 들락거릴 때마다 티끌 하나 없이 뽀얀 허벅지 위로 내 손목에 새긴 타투가 사라졌다 나타나곤 했다. 테사의 신음과 흐느낌이 좁은 공간에 가득 찼다. 내 시선은 그녀의 탄탄한 복근과 가슴으로 거침없이 질주했다.

완벽한 핑크빛 젖꼭지에서 눈을 떼어 주차장을 살살이 살폈다. 유리가 짙게 선팅되어 있었지만, 밖에 아무도 없는지 확인해야 했다. 브라를 풀고 손을 가슴에 대고 천천히 움직였다. 반항하듯 테사가 칭얼거렸다. 내 얼굴에 희미하게 미소가 번지는 걸 느꼈다.

"제발."

테사가 애원했다.

"뭘 원하는지 말해봐."

늘 그랬듯이 테사를 약올렸다. 테사가 직접 말한 게 아니면 뭐든 진심이 아닌 것처럼 느껴졌다. 그녀가 원하는 방식으로 그녀를 대할 거다. 테사는 내 손을 다시 허벅지 사이에 가져다 대었다.

"내 몸을 만져줘."

그녀는 한껏 부풀고 흠뻑 젖은 채 나를 갈구했다. 그리고 나는 그녀가 상상도 못 할 만큼 그녀를 사랑한다. 내게 필요한 건 이거였다. 그녀가 다른 일 따위는 아무 상관도 없게 만들어주길 원했다. 복잡한 현실에서 도망치려는 나를 이끌어주었으면 했다. 아주 잠깐의 쾌락일 뿐이지만, 상관없었다.

테사가 원하는 대로 해주리라. 그녀는 나를 받아들이며 내 이름을 신음했다. 입술은 꽉 깨문 채. 그녀가 내 바지 속으로 손을 넣어 페니스를 움켜쥐었다. 이미 아플 만큼 단단해져버렸다. 주무르는 것만으로는 성에 차지 않는다.

"너랑 하고 싶어. 지금 당장. 아니, 꼭 해야겠어."

미끄러지듯 혀를 움직여 테사의 젖가슴을 물었다. 테사는 고개를 끄덕였다. 이미 눈동자가 반쯤 풀려 있었다. 다른 손으로 젖가슴을 주무르며 민감한 유두를 빨기 시작했다.

"하…딘…."

앓는 소리를 내며 테사는 내 바지와 박서 팬티를 벗겼다. 엉덩이를 살짝 들어 바지를 내리게 움직여주었다. 한 손은 여전히 테사의 몸 속을 부드럽게 들락거리는 중이었다. 테사는 달아오를 대로 달아올랐다. 손을 빼 그녀의 부풀어 오른 입술로 가져갔다. 그리고 그녀의 입 속으로 밀어 넣었다. 혀를 천천히 움직이며 테사가 내 손을 빨았다. 혼자서 곧 절정에 오를 것 같아 얼른 손을 뺐다. 테사의 몸을 들어 내 위에 앉혔다. 우리는 하나가 됐다.

테사와 나는 안도와 격정의 신음을 동시에 토해냈다.

"우린 떨어지면 안 돼."

테사가 내 머리를 끌어당기며 속삭였다. 어느새 입술이 닿을 만큼 가까워졌다. 내 숨결에서 비열한 작별의 낌새라도 눈치챈 걸까.

"떨어져 있어야 해."

말을 꺼내는 순간, 테사가 엉덩이를 돌리기 시작했다. 젠장. 테사는 천천히 몸을 들어 올렸다.

"억지로 함께 있자고 하지는 않을게. 더 이상은."

그 말에 공포감이 밀려왔지만 정신을 차릴 수가 없었다. 테사가 들어 올렸던 몸을 천천히 다시 내렸다. 그리고 고문에 가까운 움직임을 반복했다. 테사가 몸을 기울여 내게 입을 맞추었다. 자신의 혀로 내 혀를 휘감았다. 마치 자신이 주도권을 잡은 듯.

"널 원해."

테사의 입 속에 숨을 토해냈다.

"난 늘 미치도록 널 원했어. 너도 알잖아."

테사의 움직임이 빨라지자 질퍽하고 음탕한 소리가 온몸을 관통했다. 아, 맙소사, 테사가 나를 죽일 작정이구나.

"하지만 날 떠날 거잖아."

테사는 혀로 내 아랫입술을 핥았다. 나는 우리가 하나 된 부분으로 손을 내려 부풀어오른 테사의 클리토리스를 손가락으로 잡았다.

"사랑해."

이 말밖엔 다른 어떤 말도 떠오르지 않았다. 테사는 말문이 막힌 것 같았다. 내가 그녀의 가장 민감한 부분을 잡아당기며 문지르고 있었으니까.

"오 마이 갓."

테사의 머리가 내 어깨로 떨어졌다. 그리고 두 팔로 내 목을 감싸 안았다.

"나도 사랑해."

나를 꽉 조인 채로 절정에 다다르며, 테사는 말 그대로 흐느끼고 있었다.

테사를 따라 나도 절정에 올랐다. 그녀에게 내 모든 걸 쏟아 부으며.

몇 분간의 침묵이 흘렀다. 눈을 감고 테사를 안고 있었다. 둘 다 땀으로 범벅이 되었다. 히터에서는 뜨거운 바람이 계속 뿜어져 나오고 있었다. 그래도 그걸 *끄*기 위해 테사를 놓고 싶진 않았다.

"무슨 생각해?"

마침내 내가 먼저 입을 열었다.

머리를 내 가슴에 대고 테사는 천천히 숨을 고르는 중이었다. 그녀는 눈을 뜨지 않고 대답했다.

"우리가 영원히 함께할 수 있었으면 좋겠다는 생각."

영원히. 나 또한 테사에게 이것 말고 더 원하는 게 있었던가?

"나도 그래."

테사에게 합당한 미래를 약속할 수 있기를 바라며 말했다.

잠깐의 침묵이 흐르는 사이, 바닥에 떨어진 테사의 휴대전화가 진동했다. 나는 반사적으로 자리를 바꾸며 전화기를 집어 들었다.

"킴벌리야."

테사에게 전화기를 건넸다.

두 시간 후, 우리는 킴벌리의 호텔 방문을 두드리고 있었다. 킴벌리가 나타났을 때, 나는 잠깐 방을 잘못 찾아온 게 아닐까 생각했다. 통통

부은 눈에 화장기 없는 맨얼굴. 하지만 완벽한 화장으로 가린 것보다 그 모습이 더 나았다. 킴벌리는 완전히 무너진 것처럼 보였다. 몸의 수분을 모두 쏟아버린 듯한 모습이다.

"들어와요. 오늘, 정말 길었어요."

말투는 그대로였다. 테사는 킴벌리를 와락 끌어안았다. 테사의 팔에 안기자 킴벌리가 흐느꼈다. 멀뚱히 서 있던 나는 무지하게 불편해졌다. 그녀는 무너져 내린 자신의 모습을 남에게 보이기 싫어하는 타입인데. 스위트룸 거실에 둘을 남겨두고, 나는 주방 쪽에서 서성거렸다. 커피잔을 들고 멀뚱히 벽을 쳐다보고 있었다. 거실에서 들리던 흐느낌은 어느새 소곤거리는 소리로 바뀌어 있었다. 여기서 잠자코 있어야겠다.

"아빠가 돌아오는 거 맞죠?"

조용한 목소리가 어딘가에서 들려왔다. 나는 깜짝 놀라 아래를 내려다보았다. 스미스가 초록색 눈동자를 빛내며 내 옆 플라스틱 의자에 앉아 있었다. 다가오는 소리도 듣지 못했는데.

나는 어깨를 으쓱하며 옆에 앉았다. 시선은 벽에 고정한 채였다.

"응, 그럴걸."

이 아이에게 말해줘야 하는데. 너의…, 아니, 우리 아버지는 최고로 멋진 사람이라고….

'젠장, 맙소사.'

이 작고 이상한 녀석이 내 동생이라니. 아무리 마음을 다잡아도 받아들여지지가 않는다. 스미스를 쳐다보았다. 그러자 기다렸다는 듯 질문 공세가 시작되었다.

"킴벌리 아줌마가 그러는데, 아빠가 위험에 빠졌대요. 근데 돈 내고 빠져나올 수 있대요. 그게 무슨 말이에요?"

터져 나오는 웃음을 참기 힘들었다. 어디서 주워들은 건지 속사포 같은 질문을 퍼부어댔다.

"그럴 수 있을 거야."

나는 우물쭈물 말했다.

"킴벌리 아줌마 말은 아빠가 금방 위험에서 빠져나올 수 있다는 뜻이야. 킴벌리 아줌마랑 테사 누나 있는 데로 가보는 건 어때?"

내 입에서 테사의 이름이 나오자 가슴이 타는 것 같았다.

스미스는 두런거리는 소리가 들리는 쪽을 힐끗 보더니 짐짓 점잔을 빼며 말했다.

"두 사람은 나한테 화났어요. 특히 킴벌리 아줌마. 근데 아줌마는 아빠한테 더 많이 화났어요. 아마 형은 괜찮을 거예요."

"네가 더 크면, 여자들은 언제나 화가 나 있다는 걸 알게 될 거야."

스미스는 고개를 끄덕였다.

"죽지 않으면 말이죠. 우리 엄마가 그랬던 것처럼."

놀라서 입이 떡 벌어졌다. 나는 스미스의 얼굴을 쳐다보았다.

"그런 식으로 말하면 안 돼. 사람들이 널…, 이상하다고 생각할 거야."

이미 그런 얘기는 한두 번 들은 게 아니라는 듯 스미스가 어깨를 으쓱해 보였다. 그래, 그렇겠지.

"우리 아빠는 착해요. 나쁜 사람 아니에요."

"그래?"

시선을 아래로 떨궜다. 초록색 눈동자를 쳐다볼 자신이 없었다.

"아빠가 좋은 데도 많이 데려갔고, 좋은 얘기도 많이 해줬어요."

스미스는 장난감 기차 하나를 테이블 위에 놓았다. 왜 이러는 거야? 기차는 또 뭐고? 이 꼬맹이는 왜 이렇게 주저리주저리 떠드는 거야?

"아빠가 형도 데려가줄 거예요. 좋은 얘기도 많이 해주고."

스미스를 쳐다보았다.

"내가 그랬으면 좋겠어?"

스미스의 초록색 눈동자는 내가 짐작했던 것보다 더 많은 것을 알고 있는 것 같았다. 스미스는 고개를 갸우뚱거리더니 침을 꼴깍꼴깍 삼켰다. 그리고 나를 쳐다보았다. 아무 사심도 없고 순진무구한 표정이다. 전에도 이 괴짜 같은 녀석에게서 이런 표정을 본 적이 있다.

"형은 내 진짜 형이 되기 싫은 거죠, 그죠?"

'빌어먹을.'

필사적으로 테사를 찾았다. 얼른 그녀가 나타나 나를 구해줬으면 좋겠다. 무슨 대답을 해야 할지 테사는 정확히 알고 있을 테니까.

스미스를 쳐다보았다. 최대한 차분해 보이려고 애썼지만 실패하고 말았다.

"그런 말한 적 없는데."

"형은 우리 아빠 싫어하잖아요."

그때, 테사와 킴벌리가 들어왔다. 대답을 안 해도 되는구나. 휴, 살았다.

"괜찮니, 허니?"

킴벌리가 스미스의 머리카락을 가볍게 헝클어놓으며 물었다.

스미스는 대답하지 않았다. 아주 살짝 고개를 끄덕였을 뿐이다. 스미스는 머리카락을 매만지더니 기차를 들고 다른 방으로 가버렸다.

"여기서 샤워 좀 해요. 꼴이 말이 아니십니다, 아가씨."

킴벌리의 어조는 다정했다.

하딘은 아직도 테이블 앞에 앉아 있었다. 커다란 손에 커피 잔을 든 채로. 주방에서 스미스와 이야기하고 있는 걸 봤는데도 하딘은 내게 눈길조차 주지 않았다. 두 사람이 형제로 처음 대화를 나누었다고 생각하니 왠지 가슴 한쪽이 따뜻해졌다.

"옷이 전부 그 술집 앞에 세워놓은 렌터카에 있어요."

킴벌리에게 솔직히 털어놨다. 지금 가장 하고 싶은 건 샤워다. 그런데 갈아입을 옷이 하나도 없다.

"내 옷 중에 골라 입어요."

그 옷이 나한테 맞을 리 없다는 걸 둘 다 뻔히 안다.

"아니면 크리스찬 걸 입든지. 입을 만한 반바지나 티셔츠 같은 게 있을…."

"안 돼요, 안 돼."

하딘이 불쑥 끼어들었다. 벌떡 일어서는 그를 킴벌리가 노려보았다.

"내가 가서 차 가져올게. 그 사람 옷 입으면 절대 안 돼."

한마디 할 것처럼 킴벌리가 입을 벌렸다가 다물었다. 눈짓으로 고맙다는 인사를 전했다. 이곳에서까지 싸움을 벌이지 않은 게 얼마나 다행인지.

"가브리엘 바는 여기서 얼마나 먼데?"

누구라도 대답했으면 하는 심정으로 물었다.

"10분쯤 걸려."

하딘은 자동차 키를 집어 들었다.

"하딘, 운전할 수 있겠어?"

올할로우스에서 여기까지는 내가 운전했다. 하딘은 아직도 술이 덜 깬 것 같았으니까. 게다가 그의 눈동자는 여전히 흐리멍덩했다.

"당연하지."

하딘의 대답은 단호했다.

잘됐네. 크리스찬의 옷을 빌려 입으라는 말에 시무룩했던 하딘이 금세 팔팔해졌다.

"같이 갈까? 올 때는 내가 몰고 와도 되는데."

말을 시작했다가 이내 입을 다물었다.

"됐어. 혼자 갈래."

성마른 하딘의 말투가 맘에 들지 않았다. 그럼에도 쏘아붙이지 않으려 혀를 꽉 깨물었다. 어찌된 일인지 날이 가면 갈수록 입을 다물고 있기가 힘들어진다. 나한테는 참는 것보다 그게 나을지도 모르겠다. 하딘에게는 아니겠지만.

하딘은 한마디도 안 하고, 심지어 나를 쳐다보지도 않고 호텔 방을 나갔다. 잠시 멍하니 빈 벽만 쳐다보고 있었다. 킴벌리의 목소리에 상념에서 깨어났다.

"하딘은 잘 견디고 있어요?"

킴벌리가 나를 테이블 쪽으로 인도했다.

"아뇨, 별로."

의자를 당겨 앉았다.

"그런 것 같네요. 집에 불을 지르는 건 화를 다스리는 건강한 방법이 아니니까요."

비난의 어조는 아니었다.

나는 테이블을 빤히 바라보았다. 친구의 눈을 쳐다볼 수가 없었다.

"내가 두려운 건 하딘의 분노가 아니에요. 숨을 쉴 때마다 하딘이 조금씩 멀어지고 있는 것처럼 느껴져요. 이 상황에 이런 말을 하는 게 정말 이기적이고 유치하다는 거 알아요. 킴벌리 당신은 엄청난 일들을 감당하고 있잖아요. 게다가 크리스찬까지 곤란한 상황이고…."

이기적인 생각일랑 접어둬야 한다. 킴벌리는 내 손 위에 자신의 손을 얹었다.

"테사, 자기가 짊어진 고통을 털어놓을 때 무슨 규칙이 있는 건 아니에요. 당신도 나처럼 고통을 감내하고 있잖아요."

"그래도 당신을 성가시게 하고 싶진 않아요. 고작 내 문제 때문에…."

"성가실 거 없어요. 다 털어놔요."

잠자코 있을 요량으로 킴벌리를 가만히 바라보았다. 내 감정은 내가 감당해야 한다. 하지만 내 마음을 읽은 듯, 킴벌리는 고개를 가로저었다.

"하딘이 런던에 남겠대요. 그랬다간, 우리 사이는 끝장날 거예요."

킴벌리가 미소 지었다.

"두 사람에게 '끝장'이라는 말의 정의는 다른 사람들하고 다른 것 같던데요."

지옥의 한복판에 있는 내게 이렇게 따뜻한 미소를 보여주다니. 당장이라도 킴벌리의 목을 끌어안고 싶었다.

"믿기 어렵겠죠. '우리의 역사'를 다 안다고 해도 말이에요. 크리스찬과 트리시의 일은 우리 관에 못을 박거나, 우리를 구해줄 은총이 되겠지요. 다른 결말은 떠올릴 수가 없어요. 그래서 앞으로 어떻게 될지 더 두려운가 봐요."

"스스로를 너무 옭아매지 말아요. 나한테 다 쏟아내요. 바닥까지 긁어서 쏟아내 봐요. 어떤 얘기를 하더라도 이상하게 생각하지 않을 거예요. 이기적이고 못된 나처럼 말이에요. 나도 머리가 너무 복잡해서 신경을 딴 데로 돌릴 만한 화제가 있었으면 했어요."

킴벌리가 맘을 바꿀 때까지 기다릴 순 없겠다. 내 입에서는 봇물 터지듯 말들이 쏟아져 나왔다.

"하딘은 런던에 남고 싶어 해요. 자기는 여기 남고 나만 시애틀로 돌려보내고 싶은가 봐요. 마치 내가 짐스러운 존재인 것처럼 말이에요. 자꾸 나한테서 멀어져 가고 있어요. 상처 받을 때면 항상 그랬어요. 스스로 땅을 파고 기어들어 가곤 했는데, 이젠 집에 불까지 내고. 아마 손톱만큼의 가책도 느끼지 않을 거예요. 화가 났다는 건 이해해요. 절대 이런 얘기를 그에게 할 순 없지만, 상황을 더 악화시키는 건 하딘 자신이잖아요."

계속 말을 이어나갔다.

"하딘이 자기 화를 다스리고, 자기가 고통 받고 있다는 걸 인정한다면, 그래서 나와 자기보다 세상에 더 중요한 사람이 있다는 걸 인정하게 된다면, 이 모든 걸 극복할 수 있을 거예요. 나 없이는 살 수 없다고, 차라리 죽는 게 낫다고 해놓고는 상황이 조금만 복잡해지면 하는 짓 좀 보세요. 그게 너무 화나요. 하지만 절대 하딘을 포기하지 않을 거예요. 그래서 여기까지 왔지만요. 그래도 가끔은 이런 생각을 떨쳐버릴 수가 없어서 너무 힘들어요. 하딘이 없었다면 내 인생이 어떻게 흘러

갔을까, 하는 생각 말이에요."

고개를 들어 킴벌리를 쳐다보았다.

"그런 상상을 하면, 금세 가슴이 찢어질 것처럼 아파서 무너져버리고 말아요."

테이블 위에 놓인 반쯤 빈 커피 잔을 잡았다가 다시 놓았다. 몇 시간 전보다 목소리가 나아지긴 했다. 그럼에도 속사포처럼 떠들어대니 목이 아파왔다.

"나한테는 여전히 말도 안 되는 일이에요. 지난 몇 달간의 사건들이요. 내가 이 모든 혼란의 소용돌이를 일으켰다는 것도."

손을 들어 드라마틱한 제스처로 휘저었다.

"그래도 그가 없는 것보다는 나아요. 하딘과 함께했던 최악의 시간들은 좋았을 때에 비하면 아무 것도 아니거든요. 착각에 빠졌거나 제정신이 아닌지도 몰라요. 혹은 둘 다일지도. 그럼에도 나는 하딘을 나보다 더 사랑해요. 생각할 수 있는 그 어떤 것보다 더요. 난 그냥 하딘이 행복해졌으면 좋겠어요. 나를 위해서가 아니라, 하딘 자신을 위해서 말이에요."

나는 쉬지 않고 말을 이어나갔다.

"하딘이 거울을 보며 찡그리지 말고 웃었으면 좋겠어요. 자기를 괴물이라고 생각하지 않았으면 좋겠고요. 진짜 자기 모습을 봤으면 좋겠어요. 악역을 벗어버리지 않는다면, 언젠가 자기 자신까지도 파괴할 거예요. 그럼 내게는 한 줌의 재만 남게 되겠죠. 부탁인데, 하딘이나 크리스찬한테 지금 얘기는 하지 말아주세요. 자꾸 물속으로 가라앉는 것 같아서 어디든지 쏟아낼 데가 필요했거든요. 물 위에 떠 있는 게 왜 이렇게 어려울까요? 급류 속에서 내가 아닌 하딘을 구하려고 기를 쓰고 있을 때는 더 그런 것 같아요."

마지막 말에서 목소리가 갈라졌다. 그러더니 엄청나게 기침이 났다. 킴벌리가 무슨 말을 하려는 듯 입을 열었지만, 나는 손을 들어 그녀의 말을 막았다. 목청을 다시 가다듬었다.

"아직 남았어요. 이게 제일 엄청난 사실이에요. 병원에 갔었어요…, 피임… 때문에."

마지막 말은 들릴락 말락 속삭였다. 킴벌리는 터져 나오는 웃음을 참으려는 듯했다. 하지만 실패했다.

"속삭일 필요 없어요. 그냥 내뱉으라니까!"

"좋아요."

얼굴이 달아올랐다.

"피임 시술을 받고, 의사가 간단한 자궁 경부 검사를 했는데, 의사 말이 자궁 경부가 평균보다 짧대요. 그러면서 몇 가지 검사를 더 해보자고 다시 오래요. 불임일 수도 있다면서."

킴벌리의 푸른 눈동자에는 연민의 빛이 가득했다.

"우리 언니도 그랬어요. 자궁경관무력증이라 그랬던 거 같아요. 그게 무슨 끔찍한 말이에요. 무력증이라니. 꼭 언니의 생식기가 수학에서 낙제 점수를 맞은 것같이 들리잖아요."

킴벌리는 일부러 가볍게 이야기하는 듯 했다. 킴벌리 측근에 나와 같은 문제를 가진 사람이 있다는 사실에 조금은 안심이 되었다.

"그래서 언니는 아이를 가졌어요?"

낙담하는 킴벌리의 표정을 보면서 괜히 물었다는 후회를 했다.

"지금 그 얘기를 듣고 싶은 거예요? 나중에 해줄게요."

"말해줘요."

듣지 말아야 했지만 어쩔 수가 없었다.

"부탁이에요."

킴벌리에게 매달리듯 애원을 했다. 킴벌리는 한숨을 크게 쉬었다.

"언니는 몇 년 동안이나 임신하려고 갖은 애를 다 썼어요. 정말 끔찍했죠. 임신 촉진 치료를 수도 없이 했고요. 언니와 형부는 인터넷 검색에서 나오는 모든 방법은 다 써봤을 거예요."

"그래서요?"

킴벌리를 재촉했다. 어쩐지 순간 하딘이 떠올랐다. 돌아오고 있는 중이길 바랐다. 이런 상황에 하딘을 혼자 내버려두면 안 되는 거였는데.

"음, 언니는 결국 임신에 성공했어요. 그날이 언니 인생에서 가장 행복했던 날이에요."

킴벌리는 시선을 피했다. 거짓말이거나 아니면 나를 위해 뭔가를 숨기고 있는 게 분명했다.

"그래서요? 그 아기는 지금 몇 살이에요?"

킴벌리는 두 손을 마주치더니 눈을 동그랗게 뜨고 나를 쳐다보았다.

"4개월 만에 유산됐어요. 근데 그건 우리 언니 경우니까. 이 얘기 듣고 괜히 심란해하지 말아요. 당신은 다를 거예요."

귓가에서 윙윙거리는 소리가 맴돌았다.

"이런 느낌 알아요. 그냥 느낌이 와요, 내가 임신 못 할 거라는. 의사가 불임 얘기를 꺼내는 순간, 딱 그런 느낌이 들었어요."

킴벌리는 테이블 위에 놓인 내 손을 잡았다.

"확실한 건 없어요. 비관적으로 생각하지 말아요. 그런데 하딘은 아이를 원하지 않잖아요?"

칼날이 가슴에 콱 박히는 느낌이 들었다. 그렇지만 마음의 짐을 누구한테라도 털어놓아서 그런지 조금 편해졌다.

"그렇죠. 아이는 싫대요. 아이는커녕 결혼도 싫대요."

"그럼 당신은 그저 하딘 마음이 바뀌기만 바라고 있는 거예요?"

내 손을 잡은 킴벌리의 손에 힘이 들어갔다.

"맞아요, 안타깝지만. 생각이 바뀔 거라는 확신은 있었어요. 당장은 아니라도 몇 년 지나면 그럴 거라고요. 우리가 더 나이를 먹고, 둘 다 대학을 졸업하게 되면 그럴 거 같았어요. 근데 이제 그게 나만의 착각인 것처럼 돼버렸어요."

당혹감에 얼굴이 달아올랐다. 이런 말들을 입 밖으로 꺼내다니, 나조차 믿을 수가 없었다.

"이 나이에 벌써 아이 타령을 하는 게 우습죠? 하지만 기억하는 그 순간부터 엄마가 되는 건 늘 내 꿈이었어요. 우리 부모님이 최고가 아니라서 그런 건지, 나는 늘 그랬어요. 보통 엄마 말고 아주 좋은 엄마가 되고 싶었어요. 자식에게 무한한 사랑을 쏟는 엄마 말이에요. 절대로 아이를 비난하거나 압력을 행사하거나 굴욕감을 느끼게 하지 않는 엄마요. 나보다 나은 삶을 살라고 내가 만든 틀에 아이를 가두는 짓은 절대 하지 않을 거예요."

이런 소리를 지껄여대다니 제정신이 아닌 것 같았다. 하지만 킴벌리는 내가 하는 말 하나하나에 귀를 기울이며 고개를 끄덕여주었다. 이런 생각을 하는 사람이 비단 나만은 아니라는 느낌이 들도록 동조해주었다.

"난 좋은 엄마가 될 거예요. 그럴 기회가 생긴다면 말이에요. 가끔 그런 상상을 해요. 갈색 머리카락에 회색 눈동자를 가진 작은 여자애가 하딘의 팔 안에 뛰어드는 상상을. 상상만으로도 가슴이 터질 것 같아요. 바보 같은 거 알아요. 그래도 가끔 하딘과 딸애가 똑같이 헝클어진 곱슬머리를 하고 내 앞에 앉아 있는 상상을 해요."

나는 웃음이 터졌다. 이런 남사스러운 상상을 수없이 했다니.

"하딘이 딸아이한테 책을 읽어주고, 두 팔로 안아 올려요. 그럼 아이가 고사리손으로 하딘을 꼭 끌어안아요."

달콤한 상상을 지워버리려고 억지 미소를 지었다.

"하지만 하딘은 아무 것도 원하지 않죠. 생부 문제까지 터졌으니, 앞으로는 더욱 더, 절대, 원하지 않게 되겠죠."

머리카락을 귀 뒤로 쓸어 넘겼다. 조금 놀라웠다. 눈물 한 방울 없이 이런 말을 술술 했다는 사실이.

10 · 하딘

'우리가 영원히 함께할 수 있으면 좋겠어.'

테사는 분명 이렇게 말했다. 내가 듣고 싶었던, 내가 들어야 했던 바로 그 말이었다. 영원히 함께.

'테사가, 왜 나와 함께하고 싶은 걸까? 우리는 어떤 모습일까? 결혼식도 올리지 않고, 아이도 없는 40대의 테사와 나. 그렇게 둘뿐일 텐데?'

나에게는 꽤 괜찮은 미래다. 그게 바로 내가 그리던 이상적인 미래의 모습이다. 하지만 테사에게는 충분치 않을 거다. 우리는 이 문제로 셀 수 없을 만큼 많은 논쟁을 벌였다. 결국은 테사가 승복하게 되겠지. 난 절대 동의하지 않을 거니까. 몹쓸 인간이 된다는 건 똥고집을 꺾지 않는다는 걸 의미하거든. 테사는 나와 결혼하는 것도, 아이를 갖는 것도 결국 포기하게 될 거다.

'도대체 내가 어떻게 아버지가 되냐고.'

보나마나 형편없는 아버지가 되겠지. 안 봐도 뻔하다. 머릿속으로 그려보니 실소가 터졌다. 상상만으로도 우스꽝스럽다. 테사와 얽혀 있으면 나는 늘 경직되어 더 엉망이 된다. 이번 여행이 그랬던 것처럼. 늘 테사에게 경고하려 했다. 테사만은 나와 함께 나락으로 떨어지지 않게 하려고 애썼다. 하지만 죽을힘을 다했던 건 아니다. 솔직히 테사가 내게서 멀어져 안전하기를 바란다면 더 강하게 나갔어야 했다. 하지만 그럴 수는 없었다. 하지만 테사가 일생을 나와 함께할 거라고 말한 지금, 선택의 여지가 없다. 이 여행에 품었던 로맨틱한 허상을 거두어야 한다. 기적적으로 모든 걸 쉽게 정리해버릴 기회가 온 것이다. 테사를 혼자 미국으로 돌려보내면, 그녀는 결국 자신의 삶을 살아나가게 될 거다.

나와 함께하는 건 테사에게는 외롭기 그지없는 블랙홀을 여행하는 것과 같을 거다. 나는 욕심껏 그녀에게 원하는 걸 다 취하겠지만, 테사는 무한한 애정으로 몇 년이고 그걸 감당해낼 거다. 그러면서 가슴 한 구석에는 늘 채워지지 않는 공허가 생길 거다. 그리고 시간이 흐를수록 어느새 분노가 가득해지겠지. 진정 테사가 원했던 걸 모두 앗아가버린 데 대한 분노. 이런 싹을 잘라내고, 테사가 나로 인해 시간을 허비하는 걸 막아주는 게 낫다.

가브리엘 바에 도착해, 렌터카 뒷좌석에서 얼른 테사의 가방을 꺼냈다. 그리고 바로 킴벌리의 호텔로 향했다. 계획이 필요하다. 이곳에 남아 있을 구실이 될 확고한 계획. 테사는 너무 완고한 데다 사랑이라는 감정에 흠뻑 빠져서 나를 절대 포기하지 않을 테니까.

테사의 문제는 그거다. 테사는 받는 것 없이 주기만 하는 사람이다. 하지만 엿 같은 현실은 이거다. 테사 같은 사람은 나 같은 인간에게 가장 쉬운 미끼가 될 수 있다. 그녀에게 한없이 받아먹기만 해서 종국에는 아무 것도 남지 않게 만드는 거다. 나는 애초부터 그런 인간이었고, 앞으로도 늘 그럴 거다.

어쨌든 테사는 기를 쓰고 나를 설득하겠지. 결혼 같은 건 중요한 문제가 아니라고. 하지만 그건 나를 잡아두기 위한 거짓말이다. 그 또한 많은 걸 시사한다. 그만큼 테사가 나를 무조건적으로 사랑하도록 내가 조종해왔단 뜻이다. 운전하는 동안 내 안에 있던 마조히스트가 숱한 의심을 쏟아내기 시작했다.

'정말 테사가 나를 사랑하는 걸까? 아니면 나한테 중독된 걸까?'

그 둘은 확연히 다르다. 테사가 망나니인 나를 견뎌낼수록 나에겐 그게 중독된 것처럼 보인다. 내가 어떤 망나니 짓을 해도 그런 나를 고쳐줄 수 있는지 시험하는 스릴의 중독.

바로 그거다. 테사는 나를 프로젝트로 여기는 거다. 자기가 제대로 고쳐내야 할 인간 개조 프로젝트. 전에도 몇 번 이런 주제로 대화한 적 있었지만, 인정하지 않았다.

그게 언제였는지 기억 속을 뒤적거렸다. 머릿속 어딘가에서 부유하고 있을 그 기억은 결국 떠오르지 않았다. 아직도 숙취에 쩌들어 모든 게 뒤죽박죽이다.

크리스마스가 지나고 엄마가 런던으로 떠난 직후의 어느 날이었
다. 테사는 걱정스러운 눈빛으로 나를 쳐다보았다.

"하딘?"

"응."

나는 펜을 입에 물고 대답했다.

"일하는 거 마치면 트리 정리하는 것 좀 도와줄래?"

사실 나는 일하는 게 아니었다. 글을 쓰는 중이었다. 테사는 몰랐
겠지만. 흥미진진한 하루를 보낸 참이었다. 빌어먹을 트레버 녀석이
랑 점심을 먹고 오다가 나한테 딱 걸렸다. 그날 나는 사무실에서 테
사를 책상에 엎드리게 하고 말 그대로 미친 섹스를 했다.

"알았어, 잠깐만."

테사가 청소하다 찾아낼까 싶어 노트를 숨겼다. 자리에서 일어나
작은 트리 접는 걸 도와주었다. 테사와 엄마가 함께 장식했던 트리
였다.

"무슨 일 하고 있었어? 좋은 일이야?"

테사는 너덜너덜한 내 바인더를 집었다. 제발 내다 버리라고 끊
임없이 잔소리를 해대던 그 바인더다. 펜 자국과 커피 얼룩이 진 낡
은 가죽 커버만 봐도 기겁을 했다.

"별 거 아니야."

테사가 열어보기 전에 바인더를 낚아챘다. 테사는 내 행동에 놀
라 조금 상처받은 얼굴이었다.

"미안."

테사는 얼굴은 잔뜩 찡그린 채 조용히 사과의 말을 건넸다. 나는 바인더를 소파 위에 툭 던지고 테사의 손을 잡았다.

"궁금해서 물어본 거야. 훔쳐보거나 화나게 하려던 건 아니었어."

빌어먹을, 난 정말 멍청한 놈이다. 지금도 여전히.

"알아, 그래도 내 물건 손대지 마. 그러니까…."

둘러댈 말이 생각나지 않았다. 전에는 그러지 않았기 때문이다. 테사가 내 초고를 보고 싶어 한다는 걸 안 뒤로는 늘 보여주곤 했다. 그럴 때마다 무척 좋아했는데, 다짜고짜 이젠 그러지 말라니.

"알았어."

테사는 등을 돌리고 트리 장식을 떼어내기 시작했다.

테사의 뒷모습을 잠시 물끄러미 쳐다보았다. 내가 왜 화가 난 건지 궁금했다. 내가 쓴 글을 테사가 본다면 기분이 어떨까? 테사가 내가 쓴 걸 좋아할까? 아니면 몸서리치며 던져버릴까? 모르겠다. 왜 그 일을 테사가 전혀 눈치채지 못하는 건지.

"알았다고? 그게 다야?"

테사를 쿡쿡 찔렀다. 싸움을 걸고 있었다. 싸우는 게 무시당하는 것보다 나았다. 소리 지르는 게 침묵보다 나았다.

"네 물건들에 손대지 않을게."

테사는 나를 돌아보지도 않고 말했다.

"네가 그렇게까지 화낼 줄 몰랐어."

"난…."

싸움을 이어가려면 뭐라도 꼬투리를 잡아야 했다. 나는 아무 말이나 지껄였다.

"넌 왜 내 곁에 붙어 있는 거야?"

퉁명스러운 말투로 내가 물었다.

"온갖 일들을 다 겪고도 말이야. 이런 걸 좋아하는 건가?"

"뭐라고?"

테사가 홱 몸을 돌렸다. 손에 작은 눈꽃 모양의 장식이 들려 있었다.

"왜 싸움을 거는 거야? 말했잖아, 다시는 네 물건에 손대지 않겠다고."

"싸움 거는 거 아닌데."

거짓말이었다.

"그냥 궁금해서. 네가 천국과 지옥을 오르내리는 이런 막장 드라마에 중독된 건 아닐까 싶어서."

이런 말을 하다니, 비겁했다. 그럼에도 기어이 내뱉었다.

들고 있던 장식을 트리 옆 상자에 내려놓고, 테사가 나를 향해 다가왔다.

"그렇지 않다는 거 잘 알잖아. 난 널 사랑해. 네가 싸움거리를 찾고 싶어 안달할 때조차도. 난 그런 드라마 싫어. 너라서 사랑하는 거야. 내 얘기는 이걸로 끝."

테사는 발꿈치를 들어 내 목에 입을 맞추었다. 나는 두 팔로 그녀를 감싸 안았다.

"왜 나를 사랑하는 건데? 난 너한테 아무 것도 해줄 수 없는데."

한풀 꺾였지만 여전히 따지고 들었다. 낮에 반스 출판사에서 본 장면이 머릿속에 생생히 떠올랐다. 테사는 깊게 한숨을 쉬고는 내

가슴에 머리를 기댔다.

"이것 때문에."

테사는 검지로 내 심장 근처를 톡톡 쳤다.

"이제 싸움 거는 것 좀 그만둬. 숙제도 해야 한단 말이야. 트리가 저 혼자 치워지는 것도 아니잖아."

자격조차 없는 내게 테사는 너무 친절했고, 나의 모든 걸 다 이해해주었다.

"사랑해."

테사의 머리카락에 입술을 묻으며, 두 손을 그녀의 엉덩이 쪽으로 움직였다. 테사가 내게 몸을 밀착시켰다. 나는 테사를 들어 올렸고, 테사는 두 다리로 내 허리를 감았다. 우리는 거실을 가로질러 소파로 갔다.

"사랑해, 언제나. 내 사랑을 의심하지 마. 난 항상 너만 사랑할 거니까."

테사가 다짐을 하듯 말하고는 입술을 포갰다.

천천히 테사의 옷을 벗겼다. 섹시한 테사의 몸 구석구석을 음미하며. 콘돔을 씌우는 모습을 보고 테사의 눈이 동그래졌다. 그 모습이 너무나 사랑스러웠다. 아까는 생리 중에 섹스한다고 내내 긴장하고 있었다. 그런데 이제 페니스를 잡고 흔드는 내 모습을 보면서 가쁜 숨을 몰아쉬는 중이다. 재촉하는 듯한 숨소리와 얕은 신음 소리를 내며. 그녀의 허벅지 사이로 움직이면서 천천히 그녀의 몸 안으로 나를 밀어 넣었다. 완전히 젖은 그녀의 몸이 나를 조여왔다. 그녀의 몸 안에서 정신이 아득해졌다.

아직까지도 그 거지 같은 트리를 어떻게 했는지는 기억나지 않는다.

요즘 너무 자주 이런다. 테사와의 행복했던 기억 속에 순간 잠식되어 버린다. 머리를 흔들고 핸들을 부여잡았다. 정신을 차려야 한다. 테사의 신음 소리와 흐느낌이 흐릿해지면서 가까스로 현실로 돌아왔다.

느릿느릿 움직이는 차들 사이에서 한참을 기다리고 있었다. 그녀에게 가는 길은 얼마 남지 않았다. 어찌 됐든 계획을 확고히 해서 오늘 밤 테사를 비행기에 태워야 한다. 9시 넘어 출발하는 밤 비행기. 그러니 히스로 공항까지 가는 데는 문제없을 거다. 킴벌리가 잘 데려다주겠지. 머리가 아직도 지끈거렸다. 몸에서 알코올 기운이 아주 느리게 빠져나가는 모양이다. 아직도 조금 취해 있는 것 같았다. 운전을 못할 정도는 아니지만, 제정신은 아닌 거 같았다.

"하딘!"

익숙한 목소리였다. 바로 옆 차다. 차창을 내렸다. 누군가 내 이름을 불러 돌아볼 때마다 생각지도 못한 과거의 인물들이 튀어나온다.

"차 세워봐!"

만면에 환한 미소를 띤 채로 그가 소리쳤다.

아이스크림 가게 주차장에 렌터카를 세웠다. 그도 내 옆에 차를 세우더니 총알같이 차에서 내려 내 차 문을 벌컥 열었다.

"돌아왔으면서 나한테 연락도 안 한 거냐?"

그는 어깨를 부딪치며 소리를 질렀다.

"이 번쩍거리는 차는 뭐냐? 빌린 거야, 아님 갑부가 된 거야?"

나는 어이없다는 표정을 지었다.

"말하자면 길어. 렌터카야."

"완전히 돌아온 거야?"

갈색 머리는 짧아졌지만, 눈동자는 언제나처럼 번뜩였다.

"응, 완전히 돌아온 거야."

스스로에게 다짐이라도 하듯 내뱉었다. 나는 여기 머물 거고, 테사는 돌아갈 거다. 간단하고 명료한 해결책, 이걸로 끝.

그는 내 얼굴을 찬찬히 살폈다.

"피어싱은 다 갖다버렸어?"

"어, 좀 식상해졌거든."

어깨를 으쓱하며 그의 얼굴을 살폈다. 그가 고개를 살짝 돌리자 아랫입술에 박힌 피어싱에서 반짝 빛이 났다. 맙소사, 이 녀석 여전하군.

"빌어먹을, 스캇! 완전히 달라졌네. 말도 안 돼. 얼마나 된 거지, 2년쯤?"

그가 두 손을 들어올렸다.

"3년인가? 젠장, 말도 안 나오는군."

그가 웃음을 터뜨리고는 주머니를 뒤져 담뱃갑을 꺼냈다. 건네는 담배를 사양하자 그는 한쪽 눈썹을 들어올렸다.

"뭐야, 바른 생활 사나이가 된 거야?"

힐난조의 말투다.

"그냥 피우기 싫어."

단호하게 대답했다. 그는 껄껄 웃었다. 내가 이럴 때면 보이던 바로 그 웃음. 나보다 딱 한 살 많은 마크는 비행 청소년이었던 우리 무리의 대장이었다. 나는 그를 우러러보았고, 그처럼 되고 싶었다. 그래서 그가 제임스라는 나이 많은 녀석과 어울려 장난질을 시작했을 때도 군소리 없이 합류했다. 그들이 여자애들을 괴롭혀도 아무렇지 않았다. 심지어 그들이 동영상을 촬영했을 때도 마찬가지였다.

"이 자식, 새침한 계집애가 됐네?"

그는 담배를 입에 물고 불을 붙이며 낄낄거렸다.

"닥쳐. 넌 아직도 약에 쩔어 있고?"

그는 쭉 이런 삶을 살 거다. 여자들을 끼고 다니며 약을 빨던 과거의 환영에 사로잡힌 채로.

"어젯밤에 찐하게 즐기긴 했지."

그는 환하게 웃었다. 어젯밤 누구와 무슨 짓을 했는지 모르지만 자랑스러운 모양이다.

"근데 지금 어디 가는 거냐? 너네 엄마네 집?"

내가 불질러버린 엄마 집 얘기가 나오자 가슴이 아팠다. 두 볼을 달구던 뜨거운 연기가 느껴지는 것만 같았다. 집을 집어삼키던 성난 불꽃도 눈에 아른거렸다. 테사와 차에 올라타기 전 돌아보았던 장면이다.

"그냥, 여기 저기 묵고 있어."

"아, 알 만해."

이 녀석은 절대로 모를 거다.

"어디 삐댈 데 필요하거든 우리 집으로 와. 제임스가 내 룸메이트야. 걔도 몰라보게 자란 너를 보면 신나게 놀려댈 거다. 미국놈들이란."

머릿속에서 테사의 목소리가 들려왔다. 그들에게 돌아가지 말라고 애원하는 목소리. 하지만 그녀의 만류를 떨쳐내고 마크에게 고개를 끄덕였다.

"사실 도움이 필요했어."

"필요한 건 뭐든 구해줄 수 있어. 제임스가 팔고 있거든!"

마크는 뻐기듯 대답했다. 어이가 없었다.

"그런 뜻이 아니야. 호텔까지 같이 좀 가줘. 거기 떨궈줄 게 있거든. 그런 다음 다시 나를 가브리엘 바에 데려다줘. 내 차 찾아오게."

가능하다면 렌터카 기간을 연장해야겠다. 워싱턴에 있는 아파트와 차는 어쩌지? 그런 건 무시해버리기로 했다. 어떻게든 되겠지.

"그럼 넌 내 아파트로 가는 거냐?"

마크가 말을 막았다.

"근데 누구한테 뭘 떨궈줘야 한다는 거야?"

취한 주제에, 자세히도 따져 묻는군.

마크한테 테사 얘기를 할 순 없다. 절대 안 된다.

"그냥 어떤 계집애가 하나 있어."

테사를 그렇게 말하려니 목구멍에서 뜨거운 게 치밀어 오르는 것 같았다. 그렇지만 어쩔 수 없다. 이 녀석에게서 테사를 지켜내려면.

마크는 자기 차로 돌아가 올라타려다 잠시 멈칫했다.

"걔 섹시하냐? 밖에서 기다려줄 수도 있어. 네가 걔랑 섹스 한 판해야 한다면 말이지. 아니면 혹시 나도….."

눈에서 불이 났다. 진정하려 심호흡을 했다.

"됐어. 젠장, 꿈도 꾸지 마. 넌 그냥 차에서 기다려. 방에 들어가지도 않을 거야."

그래도 녀석의 생각이 바뀌지 않는 거 같아 한마디 보탰다.

"농담 아니야. 한 발짝이라도 따라 나왔다간…."

"이 새끼가, 알았으니까 닥쳐!"

마크는 소리를 꽥 질렀다. 그러고는 내가 경찰이라도 되는 양 두 손을 들어보였다.

주차장을 빠져나와 도로에 접어들었다. 따라오던 마크는 그때까지도 고개를 가로저으며 낄낄거렸다.

11 · 테사

충전기에 꽂아놓은 휴대전화를 확인했다.

"하딘이 나간 지 벌써 한 시간이 넘었어요."

하딘에게 또 다시 전화를 했다.

"혼자 시간 보내고 있겠죠."

킴벌리가 나를 안심시키려고 말했지만, 보고 말았다. 그녀의 눈동자에 담긴 의심의 눈빛을.

"전화를 안 받아요. 또 술집으로 간 거라면…."

자리에서 일어나 방 안을 서성거렸다.

"좀 있으면 올 거예요."

킴벌리는 방문을 열고 복도를 두리번거렸다. 그러다 나지막한 목소리로 내 이름을 불렀다. 무슨 일이 생긴 게 분명했다.

"왜요? 무슨 일이에요?"

'하딘이 복도에 쓰러져 있기라도 한 거야?'

서둘러 다가갔다. 킴벌리는 몸을 굽히더니, 내 트렁크를 들어올렸다.

두려움이 엄습해왔고, 다리에 힘이 풀려 무릎을 꿇었다. 킴벌리가 나를 감싸 안는 것조차 느낄 수 없었다. 트렁크 앞 포켓에 비행기 티켓이 꽂혀 있었다. 티켓은 한 장뿐이었다. 포켓 안에는 하딘의 차와 아파트 열쇠가 달린 열쇠고리도 있었다.

이런 일이 벌어질 줄 알았다. 하딘이 나를 떠날 기회를 호시탐탐 노리고 있을 줄 알았다. 하딘은 트라우마를 감당할 수 없었을 거다. 준비가 안 됐던 거다. 이런 상황에 대비하고 있었어야 했다. 한 장 뿐인 비행기 티켓이 왜 이렇게 무겁게 느껴지는 걸까? 가슴에 불이 붙은 것 같은 이 느낌은 뭘까? 나한테 이런 짓을 하다니…. 하딘이 너무 밉다. 그러나 분노는 금세 사그라들었다. 이런 상황이 벌어질 걸 대비하지 못한 내가 원망스러웠다. 강해져야 한다. 손톱만큼 남은 최후의 자존심까지 그러모아야 한다. 그리고 분연히 일어서야 한다. 이 티켓을 쥐고, 망할 트렁크를 끌고, 지옥 같은 런던을 떠나야 한다. 자존감 있는 여자라면 응당 그래야 한다. 단순하고 간단한 일이다. 머릿속엔 온통 그 생각뿐이었다. 하지만 다리는 여전히 힘이 없고, 떨리는 두 손으로는 굴욕감이 가득한 얼굴을 감싸는 게 전부였다. 이 남자는 또 한 번 나를 산산조각 냈다.

"나쁜 놈이네요."

킴벌리가 하딘을 욕했다. 마치 하딘이 나쁜 놈이라는 걸 내가 몰랐던 것처럼.

"돌아올 거예요. 늘 그랬듯이."

킴벌리가 내 머리카락에 대고 말했다. 킴벌리를 쳐다보았다. 그녀의 눈 속에서 이글거리는 분노를 읽을 수 있었다. 천천히 킴벌리의 팔을 풀며 고개를 가로저었다.

"괜찮아요. 나, 진짜 괜찮아요."

읊조리듯 말했다. 킴벌리한테라기보다 나한테 한 말이었다.

"아니, 안 괜찮아요."

킴벌리는 헝클어진 내 머리카락을 귀 뒤로 넘겨 주었다.

그 손길에서 어렴풋이 하딘의 모습이 보였다. 나는 그 손길을 뿌리쳤다.

"샤워 좀 해야겠어요."

가까스로 말했다.

헤어진 게 아니다. 나는 차였다. 지금 이 기분은 완전한 패배감이다. 지난 몇 달 동안 이 상황에 맞서 싸워왔다. 혼자 감당하기엔 너무 벅찬 파도 속을 헤치고 여기까지 왔다. 그런데도 지금 다시 구명선 한 척 없이 홀로 바다와 맞서야 하는 꼴이 되었다.

"테사? 테사, 괜찮아요?"

킴벌리가 욕실 밖에서 소리쳤다.

"괜찮아요."

억지로 대답했지만, 기분만큼이나 맥 빠진 목소리였다. 약해진 마음을 조금이라도 숨겨야 한다.

물이 너무 차가웠다. 이미 한참 전부터…, 한 시간은 됐으려나…. 이러고 얼마나 있었던 건지 모르겠다. 샤워기를 틀어놓고 욕실 바닥에 웅크리고 앉아 있었다. 무릎을 세워 끌어안고, 차가운 물을 온몸으로 맞으며. 통증의 경계는 일찌감치 사라졌다. 킴벌리가 재촉하기 전부터 이미 온몸은 마비되어 있었다.

"그만하고 욕실에서 나와요. 내가 욕실 문쯤 못 부술 거라 생각하는 건 아니죠?"

더 어정거렸다가는 킴벌리가 욕실 문을 부술 판이었다. 몇 번이나 으름장을 놓는 걸 무시하던 참이었다. 샤워기를 잠갔다. 그러나 앉아 있던 자리에서 꼼짝도 하지 않았다.

물소리가 멈추자 킴벌리도 한동안 잠자코 있었다. 그러다 다시 문을 두드리기 시작했다. 문 밖을 향해 소리쳤다.

"금방 나가요."

자리에서 일어섰다. 다리는 여전히 후들거렸고, 머리카락은 어느새 다 말라 있었다. 가방을 뒤져 청바지를 꺼냈다. 기계적으로 한쪽 다리를 밀어 넣고, 다른 쪽 다리를 넣었다. 티셔츠를 머리 위로 뒤집어썼다. 무슨 로봇이 된 것 같았다. 손으로 욕실 거울을 슥 문질렀다. 거울 속 내 모습이 진짜 로봇 같았다.

'하딘은 몇 번이나 이런 짓을 더 하게 될까?'

거울에 비친 나를 향해 조용히 물었다.

'아니, 나는 몇 번이나 하딘이 이런 짓을 하도록 놔둘까?'

그래, 이게 맞는 질문이다.

"더 이상은 안 돼."

나를 바라보고 있는 낯선 얼굴을 향해 소리 내어 말했다. 하딘을 찾아낼 거다. 이번이 마지막이다. 이건 하딘의 가족을 위해서다. 멱살을 잡고라도 런던에서 끌고 나갈 거다. 그리고 이미 했어야 했던 일을 하고 말 거다.

12 · 하딘

"이런, 스캇! 꼴 좀 봐. 너, 젠장, 맘모스가 됐구나!"

제임스가 소파에서 벌떡 일어나 다가왔다. 틀린 말은 아니다. 제임스나 마크에 비하면 나는 정말 거대했으니까.

"이게 무슨 일이야 키가 2미터를 훌쩍 넘은 거냐?"

제임스는 핏발이 선 눈동자를 번들거리며 말했다. 대낮에 보기 힘든 모습이었다.

"190센티미터야."

제임스는 마크와 똑같은 방식으로 나를 맞았다. 힘주어 어깨를 꽉 쥐는 환영 인사.

"좋아! 네가 돌아왔다고 애들한테 알려야겠다. 다들 아직 여기 있거든, 짜식."

무슨 대단한 일이라도 꾸미려는 듯 제임스는 두 손을 모았다. 그게 뭔지는 알고 싶지 않았다.

'테사가 문 앞에 놓고 간 가방을 아직 못 찾았나? 그걸 보면 무슨 생각을 할까? 울까? 그 정도쯤은 쉽게 감당하려나?'

스스로에게 질문을 던졌지만, 답을 알고 싶진 않았다. 방문을 열어 보고 테사가 어떤 표정을 지었을지는 상상도 하고 싶지 않았다. 트렁크 포켓에 넣어둔 비행기 표를 보았을 때 어떤 기분일지도. 내 옷은 죄다 꺼내 렌터카 뒷자리에 아무렇게나 던져두었다.

나는 테사를 잘 안다. 이런 식으로 작별을 고하게 될 걸 모르지는 않았을 거다. 포기하기 전까지 나를 찾으려고 기를 쓰겠지. 하지만 마지막 노력까지 다 쏟아 붓고 나면 결국 포기할 거다. 선택의 여지가 없잖

아. 이륙하기 전까지 나를 찾아낼 방도가 없을 테니까. 내일이면 그녀는 나에게서 멀리, 아주 멀리 떠나버릴 터였다.

"이 자식!"

마크는 큰 소리로 나를 부르며, 내 얼굴 앞에서 손을 흔들었다.

"무슨 생각 하는 거야?"

"아, 미안."

나는 어깨를 으쓱해 보였다. 하지만 이내 걱정이 엄습해왔다. 혹시라도 테사가 나를 찾아 헤매다가 무슨 일이 생기면 어떡하지? 내가 뭘할 수 있을까?

마크는 어깨동무를 하며 나를 대화에 끌어들였다. 마크와 제임스는 누구를 부를지를 두고 열을 내고 있었다. 익숙한 이름도 있었고, 몇몇은 처음 듣는 이름이었다. 둘은 대낮부터 파티를 열겠다고 전화를 해대기 시작했다. 술을 주문하는 것도 잊지 않았다.

그들을 뿌리치고 주방 쪽으로 갔다. 물을 마실 컵을 찾았다. 아파트 안을 둘러보았다. 발을 들여놓은 이후 처음이다. 집 안은 개판이었다. 클럽하우스의 토요일이나 일요일 아침 같은 꼬락서니였다. 우리 아파트는 한 번도 이런 적이 없었는데. 심지어 테사가 없었을 때조차. 카운터 테이블은 언제 먹었는지 모를 피자 박스들로 뒤덮여 있었다. 식탁 위에는 찌그러진 맥주 캔과 마리화나 피울 때 쓰는 물파이프가 널려 있었다. 나도 모르게 뒷걸음질 쳤다. 이 상황이 뭘 의미하는지 너무도 잘 알고 있었다.

마크와 제임스가 뭘 하는지, 보지 않아도 알 수 있었다. 물파이프 부는 소리와 함께 아파트 안 가득 마리화나 냄새가 차올랐다.

내 안에 마조히스트가 다시 발동했다. 주머니에서 휴대전화를 꺼내 전원을 켰다. 배경화면으로 깔아놓은 건 새로 좋아하게 된 테사의 모습이다. 좋아하는 사진이 매주 바뀌었다. 그중에 이 컷이 가장 완벽했다. 금발이 어깨에 늘어져 있고 주변에 빛이 나면서 테사를 반짝이게 만들었다. 얼굴 가득 환한 미소와 감은 눈, 코를 찡긋하는 모습까지 너무도 사랑스럽다. 테사는 나를 향해 깔깔거리며 웃었다. 킴벌리가 있는데도 나는 테사의 엉덩이를 찰싹 때렸고, 테사는 나한테 핀잔을 주었다. 이 사진은 테사가 웃음을 터뜨렸을 때의 모습이다. 킴벌리의 코 앞에서 테사 귀에 대고 음란한 말을 속삭여주고 난 다음이었다.

거실로 돌아가 서성거리다가 제임스에게 들고 있던 휴대전화를 빼앗겼다.

"뭐야? 같이 좀 보자!"

잽싸게 전화기를 도로 빼앗았다. 녀석이 사진을 보면 큰일이다.

"예민해, 예민해."

얼른 배경화면을 바꾸는 동안 제임스가 놀려대기 시작했다. 이 자식들한테 꼬투리를 잡혀선 안 된다.

"재닌도 초대한다."

마크는 제임스를 보며 의미심장한 웃음을 지었다.

"왜 그렇게 웃는 건데?"

나는 마크를 가리키며 말했다.

"네 누나잖아."

이번엔 제임스를 가리켰다.

"근데 너랑 잤잖아."

놀랍지도 않다. 마크의 누나는 자기 남동생의 친구들과 죄다 잤다.

"엿이나 먹어, 자식아!"

제임스는 한 번 더 물파이프를 빨더니 내게 건넸다.

테사가 나를 죽일지도 모른다. 엄청 실망하겠지. 술 먹는 것도 못마땅해하는데 마리화나를 피우게 둘 리 없다.

"한 모금 빨든가, 넘기든가."

마크가 재촉했다.

"재닌이 오면, 너도 이게 필요할거다. 걔 아직도 죽이게 섹시하거든."

제임스의 말에 마크가 눈을 흘겼다. 나는 웃음을 터뜨렸다.

이런 식으로 몇 시간이 흘렀다. 피우고 잠깐 쉬었다가, 마시고 잠깐 쉬었다가, 또 피우고. 어느새 아파트 안은 사람들로 가득했다. 물론 문제의 그 여자도 섞여 있었다.

13 · 테사

아무리 자존심이 땅에 떨어졌다 해도 마지막 자존심이 남아 있었다. 하딘을 직접 만나 얼굴을 맞대고 이 상황을 마무리할 거다. 그가 무슨 말로 둘러댈지는 뻔하다. 내가 자기한테 너무 과분하다고 하겠지. 그렇게 마음 상하게 할 말들을 쏟아놓을 거다. 그래도 나는 최선을 다해 설득할 거다.

킴벌리는 나를 모자라다고 생각하겠지. 처절하게 차인 뒤에도 그를 졸졸 쫓아다니는 것처럼 보일 테니까. 하지만 나는 하딘을 사랑한다. 누군가를 사랑한다면 이래야 한다. 그를 위해 싸우고, 그가 나를 필요로 하면 따라가줘야 한다. 그가 스스로를 포기하는 순간이 오더라도, 나는 그를 포기해서는 안 된다.

"괜찮아요. 하딘을 찾았을 때 당신과 함께 있으면 상황이 더 안 좋아질 거예요."

킴벌리에게 벌써 두 번째 말하는 중이다.

"제발 조심해요. 그 철부지를 죽여버리는 건 원치 않아요. 그러니 사소한 거 하나라도 조심하는 게 좋아요."

킴벌리는 웃는 둥 마는 둥 했다.

"잠깐, 하나 더 있어요."

킴벌리가 허둥지둥 방 한가운데 있는 커피 테이블로 갔다. 핸드백을 뒤적이며 나에게 손짓했다.

킴벌리는 역시 킴벌리다. 내 입술에 립글로스를 발라주고, 손에 마스카라를 쥐어주었다. 그러더니 활짝 웃는다.

"아무튼 제일 예쁜 모습을 보여줘요, 알겠죠?"

가슴은 아팠지만 미소를 지었다. 어떻게든 도와주려는 노력이 눈물 날 정도였다. 물론 나도 킴벌리와 같은 생각이었다.

10분쯤 지나자, 눈물 때문에 달아올랐던 두 볼이 가라앉았다. 퉁퉁 부었던 눈도 괜찮아졌다. 컨실러와 아이섀도 덕분이다. 빗질을 해서 풍성한 웨이브를 만들었다. 킴벌리는 몇 분 동안 내 머리를 만지다가 한숨을 쉬었다. 킴벌리가 티셔츠를 탱크 탑과 카디건으로 갈아입힌 건 잘 기억나지 않는다. 그녀는 순식간에 나를 좀비에서 볼 만한 인간으로 변신시켰다.

"꼭 전화해요."

킴벌리의 어조는 강경했다.

"반드시 찾으러 갈 거니까."

긍정의 표현으로 고개를 끄덕였다. 분명 그녀는 지체 없이 달려와줄 거다. 킴벌리는 나를 두 번이나 꼭 안아주었다. 그러더니 크리스찬의 렌터카 키를 쥐어주었다. 하딘이 주차장에 두고 간 그 차였다.

차에 올라 휴대전화를 시거 잭 충전기에 꽂았다. 창문을 활짝 열었다. 차안에서는 하딘의 냄새가 났고, 아침에 마셨던 빈 커피 컵들이 그대로 남아 있었다. 불과 몇 시간 전까지만 해도 사랑을 이야기하던 하딘의 모습이 떠올랐다. 그게 하딘 방식의 작별 인사였다. 이제야 그걸 깨달았지만, 여전히 받아들일 순 없었다. 차였다는 게 사실이 되었음에도 그걸 인정하고 싶지 않았다. 벌써 5시가 다 됐다. 찾으러 돌아다닐 시간은 많지 않았다. 2시간 안에 하딘을 찾아서 함께 돌아가자고 설득해야 한다. 비행기는 8시 30분에 탑승해야 하지만, 7시까지는 공항에 가야 한다. 그래야 시간 맞춰 보안 검사나 출국 심사를 마칠 수 있을 거다.

'정말 혼자 집으로 돌아가게 될까?'

룸미러로 나를 비춰보았다. 욕실 바닥에서 억지로 몸을 일으켰던 그여자가 거울 속에 있었다. 그 여자가 '넌 혼자 비행기를 타게 될 거야' 하고 말하는 것 같았다.

하딘을 찾을 만한 곳은 딱 한 군데였다. 만약 그곳에 없다면, 어떻게 해야 할지 감조차 잡히지 않는다. 차에 시동을 걸었지만, 기어에 손을 올리고 잠시 멈칫했다. 돈도 없이 갈 곳도 모른 채 런던 거리를 헤매고 다닐 순 없었다.

걱정스럽고도 절박한 심정으로 한 번 더 하딘에게 전화를 걸었다. 전화가 연결되자 뛸 듯이 기뻐 눈물이 나올 것 같았다.

"여보세~요. 누구예요?"

낯선 남자의 목소리다. 맞게 걸은 건지 확인하려 전화기 화면을 보았다. 화면에는 하딘의 이름이 써 있었다.

"여보세~요."

남자는 질질 끄는 목소리로 전보다 더 크게 말했다.

"안녕하세요. 혹시 하딘 있나요?"

뱃속이 뒤틀렸다. 이건 필경 좋지 않은 사인이다. 이 남자가 누군지 전혀 모르지만 말이다.

뒤에서 웃음소리와 사람들이 떠드는 소리가 들렸다. 여자 목소리도 여럿 섞여 들렸다.

"스캇은…, 방금 갔어요."

남자가 대답했다.

'갔다고?'

"맛이 간 거지, 바보야."

뒤에서 여자가 소리를 지르며 웃었다.

'아, 맙소사.'

"지금 어디 있는데요?"

스피커폰으로 바꾸었다. 소음마저 다르게 들렸다.

"걔 지금 바빠요."

다른 남자의 목소리였다.

"근데 누구예요? 여기 파티에 오는 거예요? 미국식 억양이 꽤 맘에

드네요, 아가씨. 스캇 친구라면….”

파티? 이제 겨우 5시인데? 스피커폰 너머 들리는 여자들의 목소리나 하딘이 '바쁘다'는 사실보다 쓸데없는 데 자꾸 신경이 쓰였다.

“네.”

생각을 정리하기도 전에 대답이 먼저 나왔다.

“거기 주소 좀 다시 알려주세요.”

떨리고 자신 없는 목소리였지만, 아무도 눈치채지 못한 것 같았다.

처음 전화를 받았던 남자가 주소를 불러주었다. 나는 휴대전화 네비게이션에 불러준 주소를 재빨리 쳐 넣었다. 두 번이나 버벅거리는 바람에 다시 불러달라고 부탁해야 했다. 남자는 빨리 오라고 재촉했다. 그는 술이 잔뜩 있다며 삐졌다. 내가 지금껏 봤던 것보다 더 많을 거라나 뭐라나.

20분쯤 뒤, 나는 벽돌 건물 앞에 딸려 있는 작은 주차장에 차를 세웠다. 건물 창문들은 큼직했고, 그중 세 개는 쓰레기봉투인지 테이프인지 모를 것들로 덮여 있었다. 주차장 안은 자동차로 가득 차 있었다. 내가 몰고 온 BMW는 유독 눈에 띄었다. 비슷한 차가 딱 한 대 있었는데, 바로 하딘의 렌터카였다. 다른 차들에 가로막혀 주차돼 있었다. 그 말은 하딘이 다른 사람들보다 한참 먼저 여기에 와 있었다는 뜻이다.

건물 현관으로 걸어가며 심호흡을 했다. 바닥난 용기를 끌어모아야 했다. 전화를 받았던 낯선 남자는 3층 두 번째 집이라고 말했다. 음침한 건물은 3층이 있을 만큼 커 보이지 않았다. 계단을 오르자 내 생각이 틀렸음을 깨달았다. 2층을 다 올라가기도 전에 왁자지껄한 소리가 들렸다. 그리고 마리화나 냄새가 진동했다.

위를 올려다보며, 하딘이 왜 여기 있는지 궁금해졌다. 왜 하딘은 이런 곳에서 자기 마음을 추스르려 하는 걸까? 3층에 다다르자 심장이 쿵쾅거렸다. 저 낙서투성이 문 너머 무슨 일이 벌어지고 있을지 떠올려보니 커다란 돌덩이가 심장을 짓누르는 것 같았다.

쓸데없는 생각을 떨쳐버리려 고개를 흔들었다. 왜 지레 겁먹고 있지? 나의 하딘인데, 하딘이 여기 있는데. 아무리 화가 나고 외톨이여도, 잔인한 말을 마구 내뱉어도, 하딘은 한 번도 일부러 나를 다치게 한 적은 없었다. 복잡한 가정사로 힘든 시간을 보내고 있을 뿐이다. 그리고 내가 이 아수라장에서 자기를 끌어내 집에 데려가기를 원하고 있을 거다. 나는 아무 것도 아닌 일로 신경을 곤두세우고 있는 거다.

노크를 하기도 전에 문이 벌컥 열렸다. 온통 블랙으로 휘감은 젊은 남자가 문을 닫지도 않고 나를 스쳐 지나갔다. 복도로 연기가 퍼져 나왔다. 코와 입을 막고 싶었지만 그대로 버텼다. 기침을 하며 현관으로 들어갔다.

눈앞에 펼쳐진 광경을 보고 이내 멈춰섰다.

반나체의 여자가 바닥에 앉아 있는 모습은 충격 그 자체였다. 집 안을 둘러보았다. 거의 모든 사람이 반나체 상태였다.

"윗도리 벗어."

턱수염이 난 젊은 남자가 염색한 금발 여자에게 말했다. 여자는 어이없는 표정을 짓더니 이내 셔츠를 벗었다. 여자는 브라와 팬티 차림이 되었다.

잠시 그 장면을 쳐다보았다. 무슨 옷 벗기 카드 게임 같은 걸 하고 있는 모양이었다. 벌거벗고 카드 치는 사람들 틈에 하딘은 없었다. 살짝 안심이 됐다. 거실에 몰려 있는 사람들을 살펴봤지만, 역시 없었다.

"들어올 거야, 말 거야?"

누군가 내게 말했다. 어디서 나는 소리인가 주위를 둘러보았다.

"들어와서 현관문 닫아."

남자는 내 왼쪽에 있던 사람 뒤에서 나타났다.

"우리 언제 만난 적 있던가?"

남자가 키득거렸다. 갑자기 불편해졌다. 남자는 충혈된 눈으로 내 몸을 훑어보고 있었다. 음흉한 그 눈길은 내 가슴에 머물러 있었다. 기분이 나빴다. 목소리를 들어보니, 하딘의 전화를 받았던 남자가 분명했다.

나는 고개를 가로저었다. 입이 떨어지질 않았다.

"난 마크야."

남자는 손을 내밀며 자기소개를 했다. 나는 흠칫 몸을 움츠렸다. 마크라⋯. 하딘의 편지 속에서, 또 다른 이야기들 속에서 등장했던 그 이름이 떠올랐다. 친절해 보였지만 어떤 짓거리를 한 인간인지 다 안다. 그가 여자들한테 했던 짓거리를 속속들이 다 알고 있었다.

"여긴 내 집이야. 누구 초대 받고 왔어?"

남자의 질문에 처음엔 화가 난 줄 알았다. 하지만 그의 표정에서 강한 허세를 읽을 수 있었다. 강한 영국식 억양이 상당히 매력적이었다. 무섭긴 했지만. 갈색 머리카락이 앞으로 늘어져 있었고, 다듬지 않은 수염이 덥수룩했다. 하딘은 그걸 '쓰레기 힙스터 룩'이라고 불렀지만, 나는 꽤 괜찮아 보였다. 팔에는 타투가 없었지만, 아랫입술에 피어싱

두 개가 달려 있었다.

"난…, 음….'

긴장을 풀려고 안간힘을 썼다. 남자는 또 한 번 웃고는 내 손을 붙잡았다.

"음, 자기야, 술 한잔 하면서 긴장 풀어."

남자는 씨익 웃었다.

"너 진짜 죽인다."

남자는 나를 주방 쪽으로 데려갔다. 갑자기 궁금해졌다. 하딘이 여기 있기는 한가? 다른 곳으로 가기 전에 여기다 차를 세워놓고 휴대전화를 두고 간 게 아닐까? 아니면 차 안에 있는지도 모르겠다. 일단 차부터 들여다봤어야 하는 건데. 다시 내려가서 확인해봐야겠다. 너무 피곤해서 차 안에서 눈이라도 붙이고 있을지도….

그때였다. 가슴이 내려앉으며 숨이 콱 막혔다.

기분이 어떠냐고 누군가 물었다면 아무 대답도 못 했을 거다. 고통과 충격, 부정의 단어들이 온몸을 휘감았다. 동시에 몸이 마비된 듯 아무 느낌도 들지 않았다. 한꺼번에 모든 걸 느꼈다가, 아무 것도 느낄 수 없었다. 지금껏 느꼈던 모든 감정 중에 가장 더러운 기분이었다.

한 손에는 술병을 든 채로 카운터 테이블에 비스듬하게 기대 있는 건 바로 하딘이었다. 그렇지만 그 때문에 가슴이 철렁했던 건 아니다. 숨이 턱 막히게 한 건 하딘의 뒤로 카운터 테이블에 올라앉아 있던 여자 때문이었다. 여자는 벗은 다리로 하딘의 허리를 감고 온몸으로 하딘을 감싸고 있었다. 세상에서 가장 자연스러운 자세인 양.

"스캇! 거기 보드카 좀 줘봐. 새 친구한테 술 한잔 줘야겠어."

마크가 소리 질렀다.

하딘은 충혈된 눈으로 마크를 쳐다보았다. 음흉하게 웃는 그의 모습에서 지금껏 볼 수 없었던 사악한 기운이 느껴졌다. 그러더니 내게 시선을 옮겼다. 그 순간, 하딘의 눈동자가 커지는 모습을 나는 똑똑히 보았다. 그러다 갑자기 멍한 표정을 지었다.

"너…, 너 여기서 뭐…."

하딘은 말을 더듬었다. 그의 시선이 내 팔을 타고 내려갔다. 시선은 마크가 쥐고 있는 내 손에서 멈추었다. 그의 눈은 더 커졌다. 하딘의 얼굴에 분노가 이글거렸다. 나는 얼른 손을 뺐다.

"너희 둘, 아는 사이야?"

마크가 물었지만, 나는 대답하지 않았다. 그보다 여전히 다리로 하딘의 허리를 감싸고 있는 여자를 노려보았다. 하딘은 여자에게서 벗어나려는 미동조차 하지 않았다. 여자는 팬티 위에 티셔츠만 걸쳐 입고 있었다. 아무 무늬가 없는 블랙 티셔츠.

하딘은 블랙 맨투맨 티셔츠를 입고 있었다. 그 익숙한 모습조차 눈에 들어오지 않았다. 이 듣도 보도 못한 여자는 긴장감이라고는 전혀 없이 하딘의 입술에만 정신을 팔고 있었다. 여자가 나를 향해 미소를 지었다. 반쯤 나사가 빠진 멍청한 미소였다.

나는 계속 잠자코 있었다. 이 사람이 내가 알던 하딘이 맞나, 어안이 벙벙했다. 말문이 막혀 아무 말도 할 수 없었다. 하딘이 어딘가 음침한 곳에 있을 거라 생각은 했다. 하지만 이런 모습이라니. 약과 술에 취해 다른 여자를 끼고 있는 하딘의 모습은 내가 감당하기엔 벅찼다. 지금 드는 생각이라고는 가능한 한 그에게서 멀어지는 것이었다.

"대답이 없군. 그럼 긍정으로 받아들인다."

마크는 웃으며 하딘의 손에서 술병을 빼앗았다.

하딘은 여전히 아무 말도 하지 않았다. 그저 나를 귀신 보듯 쳐다보고 있을 뿐이었다. 재회하리라고 상상도 못 했던 잊혀진 추억 속 인물을 보는 듯이.

발걸음을 돌려 부딪치는 인파를 헤치고 지옥 같은 곳에서 빠져나왔다. 계단을 나는 듯 내려오다가 계단 옆 벽에 쓰러지듯 주저앉았다. 귓가에서 윙윙거리는 소리가 들렸다. 지나간 5분의 무게가 한꺼번에 밀려왔다. 이 건물에서 어떻게 나가야 하는 거지?

계단을 쿵쾅거리며 내려오는 소리가 들리는 건 아닐까 귀를 기울였다. 하지만 시간이 지날수록 고요만 가득했다. 하딘은 나를 뒤쫓아 오지 않았다. 그런 꼴을 보여 놓고 변명하러 따라 나오지도 않았다.

그 때문에 흘릴 눈물도 더 이상 남아 있지 않았다, 적어도 오늘은. 눈물조차 나오지 않는 울부짖음이 훨씬 더 고통스럽다는 사실을 깨달았다. 통제 불가능한 고통이었다. 그 많은 우여곡절을 겪고, 폭풍처럼 싸우고, 같이 울고 웃고 했던 시간들을 모두 뒤로 하고, 하딘이 선택한 결말이 겨우 이거였나? 나를 밀어내는 방법이란 게 겨우 이거였다고? 나를 손톱의 때만큼도 존중하지 않는 거다. 그러니까 그렇게 약에 취한 채 다른 여자랑 어울리는 거겠지. 그 여자는 하딘의 옷을 입고 있었다. 맙소사, 둘이 무슨 짓을 했는지 알게 뭐야?

생각에만 빠져 있을 수는 없었다. 그런 생각들은 나를 무력하게 만들 거다. 내 눈으로 본 장면이 뭘 의미하는지 안다. 하지만 아는 것과 받아들이는 건 별개다.

그의 행동에 이유를 갖다 붙이는 데 이골이 났다. 우리가 사귄 몇 달 동안 내게는 구실을 만들어내는 재주가 생겼다. 그의 잘못된 행동을 그 구실로 정당화하는 데 익숙해져 있었다. 하지만 이 상황은 어떤 이유로도 정당화될 수 없다. 이런 식으로 나를 상처 입힌 데 대해서는 무엇으로도 면죄부를 줄 수 없다. 그가 어머니와 크리스찬에게 배신당해 고통 속에 있다 하더라도 말이다. 나는 하딘에게 싫은 소리 한마디 하지 않았다. 유일한 실수라면 그저 그의 곁에 있으려고 노력하면서 엉뚱한 곳으로 분출하는 그의 분노를 묵묵히 참아줬다는 거다. 그것도 너무 오랫동안.

텅 빈 계단참에 앉아 있는데, 굴욕과 고통이 분노로 변해갔다. 무겁고 진지하며 참을 수 없는 분노였다. 이제 그를 위한 변명 따위는 없다. 이런 짓거리를 하게 놔두지 않을 거다. 달라지겠다는 약속과 말버릇처럼 하던 사과도 받아주지 않을 거다.

'절대로.'

찍소리도 못 하고 물러서진 않을 테다. 도망가지 않을 거다. 하딘이 사람들을 이런 식으로 대해도 괜찮다고 생각하게 놔두지 않을 거다. 하딘은 자신과 나에 대한 배려가 눈곱만큼도 없다. 그저 머릿속에 분노만 가득할 뿐이다. 나는 발걸음을 돌려 거지 같은 계단을 다시 올라갔다. 그리고 지옥 같은 그곳으로 다시 들어가 있는 힘껏 문을 밀었다. 누구라도 부딪쳤으면 좋겠다.

주방 쪽으로 성큼성큼 걸어갔다. 하딘이 그 자리 그대로 있는 걸 보자 분노가 머리끝까지 일었다. 여자도 똑같이 하딘의 뒤에 찰싹 달라붙어 있었다.

"별 거 아니야. 갠 그냥 오가다 만난….'

하딘은 마크에게 지껄이고 있었다.

너무 화가 난다. 하딘이 알아채기 전에 나는 그의 손에서 보드카 병을 낚아챘다. 그리고 있는 힘껏 벽을 향해 던졌다. 병은 산산조각 났고, 집 안은 순식간에 쥐죽은 듯 고요해졌다. 정신과 육체가 분리되는 듯한 느낌이 들었다. 광기와 분노만 남아 있었다. 그리고 그런 나를 멈출 수가 없었다.

"이게 무슨 빌어먹을 짓이지, 자기야?"

마크가 소리를 질렀다. 나는 그에게 몸을 돌렸다.

"내 이름은 테사라고!"

나도 질세라 소리를 질렀다. 하딘은 두 눈을 감았다. 나는 그에게서 눈을 떼지 않았다. 뭐라도 말하기를 기다리고 있는 중이었다.

"그래, 테사. 그렇다고 보드카 병을 깨부술 것까진 없잖아!"

마크가 비아냥댔다. 그는 마리화나에 완전히 취해서 내가 박살낸 병 조각을 치울 수도 없었다. 아마 최대 관심사는 아까운 술을 못 먹게 됐다는 것일뿐.

"최고의 명인한테 병을 벽에 던져서 박살내는 방법을 배웠거든."

나는 하딘을 노려보았다.

"너 나한테 여자친구 없다고 했잖아."

하딘한테 다리를 두른 매춘부가 말했다.

나는 마크와 그 여자를 번갈아 쳐다보았다. 분명 어딘가 닮았다…. 이제야 여자가 누구인지 알겠다. 하딘의 편지를 너무 많이 읽은 탓이다.

"스캇이 치우게 그냥 둬. 저 정신 나간 미국 여자도 데리고 나가고."

기가 막히다는 말투로 마크가 말했다.

"그만해."

하딘이 우리 사이로 한 발 나서며 말했다. 나는 무표정한 얼굴로 하딘을 바라봤다. 절망감과 공포에 휩싸여 거친 숨을 몰아쉬었지만, 표정만은 가면을 쓴 것처럼 의연했다. 아무 감정도 드러나지 않는 무표정. 딱 하딘이 그랬듯이.

"이 계집애 누구야?"

마크는 나를 무시한 채 하딘에게 물었다. 하딘은 다시 한 번 나를 깔아뭉갰다.

"말했잖아."

하딘은 나에게 눈길조차 주지 않았다. 방 안에 가득한 사람들 앞에서 나를 완전히 병신으로 만들었다. 충분히 당할 만큼 당했다.

"하딘, 대체 왜 이러는 거야?"

나는 소리를 지르기 시작했다.

"문제를 회피하려고 이딴 슬럼에 처박혀서 하루 종일 마리화나나 피워대?"

미친년처럼 보였을 거다. 그래도 한 번 정도는 사람들이 나를 어떻게 생각할지 신경 쓰지 않고 말해버리고 싶었다. 하딘이 대답하기도 전에 나는 계속 쏘아붙였다.

"넌 정말 이기적인 자식이야! 나를 밀어내고, 혼자 꽁꽁 싸매는 게 나한테 좋을 거라 생각한 거야? 넌 나 없이는 오래 못 가. 넌 비참해질 거고, 나 역시 그럴 거야. 나한테 상처 주는 건 아무 도움이 안 돼. 내가 아직도 널 찾아다녀야 해?"

"지금 네가 무슨 말을 하는지 알고 말하는 거야?"

하딘의 목소리는 낮고 위협적이었다.

"모르는 것 같아?"

어이가 없었다.

"저 여자가 네 빌어먹을 셔츠를 입고 있잖아!"

나는 소리치며 창녀 같은 여자를 가리켰다. 여자는 카운터 테이블에서 내려와 하딘의 셔츠 밑단을 잡아내리며 허벅지를 가렸다. 여자는 나보다 훨씬 작았고, 하딘의 셔츠는 포대 같이 컸다. 이 장면은 죽을 때까지 잊지 못할 거다. 속에서부터 뜨거운 무언가가 끓어올랐다. 분노의 불길로 온몸이 활활 타는 것 같았다. 순수한 날 것의 분노가 일어 내 모든 부분에 점화되었다.

이제 전부 말이 된다. 진실은 항상 저 너머에 있었다. 사랑하는 사람을 포기하지 말아야 한다던 생각은 진실과는 한참 동떨어져 있었다. 나는 첫 단추부터 완전히 잘못 끼웠다. 누군가를 사랑할 때는, 그가 사랑하는 사람을 파괴하게 놔둬서는 안 되는 거였다. 그리고 이런 진흙탕까지 끌고 가게 놔둬서도 안 되는 거였다. 그를 구하려 노력하되, 그 사랑이 일방통행이거나 이기적이라는 사실을 깨닫는 순간 손을 뗐어야 하는 거다. 그럼에도 불구하고 상황을 계속 끌고간다면, 바보짓을 하는 거다.

내가 하딘을 사랑한 게 맞다면, 하딘이 나를 망치게 두지 말았어야 했다.

하딘을 위해 노력하고 또 노력했다. 그에게 기회를 주고 또 주었다. 이번에도 나는 모든 게 잘될 거라고 생각했다. 그런 내 사랑이 먹힐 거라 믿었다. 내가 하딘을 충분히 사랑해주면, 나 혼자라도 끝까지 노력하면, 다 잘될 줄 알았다. 우리가 행복해질 줄 알았다.

"여긴 어떻게 알고 왔어?"

나의 출현이 못마땅한 듯 하딘이 말했다.

"내가 겁쟁이처럼 네가 그냥 내빼게 둘 줄 알았어?"

마음이 아프면서도 화가 끓어올랐다. 이렇게까지 열이 오르다니, 겁이 났다. 그렇지만 이왕 이렇게 된 거 끝장을 보는 것도 나쁘지 않을 거다. 지난 7개월 동안 나는 하딘이 내뱉는 상처가 되는 말과 거절의 굴레 안에서 주눅이 들어 있었다. 하지만 이제 위태롭던 우리 관계의 실체를 똑똑히 보고 있다. 이 상황은 불가피하다.

언제나 그랬다. 그런데도 결국 이런 꼴을 보고나서야 인정할 수밖에 없다는 게 믿기 힘들었다.

하딘은 입을 꾹 다물고 흐리멍덩한 눈으로 나를 경멸하듯 쳐다보았다. 그 모습이 나를 더 벼랑 끝으로 밀어냈다. 더 이상 소리 지를 필요도 없었다. 하딘은 듣고 있지 않았으니까. 항상 그랬다.

"지금은 모든 걸 다 가진 것 같겠지. 그냥 그렇게 살아. 술이나 퍼마시고, 약이나 빨면서."

하딘에게 가까이 다가가 몇 걸음 앞에서 멈추었다.

"근데 네 인생은 이게 다일거야. 그게 바닥날 때까지 실컷 즐기기를 진심으로 바라."

"그럴 거야."

내 말을 자르며 하딘이 대답했다. 여전하군.

"자, 그럼, 이 여자가 네 여자친구가 아니라면…."

마크가 불쑥 말했다. 그제야 이 집 안에 우리 둘뿐이 아니라는 사실이 기억났다.

"난 누구의 여자친구도 아니야."

내가 쏘아붙였다. 내 태도가 마크를 자극한 것 같았다. 그의 얼굴에 미소가 번졌다. 마크는 내 등을 밀며 거실로 내보냈다.

"좋았어, 그럼 해결됐어."

"그 여자한테서 손 떼!"

하딘이 마크를 떠밀었다. 쓰러뜨릴 만큼 세지는 않았지만, 나에게서 떨어지게 만들기엔 충분했다.

"밖으로 나와, 당장!"

하딘은 나를 지나쳐 문밖으로 나갔다. 나도 복도로 따라 나가 문을 세게 닫았다.

하딘이 머리카락을 쥐어뜯었다. 성질이 뻗치는 모양이었다.

"빌어먹을, 뭐 하는 짓이야?"

"뭐 하긴, 네가 한 짓거리를 까발린 건데? 트렁크랑 비행기 표랑 열쇠 뭉치를 던져놓으면, 내가 순순히 갈 줄 알았어?"

나는 하딘의 가슴을 세게 밀었다. 하딘이 떠밀려 벽에 부딪혔다. 하마터면 사과할 뻔했다. 그러나 하딘의 흐리멍덩한 눈동자를 보자, 미안했던 마음이 순식간에 사라졌다. 하딘은 마리화나와 술이 뒤섞인 역겨운 냄새를 풍기고 있었다. 내가 사랑한 하딘은 눈을 씻고 찾아봐도 없었다.

"안 그래도 머릿속이 복잡해서 아무 생각도 안 난다고. 설명이든 변명이든 너 혼자 해!"

하딘은 소리치며 주먹으로 싸구려 자재로 만든 벽을 내리쳤다. 우지끈, 벽이 갈라졌다.

이런 광경을 이미 너무 많이 목도했다. 이번이 마지막이 될 거다.

"넌 아무런 노력도 하지 않았어! 내가 뭘 잘못했는데?"

"도대체 원하는 게 뭐야, 테사? 내가 차근차근 다 설명해주길 바라는 거야? 꺼져버려. 네가 있던 곳으로 돌아가라고! 여긴 너 따위랑은 상관없는 데야. 너한테 맞지 않는 곳이라고."

마지막 말을 내뱉는 하딘의 목소리는 덤덤했다. 아니, 부드럽기까지했다. 아무 관심도 없는 말투였다.

이제 더 이상 싸울 힘도 없었다.

"그래서 행복하니? 네가 이겼어, 하딘. 또 네가 이겼어. 항상 그랬지."

하딘은 뒤로 돌아 내 눈을 똑바로 쳐다보았다.

"그걸 누구보다 잘 아는 사람이 너잖아. 네가 말하지 않았던가?"

14 · 테사

어떻게 제시간에 공항까지 왔는지 모르겠다. 어쨌든 오긴 왔다.

킴벌리가 데려다주면서 작별의 포옹을 했던 것도 같다. 스미스가 알수 없는 표정으로 나를 빤히 쳐다보던 건 확실히 기억난다.

비행기 좌석에 앉았다. 옆자리는 비어 있고, 머리와 가슴 모두 텅 빈채였다. 나는 하딘에 대해 잘못 생각하고 있었다. 주변 사람이 아무리 노력해도 스스로 변하지 않으면 사람은 변할 수 없다는 걸, 그는 제대로 보여줬다. 달라지길 죽도록 거부한다면 희망 따위는 없다.

자신이 어떤 인간인지 못박아버린 사람을 바꾸는 건 불가능하다. 아무리 사랑을 주어도 그들은 자기혐오를 절대 버리지 못한다.

어차피 지는 싸움이었다, 결국 이렇게 됐다. 이제 포기할 때가 되었다.

15 · 하딘

제임스의 목소리가 귓전에서 쩌렁쩌렁 울렸다. 제임스가 맨발로 내 뺨을 문질렀다.

"이봐 친구! 일어나. 칼라가 거의 다 왔단 말이야. 언제까지 하나뿐인 화장실을 독차지할 참이냐."

"꺼져."

다시 눈을 감으며 중얼거렸다. 손가락이라도 까딱할 수 있었다면 저 놈의 발목을 부러뜨렸을 거다.

"스캇, 젠장, 일어나라고! 소파에 가서 자빠져 있어. 덩치는 산만 한 게. 나 오줌 싸야 한단 말이야. 이도 닦고."

제임스는 발로 내 이마를 꾹꾹 눌렀다. 그러더니 억지로 나를 일으켰다. 온몸이 모래주머니를 단 것처럼 무거웠고, 눈도 목구멍도 타는 듯했다.

"살아는 있네!"

제임스가 떠들어댔다.

"닥쳐."

귀를 막고 녀석을 지나쳐 거실로 갔다. 반쯤 벗은 재닌과 흥분에 들뜬 마크가 빈 맥주병과 일회용 컵들을 쓰레기 봉투에 담고 있었다.

"화장실 바닥은 어땠어?"

마크가 입에 담배를 물고 흥얼거렸다.

"좋았지."

어이없는 표정으로 소파에 앉았다.

"너 완전히 맛이 갔더라."

마크는 으스대며 나직이 말했다.

"마지막으로 술 마신 게 대체 언제냐?"

"몰라."

관자놀이를 문지르며 대답했다. 재닌이 내게 컵을 건넸다. 고개를 저었더니, 더 가까이 들이댔다.

"그냥 물이야."

"됐어."

재닌에게 퉁명스럽게 굴 생각은 아니었지만, 제기랄, 너무 짜증난다.

"너, 진짜 개진상이었어."

마크가 말을 꺼냈다.

"그 미국애…, 이름이 뭐더라, 트리샤였나?"

테사가 언급되자 가슴이 철렁했다. 심지어 이름을 틀리게 말했는데도.

"걔 여길 때려 부수러 온 거야? 쬐끄만 게 아주 기세등등하던데."

테사가 소리치던 모습, 벽에 술병을 던져버린 장면, 나를 버리고 가버리던 순간까지 머릿속을 스쳐 지나갔다. 그녀의 눈 속에 담겨 있던 고통의 무게가 나를 소파 깊숙이 짓눌렀다. 또 다시 속이 메슥거렸다.

그게 최선이었어.

재닌이 어이없다는 듯 쏘아붙였다.

"쬐끄맣다고? 쬐끄맣진 않던데."

"걔 외모에 대해 이러쿵저러쿵 할 처지는 아닌 것 같은데?"

재닌 얼굴에 물을 확 부어버리고 싶은 마음을 억누르며 담담하게 말했다. 어느 한 구석 테사만큼 예쁜 데도 없는 주제에, 약에 취한 거야?

"걘 나만큼 날씬하지 않던데."

'개소리 한 번만 더 해봐. 근거 없는 자신감을 갈기갈기 찢어발겨 줄 테니까.'

"동생, 악의는 없지만, 걔가 너보다 '핫'했어. 그러니까 하딘이 사랑에 푸우우욱 빠져 있는 거겠지."

마크는 말을 질질 끌며 놀렸다.

"사랑? 웃겨! 하딘이 어젯밤에 걔를 쫓아냈잖아."

재닌이 깔깔거렸다. 가슴에 비수가 꽂히는 느낌이었다.

"다시는 걔 언급하지 마. 내가 없을 때도."

두 사람에게 협박에 가까운 으름장을 놓았다.

재닌은 구시렁거렸고, 마크는 쓰레기봉투에 재떨이를 비우면서 키득거렸다. 소파 쿠션에 머리를 기대고 눈을 감았다. 절대 술이 안 깰 것 같다. 이 고통이 사라지지 않는 한. 그리고 이 텅 빈 가슴이 채워지지 않는 한. 조바심과 짜증, 메스꺼움과 탈진이 동시에 일었다. 빌어먹을 최악의 조합이다.

"20분 후면 도착해!"

제임스가 소리쳤다. 눈을 떴다. 옷을 걸쳐 입은 제임스가 좁아터진 거실을 서성거렸다.

"알았으니 좀 닥쳐줄래. 한 달에 한 번씩 이게 무슨 소란인지."

재닌이 마리화나에 불을 붙였다. 내뿜는 연기가 나에게까지 닿았다. 내 몸은 스스로 챙겨야 한다. 나 같은 비겁자한테는 선택의 여지가 없다. 구석에 숨어 서성거리고, 심장이 부서질 듯 아파도 외면하며, 인생을 송두리째 쓰레기통에 처박는 나라는 놈한테는.

연기 때문에 기침이 나왔다. 내 폐는 마리화나를 별로 그리워하지는 않았던 모양이다. 세 번째로 연기의 공격을 받자, 통증이 조금 무뎌지면서 무감각해졌다. 슬슬 적응이 돼가고 있는 건가.

"나도 좀 줘봐."

재닌에게 들려 있는 술병을 향해 손을 뻗었다.

"아직 12시도 안 됐어."

재닌은 뚜껑을 비틀며 말했다.

"누가 그런 걸 물어봤냐. 보드카 달라고."

재닌의 손에서 술병을 빼앗았다. 재닌은 짜증이 난 듯 씩씩거렸다.

"넌 대학교는 그만둔 거냐?"

마크가 연기로 도넛을 만들며 물었다.

"아니…."

'제기랄.'

"나도 몰라. 아직 좀 남긴 했어."

한 모금 삼켰다. 빈속으로 술이 흐르며 타는 듯한 느낌이 들었다. 학교는 어떡해야 할까. 졸업까지 반 학기 남았다. 졸업 논문은 이미 제출했고, 졸업식은 안 가기로 했었다. 아파트는 그대로고, 차는 시애틀 공항에 두고 왔다.

"재닌, 가서 싱크대에 있는 그릇들 좀 처리해."

마크가 말했다.

"싫어, 내가 만날 너희가 어지른 그릇들 정리했다고…."

"점심 사줄게. 너 빈털터리잖아."

마크의 제안이 통했는지, 재닌은 우리만 남겨두고 거실에서 나갔다. 제임스가 침실에서 우당탕거리는 소리가 들렸다. 가구라도 재배치하는 건가.

"칼라라는 애는 뭔데?"

마크에게 물었다.

"제임스 여자친구야. 진짜 멋진 애야. 사실 약간 도도하지. 그렇다고 나쁜 년은 아니고, 그냥 이런 걸 좀 싫어해."

마크는 너저분한 아파트를 가리켰다.

"걘 의대에 다니고, 걔네 부모가 돈 좀 있는 사람들이야."

그 말에 웃음이 나왔다.

"근데 뭐가 부족해서 제임스 같은 애를 사귀냐?"

"다 들린다, 나쁜 새끼야!"

제임스가 침실에서 소리를 질렀다.

마크가 웃음을 터뜨렸다. 나보다 훨씬 더 큰 웃음이었다.

"몰라. 제임스는 걔가 올 때마다 정신이 나가서는 쓸고 닦고 난리야. 걘 스코틀랜드에 살거든. 그래서 한 달에 딱 한 번씩만 와. 올 때마다 이 짓거리지. 제임스가 걜 꼬셔보려고 항상 안달을 해. 그래서 저놈이 대학을 간 거야. 벌써 두 과목이나 낙제를 했지만."

"그래서 쟤가 네 동생이랑 자는 거냐?"

나는 한쪽 눈썹을 찡긋 올렸다. 제임스는 한 여자한테 만족하는 인간이 아니었다. 그것만은 확실하다.

제임스가 한쪽 구석에서 머리만 쏙 내밀었다.

"칼라를 한 달에 한 번 만나긴 하지만, 그렇다고 다른 날에 재닌이랑 자는 건 아냐!"

그러더니 불쑥 사라졌다.

"그러니까 그만들 떠들어. 대가리들을 확 날려버리기 전에!"

"알았어!"

마크가 비아냥거리더니, 나에게 마리화나를 건넸다. 마크는 내가 다리 사이에 끼워둔 보드카 상표를 톡톡 쳤다.

"이봐, 스캇. 난 네 멜로드라마 따위엔 관심 없거든. 그러니까 시답지 않은 연기로 여기 있는 사람들 기만하지 마."

"연기 같은 건 안 해."

내가 일갈했다.

"그럼, 그럼. 느닷없이 3년 만에 불쑥 나타나서는, 웬 계집애를 하나 달고서."

마크의 시선이 내 얼굴에서, 술병으로, 그리고 마리화나로 옮겨갔다.

"술에 쩔어가지고. 그리고 너, 그 손, 부러진 거 같은데."

"상관 마. 술에 쩔든 말든. 너는 늘 그러고 살잖아."

점점 짜증이 일었다. 갑작스레 내 빌어먹을 인생에 참견하는 마크 녀석에게. 손 얘기는 무시했다. 사실 손이 푸르뎅뎅하긴 했다. 그래도 거지 같은 벽이 내 손을 부러뜨리진 못했을 거다.

"너 하고 싶은 대로 해. 그저 네 녀석이 너무 예민하게 굴어서. 전에는 찔러도 피 한 방울 안 나올 녀석이었잖아."

"별 것도 아닌 걸 자꾸 긁어 부스럼 만들잖아. 그 계집애는 미국에 있는 대학에서 만난 별 볼 일 없는 애야. 우연히 만나서 좀 놀았어. 영국에 와보고 싶대서 오는 여비를 걔가 다 냈다고. 그래서 침대에서 실컷 뒹굴었지. 그게 다야."

보드카를 한 모금 더 들이켰다. 내가 뱉어낸 쓰레기 같은 말을 죄다 지우고 싶었다.

마크는 여전히 미심쩍은 눈초리였다.

"그러시겠지."

마크는 눈을 희번덕거렸다. 제 동생한테서 꼴 보기 싫은 버르장머리를 배웠군.

짜증이 일어 고개를 돌려 녀석을 마주보았다.

"내가 걜 만났을 때, 걘 버진이었다고. 따먹기 게임에서 내가 이겨서 한몫 단단히 챙기기도 했고 말이지. 나 예민하지 않아, 걘 나한테 아무것도 아니야…."

이번엔 참을 수가 없었다. 입을 틀어막고 제임스를 지나쳐 화장실로 달려갔다. 그리고 바닥에 모든 걸 게워냈다. 제임스가 뒤에서 욕지거리를 퍼붓는 소리가 들렸다.

16 · 테사

"진짜 소형 노트북 같네."

새로 산 스마트폰은 정말 신기했다. 나를 제외한 다른 모든 사람들은 이 기계를 익숙하게 다뤘다. 화면을 손가락으로 쓱쓱 터치하며 말이다. 구형 휴대전화를 쓰던 나에게는 익숙해져야 할 것들이 정말 많지만.

여전히 미심쩍긴 하다. 시간을 잡아먹는 이 작은 컴퓨터가 정말 재미있을까. 이 기계로 몇 시간, 아니 며칠 동안은 바쁘게 보낼 것 같다. 음악 앱을 열어보고 깜짝 놀랐다. 듣고 싶은 곡을 바로 찾아서 무한 반복해서 들을 수 있었다.

"예전 폰에서 전화번호랑 사진들을 옮겨 드릴까요?"

카운터 뒤에 있던 점원이 물었다. 여기에 점원과 랜던이 같이 있었다는 사실조차 잊고 있었다. 새 휴대전화에 매료되어 이것저것 살펴보느라 정신이 팔려 있었다.

"괜찮아요, 감사합니다."

나는 정중하게 거절했다.

"정말 괜찮으시겠어요?"

점원은 의외라는 듯 눈을 동그랗게 떴다.

"필요한 번호들은 다 외우고 있어요."

점원은 어깨를 으쓱했다.

"네 번호 알려줘."

랜던에게 말했다. 내가 외우고 있는 건 엄마와 노아의 전화번호뿐이었다. 나에게는 산뜻한 출발과 새로운 시작이 필요하다. 저장된 번호 몇 개 없는 반짝이는 새 휴대전화가 그걸 도와줄 거다. 휴대전화 바꾸는 걸 미뤄왔던 만큼 기쁨은 더욱 컸다.

놀랍게도 신선한 새 출발의 기분이 충만해졌다. 누군가의 연락처도,

사진도, 그야말로 아무 것도 없는 새 휴대전화.

랜던이 전화번호 저장하는 걸 가르쳐주었다. 우리는 함께 매장을 나섰다.

"예전 폰에 저장되어 있던 음악을 어떻게 가져오는지 알려줄게."

랜던이 환하게 웃었다. 우리는 함께 쇼핑몰에서 나왔다. 출근할 때 입을 옷을 사러 적잖이 돈을 썼던 그 쇼핑몰이었다.

말끔한 과거 청산, 필요한 건 그뿐이었다. 옛날 사진을 뒤지며 추억 속에서 허우적거리기는 싫었다. 이제 무엇을 해야 할지, 어디로 가야 할지 잘 모르겠지만, 하나만은 분명하다. 절대로 내 것이 될 수 없는 걸 끌어안고 있는 건 상처만 키울 뿐이라는 사실이다.

"우리 아빠, 어떻게 지내시는지 알아?"

점심을 먹으며 랜던에게 물었다.

"아버지가 토요일에 다녀오셨어. 너희 아버지도 차츰 적응해가고 있다고 하셨어. 처음 며칠이 진짜 최악이었지."

랜던은 팔을 뻗어 내 접시 위에 있는 감자튀김을 집었다.

"나는 언제쯤 아빠를 만나러 갈 수 있을까?"

나한테 남은 사람이 겨우 한 달 전에 만나 어색하기 짝이 없는 아빠와 랜던뿐이라면, 나는 그 두 사람을 최대한 가까이 두고 싶었다.

"잘 모르겠어. 언제 집으로 돌아오실 수 있는지 물어볼게."

랜던은 내 눈치를 살피며 측은한 눈으로 쳐다보았다.

"얘기 꺼낸 지 하루밖에 안 된 건 알지만, 뉴욕에 대해 생각 좀 해봤어?"

랜던이 조심스럽게 물었다.

"조금."

킴벌리와 크리스찬을 만나 얘기할 때까지 결정을 유보하는 중이다. 오늘 아침 킴벌리와 통화했다. 두 사람은 목요일에 영국에서 출발할 예정이라고 했다. 아직까지 화요일이라는 게 믿을 수 없을 정도였다. 런던을 떠나온 지 이틀밖에 안 지났다니.

갑자기 그가 생각이 났다. 지금쯤 뭘 하고 있을까…. 아니, 지금은 누구와 함께 있을까. 그 여자는 계속 붙어 있을까? 그 여자가 또 그의 셔츠를 입고 있을까? 왜 나는 그런 생각들을 하며 스스로를 고문하는 걸까? 그를 피하는 중이었다. 그런데 지금, 그의 핏발 선 녹색 눈동자를 마주보는 것만 같았다. 내 뺨을 어루만지는 그의 손길이 느껴지는 것 같았다.

시카고 공항에 도착해서 트렁크를 뒤졌다. 더러운 그의 블랙 티셔츠를 발견한 순간, 가슴 아프기도, 불쌍하게도 한편으로는 안심이 되기도 했다. 휴대전화 충전기를 찾으려던 참이었는데, 뜻밖의 마지막 일격을 당한 거였다. 마음을 추스를 수가 없었다. 한참을 안절부절못하며 쓰레통에 버려야 하나 고민했다. 하지만 그러지 못했다. 대신 트렁크 맨 밑바닥, 내 옷들 밑으로 쑤셔 넣었다.

우여곡절 끝에, 나는 지금 나에게 휴식기를 주고 있다. 주어진 모든 짐을 겨우 감당해내면서. 어쩌다 내 세상이 이렇게 갈기갈기 찢겼을까. 나는 떨어져나간 조각처럼 외로운 기분이 들었다….

'이건 아니야.'

비행기 안에서 결심한 바가 있다. 이런 감상에 빠지지 않기로. 그래 봤자 더 갈 길을 잃게 될 거다. 나를 안쓰럽게 여기는 건 상황을 더 악화시킬 뿐이다.

"나도 뉴욕으로 가고 싶어. 근데 시간이 좀 더 필요해."

랜던에게 솔직히 말했다.

"좋았어."

랜던의 미소는 확실히 전염성이 있다.

"이번 학기 끝나려면 아직 3주는 남았으니까 그 후에 떠나는 걸로 생각해보자."

"그게 좋겠다."

한숨을 내쉬었다. 시간이 지나기를 간절히 바란다. 일 분, 한 시간, 하루, 한 주, 한 달, 지금으로선 시간이 빨리 흘러가는 것만이 도움이 될 것 같았다.

그래, 시간이 약이다. 어쨌든 조금씩 앞으로 나아가고 있는 나를 발견할 거다. 그러나 문제는, 뉴욕으로 가는 게 정말 좋은 건지 아직 결정을 할 수 없다는 거다.

17 · 하딘

아파트 현관문을 열어젖혔다. 집 안 등이 전부 켜져 있어서 깜짝 놀랐다. 테사는 전기 요금을 아끼려고 꽤나 깐깐하게 구는 타입인데, 이상하네.

"나 왔어. 방에 있어?"

소리쳐 보았다. 오븐에서 저녁식사용 요리가 익는 냄새가 났다. 오디오에서는 은은한 음악 소리가 흘러나오고 있었다.

바인더와 열쇠뭉치를 테이블 위에 놓고 테사를 찾아나섰다. 침실

문이 살짝 열려 있는 게 보였다. 열린 틈 사이로 두런두런 말소리가 새어나왔다. 그게 녀석의 목소리라는 걸 알아챈 순간, 미친 듯이 화가 치밀어 문을 열어젖혔다.

"이게 무슨 짓거리야!"

작은 방 안에 내 목소리가 쩌렁쩌렁 울렸다.

"하딘? 너야말로 무슨 짓이야?"

마치 내가 침입자인 양 테사가 소리쳤다. 테사는 벗은 몸을 쿠션으로 가리고 있었다. 입가에는 흐릿하게 미소가 남아 있었다.

"저 자식은 여기서 뭐 하는 건데?"

힐난조로 말하며 제드를 가리켰다. 녀석은 침대에서 꿈틀거리며 박서 팬티를 주워 입기 시작했다.

테사는 마치 남의 침실에 뛰어든 불청객 보듯 나를 노려보았다.

"넌 여기 오면 안 돼, 하딘."

테사의 말투는 경멸과 조롱을 담고 있었다.

"이번 달에만 벌써 세 번째잖아."

테사가 한숨을 쉬며 목소리를 낮췄다.

"또 술 마셨어?"

동정과 짜증이 섞인 질문이었다.

제드가 침대를 가로질러 가더니 테사를 보호하려는 듯 그 앞을 막아섰다. 녀석의 팔은 테사의…, 테사의 불룩한 배 위에 얹어져 있었다.

'뭐야… 안 돼….'

"테사, 너?"

말문이 막혔다.

"너…, 저 녀석이랑?"

테사는 또 다시 한숨을 내쉬었다. 그러더니 담요를 끌어당겨 몸에 감았다.

"하딘, 이게 대체 몇 번째야. 넌 이제 여기 안 살잖아. 그런 지가 벌써, 2년도 넘었어."

테사가 단호한 어조로 말했다. 그리고 제드에게 도움의 눈길을 보냈다. 침입자인 나를 어떻게 해보라는 뜻인 것 같았다.

혼란스러웠다. 한순간 몸에서 힘이 빠져나갔다. 나는 무릎이 꺾여 두 사람 앞에 주저앉았다. 어깨 위로 손 하나가 올라왔다.

"유감스럽지만, 나가줘. 테사를 화나게 하고 있잖아."

제드의 나긋나긋한 목소리가 나를 조롱했다.

"나한테 이럴 순 없어."

한 손을 테사의 불룩한 배를 향해 뻗으며 애원했다. 이게 진짜일 리 없다. 이건 현실이 아니다.

"네가 너 자신을 그렇게 만들었잖아."

테사가 말했다.

"미안하지만, 하딘. 네가 그런 거야."

제드는 테사를 진정시키려는 듯 그녀의 팔을 쓰다듬었다. 분노가 온몸을 관통하고 있었다. 주머니를 뒤져 라이터를 꺼냈다. 두 사람 다 내 행동을 눈치채지 못했다. 낯익은 작은 불꽃이 일었다. 나는 불꽃을 커튼에 대었다. 온 방을 집어삼키는 불꽃에 놀란 테사의 얼굴이 내 눈동자에 난반사되었다. 나는 눈을 감았다.

"하딘!"

번쩍 눈을 떴다. 마크의 얼굴이 눈에 들어왔다. 녀석의 얼굴을 밀어내고 소파에서 벌떡 일어났다. 그리고 패닉에 빠져 다시 바닥에 털썩 주저앉았다.

테사가…, 내가….

"고약한 악몽이라도 꾼 거야?"

마크가 고개를 절레절레 흔들었다.

"괜찮냐? 온몸이 푹 젖었다."

가만히 앉아 눈만 껌뻑거렸다. 손으로 땀범벅이 된 머리카락을 쓸어올렸다. 손에 엄청난 고통이 느껴졌다. 멍은 어느 정도 풀린 것 같은데 통증은 나아지지 않고 있다.

여기서 나가야겠다. 방이 활활 타오르던 잔상이 눈앞에 계속 어른거렸다.

"이거 먹고, 좀 더 자. 아직 새벽 4시야."

마크가 플라스틱 약병 뚜껑을 열고 땀으로 축축한 내 손에 알약 하나를 떨어뜨려 주었다.

말이 안 나와 고개만 끄덕였다. 물도 없이 약을 삼키고 다시 소파에 누웠다. 마크가 침실에 들어가는 걸 확인하고, 주머니에서 휴대전화를 꺼냈다. 그리고 테사의 사진을 들여다보았다.

주저할 새도 없이, 통화 버튼을 눌렀다. 이래선 안 되는데. 그래도 딱 한 번만 테사의 목소리를 들으면, 평화롭게 잠들 수 있을 것 같았다.

"지금 거신 전화는 없는 번호이오니…."

냉랭한 자동 응답 메시지가 들렸다.

'뭐?'

화면을 한 번 더 확인하고 또 다시 전화를 걸었다. 똑같은 메시지가 나왔다. 다시 하고 또 다시 해도 마찬가지였다.

테사가 전화번호를 바꿀 리 없다. 그러지 않았을 거다….

"지금 거신 전화는…."

똑같은 메시지를 열 번째 듣고 있다.

테사가 전화번호를 바꾼 거다. 내가 다시는 연락할 수 없게, 번호를 바꿔버린 거다.

몇 시간 후, 다시 잠이 들었다. 이번엔 다른 꿈이었다. 시작은 전과 같았다. 아파트 현관문을 열어젖혔다. 그러나 그곳에는 아무도 없었다.

18 · 하딘

"내가 일요일부터 하려던 걸 네가 여직 못 끝내게 하고 있잖아."

재닌이 내 어깨에 머리를 기댔다. 재닌에게서 몸을 빼 소파 저쪽으로 가 앉았다. 재닌은 다시 나에게 바짝 다가왔다. 아마도 나랑 뭔가를 해보겠다는 사인이겠지.

"됐어."

지난 나흘간 백 번은 거절했다. 가만, 겨우 나흘이라고?

'빌어먹을.'

시간이 좀 더 빨리 흘러야 할 텐데. 안 그랬다간 살아남지 못할 거다.

"넌 긴장을 좀 풀어야 해. 내가 도와줄게."

아무 것도 입지 않은 등을 재닌이 훑고 있다. 그동안 샤워도 하지 않았고, 옷조차 입지 않았다. 재닌이 입었던 티셔츠를 다시 입을 수가 없었다. 티셔츠에 밴 그녀 냄새가 역겨웠다. 나의 엔젤이 아닌 다른 여자의 체취.

빌어먹을 테사. 미칠 것 같다. 아직도 마음 한구석에 테사가 남아 있다. 그 생각의 조각이 자꾸만 나를 나락으로 이끌고 있었다.

술이 깰 때마다 매번 똑같다. 테사가 스멀스멀 떠올랐다. 지난밤 꾼 악몽이 아직도 나를 사로잡고 있었다. 나는 절대로 테사를 해치지 않을 거다, 물론 물리적으로. 나는 테사를 사랑한다. 아니, 사랑했다. 젠장, 지금도 사랑하고, 앞으로도 사랑할 거다. 그런데 내가 할 수 있는 건 아무 것도 없다.

매 순간 그녀에게 완벽한 사람이 되기 위해 사투를 하며 살 순 없다. 나란 놈은 테사가 원하는 사람이 아니다. 아무리 노력해도 그렇게 될 순 없다.

"술 좀 줘."

퉁명스러운 목소리로 말했다. 재닌은 나른한 몸짓으로 소파에서 일어나더니 느릿느릿 주방으로 갔다. 자꾸만 테사가 떠올라 화가 났다.

"빨리 가져와."

재닌이 위스키 병을 들고 오다가 멈춰 서서 나를 노려보았다.

"누구한테 이래라 저래라 하는 거야? 나쁜 놈처럼 굴려면 적어도 내 시간을 뺏은 걸 보상이라도 해주든가."

이 집에 온 후, 밖으로 한 발짝도 나가지 않았다. 심지어 차에 둔 옷을 가지러 내려가지도 않았다.

"너, 손 부러졌다고 몇 번이나 말하게 만드나?"

제임스가 거실로 나오며 말했다. 생각에 빠져 있다가 퍼뜩 정신이 들었다.

"칼라가 그러더라. 병원에 좀 가봐."

"됐어, 괜찮아."

나는 아무렇지도 않다는 듯 주먹을 쥐었다 폈다. 날카로운 통증에 욕이 절로 나왔다. 부러졌다는 거 안다. 그런데 아무 것도 하고 싶지 않았다. 나흘째 자가 치료 중이다. 며칠만 더 버티면 아프지 않겠지.

"병원 안 가면 절대 안 나을걸. 잽싸게 다녀와. 돌아오면 그 위스키 병째로 줄 테니까."

제임스가 억지를 부렸다. 나쁜 놈이었던 제임스가 그립다. 여자랑 자면서 몰래 촬영하고, 한 시간 후에 그걸 여자의 남자친구에게 보내던 그 제임스가. 내 건강을 걱정하는 이 제임스는 무지하게 짜증난다.

"제임스 말이 맞아, 하딘."

재닌이 들고 있던 위스키 병을 뒤로 감추며 거들었다.

"알았어! 빌어먹을."

구시렁거리며 차 키와 휴대전화를 들고 아파트를 나섰다. 차 뒷좌석에서 셔츠를 집어 대충 꿰어 입었다. 그리고 병원으로 향했다.

환자 대기실은 아이들로 북적거렸다. 나는 유일하게 비어 있던 의자에 앉았다. 바로 옆에 다리를 다쳐 징징거리는 노숙자가 앉아 있었다. 그러면 그렇지.

"얼마나 기다렸어요?"

남자에게 물었다. 그에게서 쓰레기 같은 냄새가 났다. 아마 나한테

선 더 고약한 냄새가 나겠지. 남자를 보니 리차드가 떠올랐다. 재활시설에서 잘 지내고 있는지 궁금했다. 테사의 아버지는 약물 중독 재활시설에 있고, 나는 술에 쩔어서 여기 이러고 있다. 마리화나와 마크한테 받은 정체불명의 약까지 먹어서 완전히 몽롱한 상태로. 세상은 참 알다가도 모를 곳이다.

"두 시간이요."

남자가 대답했다.

"이런 빌어먹을."

혼잣말을 중얼거리며 벽을 노려보았다. 밤 8시에 여길 오는 게 아니었다.

30분이 더 지나고, 남자의 이름이 불렸다. 이제 코로 숨을 쉴 수 있겠구나.

"약혼녀가 진통 중이에요."

한 남자가 로비로 들어서며 소리쳤다. 남자는 매끈하게 다림질된 단정한 버튼다운 셔츠와 카키색 팬츠를 입고 있었다. 묘하게 익숙한 모습이었다.

아담한 갈색머리의 임산부가 남자를 따라 들어왔다. 나는 의자에 앉은 채 몸을 낮게 숙였다. 물론 세상은 말도 안 되는 일이 수없이 일어난다. 하지만 술에 취해 엉망인 채로 부러진 손을 치료하러 온 바로 이 순간, 하필 그녀가 아이를 낳겠다고 이 병원에 온 거다.

"누가 좀 도와주세요."

남자는 미친 듯이 주변을 살폈다.

"휠체어가 필요해요! 벌써 20분 전에 양수가 터졌어요. 진통도 5분

간격으로 오고 있고!"

남자가 설레발을 치는 바람에 대기실에 있던 환자들이 동요하기 시작했다. 정작 임산부는 엷게 웃으며 한 팔로 남자의 허리를 감싸 안고 있는데. 그래, 나탈리는 저랬지.

"걸을 수 있어요, 괜찮아요. 걸어갈 수 있어요."

나탈리가 간호사에게 멋쩍게 말했다. 약혼자가 필요 이상으로 패닉에 빠졌을 뿐이라는 변명도 잊지 않았다. 남자가 천천히 걷자, 나탈리는 차분하게 따라갔다. 나는 그 모습을 보며 웃고 있었다. 나탈리는 그제야 나를 발견하고 만면에 가득 미소를 지었다.

"하딘! 여기서 만나는구나!"

이게 사람들이 말하는 임산부의 광채라는 건가?

"안녕."

나는 그녀 약혼자의 시선을 피하며 인사를 건넸다.

"잘 지내고 있는 거지?"

약혼자가 간호사와 이야기를 나누는 사이 나탈리가 내게 다가왔다.

"며칠 전에 테사를 만났어. 테사도 같이 온 거야?"

나탈리는 로비를 훑어보았다.

'나탈리, 아프다고 소리 질러야 하는 거 아냐?'

"아냐, 테사는, 음⋯."

변명을 늘어놓으려는 찰나 뒤에서 간호사가 차트를 보며 말했다.

"산모 분, 분만실 준비됐어요."

"아, 드디어 쇼가 시작될 참이야."

나탈리는 돌아서서 어깨 너머로 손을 흔들었다.

"만나서 기뻐, 하딘!"

나는 멍청하게 입을 벌리고 그 자리에 앉아 있었다.

마음에도 없는 소리겠지. 그럼에도 나탈리를 생각하니 조금 편안해졌다. 그녀의 삶이 나로 인해 완전히 짓밟힌 게 아니라는 생각에…. 나탈리는 사랑에 빠져 내 앞에서 환하게 웃고 있었다. 북적거리는 대기실에서 냄새를 풍기며 우두커니 홀로 앉아 있는 내 앞에서. 그녀는 곧 첫 아이를 낳겠지.

내 업보가 내 발목을 잡은 것이다.

19 · 테사

"같이 와줘서 고마워. 잠깐 들어가서 남은 물건들만 좀 챙기면 돼."

조수석 창문으로 랜던에게 말했다. 차를 어디에 두고 가야 할지 망설여졌다. 켄 씨의 집에 세워두고 싶진 않았다. 하딘이 나중에라도 차를 가지러 나타나서 내게 뭐라고 할지 두려워서였다. 아파트 주차장에 두고 가는 편이 훨씬 나을 거다. 경비 시설이 있는 곳이니까, 차를 엉망으로 만들 사람은 없을 것이다.

"같이 안 올라가도 되겠어? 짐 내리는 거 도와줄게."

랜던이 한 번 더 물었다.

"아냐, 혼자 갈게. 몇 가지만 챙기면 돼."

진심이었다. 하지만 숨은 진심은 이거였다. 우리의 옛 집에서 나만의 작별 인사를 하고 싶었다. 나 혼자서.

로비로 들어서며, 추억에 빠지지 않으려 애썼다. 아무 것도 생각하지 말아야지. 텅 빈 흰 공간과 흰 꽃들, 그리고 흰 카펫과 흰 벽들, 그 어디에도 그는 없다.

그럼에도 마음이 생각과 다르게 움직인다. 흰 벽들이 천천히 검정색으로 칠해진다. 카펫은 검정색 페인트로 물들고, 꽃들은 시들어 검게 변한 잎을 날리고 있다.

몇 가지 물건만 챙기면 된다. 옷상자 하나와 바인더, 그게 다다. 5분만에 후딱 들어갔다 나와야지. 그 정도면 암흑 속으로 빨려 들어갈 틈도 없을 테니까.

오늘로 나흘째다. 나는 점점 더 강해지고 있다. 시간이 지날수록 그 없이 숨 쉬는 게 차츰 편해지고 있다. 이곳으로 돌아온 게 앞으로 나아가기 위한 마지막 관문이 될 거다. 뒤돌아보지 않고 나아가려면 이쯤은 극복해야 한다. 나는 뉴욕으로 갈 거다.

여름 학기는 포기하기로 했다. 숙고 끝에 내린 결론이었다. 그 도시가 이제 나의 새 집이 될 거다, 적어도 몇 년간은. 일단 거처를 옮기고 나면, 대학을 졸업할 때까지는 움직이지 말아야지. 전학 이력을 더 보태는 건 경력과 이미지에 좋을 게 없다. 학업을 마칠 때까지 이제 한 곳에 있어야 한다. 그리고 그곳은 뉴욕이 될 거다. 조금 두려웠다. 엄마는 뉴욕에 가는 걸 마땅치 않아 할 거다. 하지만 그건 내가 감당해야 할 몫이다. 내 욕망과 미래를 위해 내린 결정이니까. 내가 자리 잡을 때쯤이면 아빠도 재활 프로그램을 마칠 거다. 가능하면 아빠가 랜던과 나를 보러 뉴욕으로 오셨으면 좋겠다.

충분한 준비 없이 또 이사를 결심하다니, 덜컥 겁이 났다. 그래도 랜던이 나서서 도와줄 거다. 지난 이틀 동안 랜던과 나는 입학 허가서를 받으려고 백방으로 뛰어다녔다. 켄 씨가 추천장을 써서 보내주었고, 카렌은 아르바이트 자리를 찾아봐주었다. 소피아도 도와주었다. 시내에서 가장 핫한 장소와 조심해야 하는 동네를 알려주었다. 친절하게도 자기 사장님한테 얘기해서 식당 종업원 자리를 알아봐주기도 했다.

켄 씨와 카렌, 랜던은 이구동성으로 몇 달 후에 오픈하는 반스 출판사의 뉴욕 지사로 옮기라 권했다. 적은 수입으로 뉴욕에서 사는 건 불가능하니까. 대학 졸업장도 없이 급여를 받는 인턴십 자리를 얻는 것도 불가능하다. 나의 뉴욕 행에 대해 킴벌리에게는 아직 얘기하지 않았다. 킴벌리는 이제야 런던에서 돌아왔다. 아마 처리해야 할 일들로 정신이 없을 거다. 그동안 겨우 문자메시지 한 번 주고받았을 뿐이다. 상황이 정리되는 대로 다시 연락하겠노라 약속했다.

아파트 문에 열쇠를 밀어 넣었다. 마음 깊숙이 자리잡고 있던 증오가 다시 깨어나는 것 같았다. 내가 이곳을 그렇게나 사랑했다는 사실이 믿어지지 않았다. 집 안으로 들어섰다. 거실 불이 켜져 있었다. 런던에 가면서 하딘이 불 끄는 걸 잊은 모양이었다.

겨우 일주일이 지났을 뿐이다. 마음이 지옥 같을 땐 시간조차 나를 조롱하나 보다.

곧장 침실로 들어가 바인더를 꺼내려 옷장 문을 열었다. 시간을 지체할 이유가 없다. 황갈색 바인더는 내가 놓아두었다고 기억하는 그 자리에 없었다. 할 수 없이 하딘의 과제 파일들을 뒤적거렸다. 하딘이 청소한답시고 내 바인더를 다른 데 쑤셔 넣었나 보다.

선반 위에 익숙한 신발 상자가 놓여 있었다. 상자에 넣었나? 상자를 내려 뚜껑을 열고 안을 들여다보았다. 하딘이 손으로 휘갈겨 쓴 글씨가 빼곡한 종이들이 잔뜩 쌓여 있었다. 그중에서 타이프로 친 종이 한 장을 발견했다. 내용을 읽으려 빼들었다.

당신은 내 영혼을 꿰뚫었소. 나는 반쯤은 고뇌로, 반쯤은 희망으로 차 있소. 너무 늦지 않았다고 말해주오. 이 소중한 감정들이 영원할 거라 말해주오. 나는 진심으로 내 자신을 당신에게 바치겠소. 8년 전, 당신이 내 마음을 무너뜨렸을 때보다 훨씬 더 큰 진심을 말이오. 남자의 사랑이 더 빨리 사그라지고, 남자가 여자보다 더 빨리 잊을 거라 감히 말하지 마시오. 나는 그 누구도 아닌 당신만을 사랑해왔소.

오스틴 소설의 한 구절이라는 걸 금세 알아챘다. 몇 페이지를 단숨에 읽어내려 갔다. 온통 인용구였다. 다른 종이를 꺼냈다. 이번엔 손으로 쓴 거였다.

5일째다. 가슴에 묵직한 통증이 생겼다. 내가 무슨 짓을 한 건지, 무엇을 잃은 건지 끊임없이 생각했다. 그녀의 사진을 봤던 날, 그녀에게 전화했어야 했다. 그녀도 내 사진을 봤을까? 겨우 한 장뿐일 텐데. 아이러니하게도 이제야 그녀가 내 사진을 더 찍길 바랐다는 걸 깨달았다. 전화기를 부숴버리려 있는 힘껏 벽에 던졌다. 액정만 조금 깨지고 말았다. 5일째, 그녀가 내게 전화하기를 절박하게 바라고 있다. 내게 전화만 하면 괜찮아질 거다. 모든 게 다 괜찮아질 거다. 우리는 서로에게 사과할 거고, 나는 집으로 돌아갈 거다.

이 구절을 두 번째 읽으며, 눈물이 차오르는 걸 느꼈다.

왜 나는 이런 걸 읽으면서 스스로를 고문하는 걸까? 오래 전에 썼던 글일 텐데. 아마 지난번 런던에서 돌아왔을 때겠지. 그는 완전히 마음을 고쳐먹고, 아무 것도 하지 않으려 했었다. 그리고 결국 나도 그걸 받아들였다. 그래야만 했다.

한 구절만 더 읽고 다시 상자 안에 넣어야지. 딱 한 구절만 더. 스스로에게 약속했다.

6일째다. 퉁퉁 붓고 핏발선 눈으로 잠에서 깼다. 지난밤 무너져 내리고 말았다는 걸 믿을 수가 없다. 가슴을 짓누르는 통증이 너무 커져서 제대로 눈을 뜰 수조차 없다. 나는 왜 이렇게 못났을까? 어쩌자고 그녀를 그렇게 대했던 걸까? 그녀는 처음이었다. 나를, 내 내면을, 진짜 내 모습을 볼 수 있는 사람으로서 말이다. 그런데도 나는 그녀에게 못되게 굴기만 했다. 전부 내 잘못인데도 늘 그녀 탓을 했다. 문제는 항상 나였는데. 심지어 내가 아무 잘못도 하지 않았을 때조차 나 때문이었는데. 그녀가 어떻게든 나와 대화를 하려고 할 때면 나는 무시해버렸다. 그녀가 내 잘못을 따질 때면 소리를 질렀다. 그리고 끊임없이 거짓말을 했다. 그런데도 그녀는 모든 걸 용서해주었다, 항상. 그걸 믿었던가 보다. 그래서 막 대했던 모양이다. 그래도 된다는 걸, 결국 용서해 준다는 걸 알았으니까. 6일째, 전화기를 발로 밟아 뭉개버렸다.

이제 그만. 더 읽을 수가 없다. 런던에서 그를 떠나며 다짐했던 굳은 결심이 자꾸 무너질 것 같았다. 종이 뭉치들을 상자 안에 넣고 뚜껑을 닫았다. 눈물이 흘렀다. 얼른 이곳에서 나가야겠지만 발이 떨어지지 않았다. 이 아파트에서 얼쩡거리기보다 학생처에 전화하는 게 더 급하다. 전학 서류를 다시 떼어야 한다.

신발 상자를 옷장 바닥에 넣고 침실을 나섰다. 밖으로 나가기 전에 화장을 고쳐야 한다. 눈물로 얼룩진 얼굴로 랜던을 맞닥뜨리선 안 되니까. 화장실 문을 열며 불을 켰다. 발치에 뭔가 걸렸다. 소스라치게 놀라 소리를 질렀다.

'사람….'

일순간 피가 모두 얼어붙었다. 화장실 바닥에 쓰러져 있는 사람 형체에 초점을 맞추려 애를 썼다. 말도 안 된다.

'제발, 하느님! 그가 아니길….'

형체가 똑똑히 눈에 들어오자 내 기도가 반쯤은 먹혔다는 걸 알았다. 내 발치 화장실 바닥에 누워 있는 사람은 나를 버린 그 남자는 아니었다.

아빠였다.

팔에는 주삿바늘이 꽂혀 있고, 얼굴에 핏기가 하나도 없었다.

악몽의 절반은 맞아떨어진 셈이다.

20 · 하딘

땅딸막한 의사가 코에 걸친 안경 너머로 나를 쳐다보았다. 못마땅한 눈빛을 읽을 수 있었다. 내 성의 없는 대답에 기분이 나쁜 듯 했다.

"정말 벽을 친 거 맞아요?"

이걸로 네 번째다. 그가 무슨 생각을 하는지 뻔히 안다. 그러든가 말든가.

"중수골 골절입니다."

"알아듣게 말해주시죠, 제발."

의사의 말에 내가 중얼거렸다. 침착해지긴 했지만 여전히 열받는다. 자꾸 물어보는 것도 그렇고, 눈빛도 그렇고. 런던에서 환자가 미어터지는 이런 병원에서 일하다 보면, 나보다도 더 심한 환자들도 많이 봤을 텐데, 의사는 의심스러운 눈으로 나를 힐끗거렸다.

"부러졌다고요."

의사는 느릿느릿 말했다.

"환자분 손이 부러졌어요. 몇 주간은 깁스를 해야 합니다. 진통제를 처방해 줄게요. 어쨌든 뼈가 다 붙을 때까지 기다리는 수밖에 없어요."

어떤 게 더 우스꽝스러운 일인지 모르겠다. 깁스를 해야 한다는 건지, 진통제가 필요하다는 건지. 누구도 내 고통을 덜어줄 순 없다. 약국에서 회색 눈동자에 금발을 가진 헌신적인 여자를 처방해 줄 수 없다면 말이다. 내겐 뭐든 무용지물이다.

한 시간 뒤, 손과 손목에 두꺼운 석고가 입혀졌다. 무슨 색깔의 깁스를 하겠냐고 묻는 늙수그레한 남자의 표정이 너무 웃겼다. 어린 시절이 떠올랐다. 깁스 위에 친구들이 이름을 적고 우스꽝스러운 그림을 그려주는 게 소원이었다. 하지만 실망스럽게도 마크와 제임스를 만나기 전까지 나에게 친구라고는 없었다.

두 사람은 십 대 시절과 달라졌다. 마크 녀석은 여전히 쓰레기같이 살고 있지만. 녀석의 머리는 약에 절어 곤죽이 되었다. 아마 앞으로도 그럴 거다. 두 사람 사이의 간극은 꽤 분명했다. 제임스는 웬 의대생 덕분에 꽤 괜찮아졌다. 예상치 못한 반전이다. 마크는 여전히 거칠고 오늘만 사는 세상에서 살고 있지만, 제임스는 전보다는 부드러워졌고 더 여유롭고 편안하게 살고 있다. 지난 3년 동안 그들을 뒤덮고 있던 굴레와도 같은 잔혹함이 사라졌다. 아니, 장막이라고 해야 하나. 무엇이 그를 달라지게 했을까. 하지만 지금 이 상황에선 별로 달갑지 않다. 3년 전의 그 나쁜 녀석들을 기대했건만, 기대했던 녀석들은 이제 사라졌다.

그래, 아직 녀석들이 약을 하고 있다. 그래도 내가 런던을 떠나던 때처럼 회생 불가능의 비행 청소년들은 아니다.

"약국에 들르세요. 이제 가도 좋아요."

의사는 나에게 고개를 까딱하고는 처치실에서 나갔다.

"빌어먹을."

거지 같은 깁스 표면을 툭툭 쳐봤다. 완전 망했다. 운전을 할 수는 있을까? 키보드는?

아니지, 이제 글 같은 건 쓸 필요 없다. 그딴 짓은 그만둬야지. 안 쓴 지도 오래 됐으니까. 정신이 멀쩡해지면 고통이 시작된다. 아무리 생각하지 않으려 해도 소용없다. 자꾸 옛 기억 속으로, 추억 속으로 빠져든다.

내가 저지른 과오를 이렇게 돌려받는 건가. 아무리 무시하려 해도, 그게 나를 조롱하듯 비웃고 있다. 전화기가 울렸다. 주머니에서 꺼내보니 화면에 랜던의 이름이 떠 있었다. 무시하고 전화기를 다시 청바지 주머니에 쑤셔 넣었다.

나는 모든 걸 엉망진창으로 만들었다.

"언제까지 저러고 있을까요?"

랜던이 누군가에게 말하는 소리가 들렸다. 모두가 나를 여기 없는 사람으로 취급하고 있다. 그렇지만 상관없다. 나도 여기 있고 싶지 않으니까. 내가 누구에게도 보이지 않았으면 좋겠다.

"모르겠구나. 너무 큰 충격을 받았으니까."

카렌의 다정한 목소리가 들렸다.

충격? 난 충격 받지 않았다.

"내가 같이 들어갔어야 했는데!"

랜던이 흐느껴 울며 말했다.

랜던은 자기 엄마 품에 안겨 있겠지. 안 봐도 알겠다. 나는 스캇 씨네 집 거실에 앉아 있었다. 이 집의 크림색 벽에서 눈을 뗄 수가 없었다.

"거의 한 시간 동안이나 테사 혼자 아버지 시신이랑 있었어요. 난 테사가 짐을 챙기는 줄만 알았어요. 마지막 마무리를 하느라 그런 줄 알았는데. 그렇게 둔 건 저예요!"

랜던이 흐느껴 울었다. 내가 달래줘야 하는데. 하지만 몸이 움직이질 않았다.

"아, 랜던⋯."

카렌도 덩달아 울음을 터뜨렸다.

나 말고 다른 사람들은 전부 우는 것 같다. 난 대체 왜 이러는 걸까?

"네 잘못이 아니란다. 그 사람이 거기 있는 줄 몰랐잖니. 그가 재활원을 나왔다는 걸 우리 모두 몰랐어."

나는 바닥에 꼼짝 않고 앉아 있었다. 나를 위로해 주는 속삭임도, 자리에서 일으키려는 안타까운 노력들도 모두 허사였다. 그 사이 해는 기울었고, 사람들도 더 이상 나를 건드리지 않았다. 횅뎅그렁한 거실 바닥에 무릎을 끌어안고 앉은 채 나는 혼자 남겨졌다. 벽을 향한 시선 조차 움직일 수 없었다.

구급대원과 경찰들의 다급한 목소리가 들렸다. 그제야 나는 아빠의 죽음을 실감했다. 아빠를 봤을 때, 그리고 그의 몸을 만졌을 때 이미 알고 있었다. 그런데도 그들이 다시 확인해 주었다. 그제야 아빠는 공식적으로 사망한 게 되었다. 아빠는 자기 손으로 죽음을 맞이했다. 혈관에 바늘을 꽂았던 그 손에 의해. 아빠의 청바지 주머니 속에서 헤로인 뭉치가 나왔다. 그것만으로도 아빠가 주말 동안 무슨 짓을 하려고 했는지 극명했다. 아빠의 얼굴은 핏기라고는 찾아볼 수 없을 만큼 창백했다. 사람의 얼굴이 아니라 가면 같았다. 아빠는 아파트에서 혼자 비극을 맞이했다. 아빠의 몸에 내가 걸려 넘어질 뻔했을 때는 이미 죽음을 맞이한 지 수 시간이 지난 후였다. 주사기를 통해 들어간 헤로인은 아빠의 목숨을 서서히 앗아갔다. 아파트는 지옥의 아수라장이 되었다.

그래, 그곳은 그런 곳이다. 내가 아파트에 발을 들여놨을 때 이미 그곳은 지옥이었다. 책장과 벽돌 벽은 악마가 쳐둔 휘장이었다. 곳곳에 가면을 쓴 악마가 숨어서 저주를 퍼붓고 있었다. 그 악마들이 내 삶을 나락으로 떨어뜨렸다. 내 발로 그 집을 나오지 않았더라면 나는 아직도 악마의 소굴에서 헤어나지 못했을 거다.

하늘이 도왔다. 나를 사랑하지도 않은 남자 때문에 그곳을 서성거리는 일은 없을 거다.

내겐 아직 엄마가 있다. 썩 좋아하진 않지만, 이제 남은 유일한 가족은 엄마뿐이다.

살 곳도 있다. 두 달 후 욕실 바닥에서 삶을 마감할 아빠를 다시 만날 일 없는 곳.

이제는 잘 안다. 그곳이 나를 악의 구렁텅이로 끌고 가는 원흉이었다. 이제 더 이상 싸울 힘도 없다. 그동안 내 전부라고 생각해 왔던 것들과 무수히 싸워왔다. 그것도 너무나 오랜 시간 동안. 이젠 더는 못 하겠다.

"테사가 잠을 자긴 했니?"

켄 씨의 목소리는 나지막하고 조심스러웠다.

해가 중천에 떠 있었다. 내가 자긴 잔 건가? 잠든 기억도, 깨어난 기억도 없다. 텅 빈 벽만 쳐다보며 밤을 꼬박 새웠다니, 그것도 불가능해 보였다.

"모르겠어요. 어젯밤부터 꼼짝도 않고 저러고 있어요."

슬픔과 고통에 찬 친구의 목소리가 들렸다.

"한 시간 전에 테사 어머니께 전화가 또 왔었다. 혹시 하딘한테 연락받은 거 있니?"

켄 씨의 입에서 그 이름이 불리자 가슴을 도려내는 것 같았다…. 내가 아직 살아 있다면 말이다.

"아뇨, 전화를 안 받더라고요. 저한테 주신 트리시의 번호로도 했는데, 그분도 안 받으세요. 아직 신혼여행 중인 거 같아요. 뭘 어떻게 해야 할지 모르겠어요, 테사가 너무…."

"그래, 안다."

켄 씨는 한숨을 내쉬었다.

"시간이 필요할 거다. 충격이 너무 컸을 테니까. 도대체 어쩌다 이런 일이 벌어졌는지 알아보는 중이다. 그 사람이 재활원을 나갔는데도 왜 나한테 연락하지 않았는지. 그렇게 단단히 일러놨는데, 무슨 일이 생기면 꼭 연락해 달라고. 돈도 넉넉히 주고 말이다."

아빠의 잘못에 대해 켄 씨와 랜던이 서로를 자책하지 않았으면 좋겠다. 누군가를 원망해야 한다면, 그건 바로 나다. 내가 런던에 가지 말았어야 했다. 그리고 아빠를 돌봤어야 했다. 내 발로 지구 반대편까지 가서 또 다른 상실만 얻어왔다. 그 사이 리차드 영, 내 아빠는 자신이 키워온 악마와의 싸움에서 패하고 말았다. 쓸쓸히 홀로.

카렌의 목소리에 잠을 깼다. 아니 비몽사몽 중에 깜짝 놀랐던 것 같기도 하다. 아니다, 그것도 아닐지 모르겠다.

"테사, 제발 물이라도 좀 마셔야지. 벌써 이틀이나 지났어. 엄마가 오셨어. 괜찮았으면 좋겠는데."

카렌의 목소리는 부드러웠다. 카렌은 내가 진짜 엄마만큼이나 가깝다고 여기는 사람이다. 카렌이 나를 일으키려 했다.

고개를 끄덕이려 했지만, 몸이 꼼짝도 하지 않았다. 도대체 내가 왜 이러는지 모르겠다. 가슴 속으로는 소리를 질러대고 있는데 아무도 내 소리를 듣지 못한다.

충격 받은 게 맞는 걸까. 그런데 충격에 빠진 게 나쁜 것 같진 않다. 할 수 있는 한 오래 충격 속에 빠져 있었으면 좋겠다. 그게 덜 아팠으니까.

아파트는 다시 사람들로 꽉 찼다. 두 번째 술을 마시며 마리화나를 처음으로 피우는 중이다. 혀끝에 느껴지는 타는 듯한 술맛과 폐부를 관통하는 마리화나 연기가 나를 깨우기 시작했다. 제정신으로 있는 게 그렇게 엿 같지만 않다면, 다시는 이런 것들에 손대지 않았을 거다.

"겨우 이틀 지났는데, 거지 같은 깁스 속이 벌써 가려워."

내가 투덜거렸다.

"한 잔 빨아. 앞으론 벽에 구멍 같은 거 내지 말고."

마크가 비실비실 웃으며 비아냥거렸다.

"맞아, 안 그럴 거야."

제임스와 재닌이 동시에 말했다.

재닌은 나에게 손을 내밀었다.

"진통제 한 알만 더 줘봐."

빌어먹을 약쟁이 계집애가 이틀 동안 내 약의 절반을 먹어치웠다. 내 알 바는 아니지만. 어쨌든 난 안 먹으니까. 개가 자기 몸뚱이에 뭘 쑤셔 넣든 상관 안 한다. 처음에는 진통제가 나을 줄 알았다. 제임스한테 있는 약보다 훨씬 나을 줄 알았는데, 아니었다. 진통제는 온몸을 축 처지게 만들었다. 그리고 잠이 쏟아졌다. 잠들면 어김없이 악몽을 꾸었고, 그 악몽 속에는 늘 그녀가 있었다.

나는 자리에서 일어섰다.

"병째 줄게."

옷뭉치 아래 넣어둔 약병을 가지러 마크의 방으로 향했다. 한 주가 지나고 있었지만, 나는 딱 한 번 옷을 갈아입었다. 칼라가 돌아가기 전에 내 진의 찢어진 구멍에 우스꽝스러운 블랙 패치를 꿰매놓았다. 보호자 콤플렉스에 빠진 짜증나는 계집애. 그 여자 뒤통수에 대고 욕이라도 시원하게 해줬어야 했는데. 그랬다간 제임스가 나를 가만두지 않았을 거다.

"하딘 스캇, 전화!"

째지는 듯한 재닌의 목소리가 거실에 쩌렁쩌렁 울려 퍼졌다.

빌어먹을! 전화기를 거실 테이블에 두고 왔다.

내가 바로 대답하지 않자, 재닌이 발랄한 목소리로 전화를 받았다.

"스캇 씨는 좀 바쁜데, 누구라고 전해드릴까요?"

"내놔, 당장."

거실로 쏜살같이 달려가 약병을 재닌에게 던졌다. 재닌은 아랑곳하지 않고 나한테 중지를 올려보이며 통화를 계속했다. 약병이 바닥에 그대로 떨어졌다. 최대한 평정심을 유지하려고 애썼지만, 이러는 데 아주 질릴 지경이다.

"아아, 랜던! 정말 멋진 이름이네요. 미국인이세요? 나, 미국 남자 좋아하는데…."

바짝 약이 올라 전화기를 뺏었다.

"뭣 때문에 전화했어? 내가 네 녀석이랑 얘기하고 싶었으면, 저번에 몇 번이더라? 세 번이나 전화 걸었을 때 안 받았겠냐?"

나는 소리를 질러댔다.

"하딘!"

랜던의 목소리도 나만큼 격앙돼 있었다.

"엿이나 먹어. 이 이기적인 자식아. 너한테 전화 따위 하지 않는 건데. 테사는 너 같은 녀석 없어도 잘 견뎌낼 거다. 항상 그랬던 것처럼."

그러고는 전화가 뚝 끊겼다.

'뭘 잘 견뎌낸다는 거지?'

이 자식이 무슨 소리를 하는 거야? 근데, 하딘 스캇, 너 진짜 그걸 알고 싶은 거야?

장난해? 당연하지.

나는 바로 랜던에게 전화를 걸었다. 몇 사람을 헤치고 아무도 없는 복도로 나왔다. 공포감이 밀려왔다. 뒤엉켜버린 머릿속에서 최악의 시나리오를 만들어내고 있었다. 재닌이 통화를 엿들으려 슬그머니 복도로 기어 나왔다. 나는 렌터카를 세워둔 곳을 향해 발걸음을 옮겼다.

"뭐야?"

랜던이 거칠게 전화를 받았다.

"무슨 말이야? 무슨 일 있어?"

'테사는 괜찮은 거지? 반드시 그래야 해.'

"빨리 테사는 잘 지낸다고 말해."

랜던의 다음 말을 기다릴 수가 없었다.

"리차드가… 돌아가셨어."

무슨 소리라도 들을 각오가 돼 있었지만, 이건 아니다. 정신이 아득해지는 가운데 느낄 수 있었다. 가슴을 날카로운 칼날이 베는 것 같은 통증을. 그 느낌이 미치도록 싫었다. 이런 느낌이 들어선 안 된다. 그 주정뱅이 남자를 잘 알지도 못하는데.

"테사는?"

그래서 랜던이 몇 번이나 전화한 거였다. 왜 테사랑 헤어졌냐고 일장 연설을 늘어놓으려던 게 아니었다. 테사의 아버지가 돌아가셨다는 소식을 알리고 싶어서였다.

"테사는 우리 집에 있어. 근데 걔네 어머니가 곧 데리고 가실 거야. 테사는 완전히 충격에 빠져 있어. 아버지 시신을 발견하고 난 다음부터 말을 한마디도 안 해."

마지막 말에 정신이 아득해지면서 가슴이 아려왔다.

"테사가, 시신을 발견했다고?"

"응."

대답하는 랜던의 목소리가 갈라졌다. 울고 있는 거다. 그럼에도 짜증스럽지가 않았다.

"빌어먹을!"

'어째서 그런 일이 벌어진 거야? 어떻게 내가 테사를 보내고 난 다음에 그런 일이 벌어질 수 있냐고?'

"테사가, 시신이, 어디 있었는데?"

"네 아파트에. 테사가 남은 짐들 가져온다고 갔었어. 네 차도 거기 두고 올 거라고."

그래, 내가 그렇게 모질게 굴었는데도, 테사는 마지막까지 내 차를 챙겨주었구나.

하고 싶기도, 하지 않고 싶기도 했던 말을 억지로 입 밖으로 꺼냈다.

"테사하고 통화하게 해줘."

테사의 목소리를 듣고 싶었다. 나는 밑바닥을 헤매고 있었다. 지난 이틀 동안은 잠에 빠져 있기만 했다. 전화를 할 때마다 들리는 기계음이 테사가 전화번호를 바꿨다는 사실을 실감나게 했다.

"내 얘기 못 들었어?"

랜던은 발끈 성을 냈다.

"테사가 말을 안 한다고. 말은커녕 이틀 동안 화장실 가는 것 말곤 꼼짝도 안 해. 통화할 수 있을지 잘 모르겠어. 움직이지도 않고, 물 한 모금도 안 마셔. 아무 것도 안 먹는다고."

기를 쓰고 외면하고 있던 것들이 일순간에 나를 덮쳐왔다. 나는 순식간에 나락으로 떨어졌다. 남아 있는 정신마저 산산이 흩어져 없어진대도 상관없다. 테사와 이야기해야 한다. 주차장을 가로질러 차에 탔다. 무엇을 해야 할지 분명해졌다.

"가서 전화기를 테사 귀에 대줘. 내 말대로 해봐."

랜던에게 얘기하며 시동을 걸었다. 누가 듣고 있을지도 몰라서 애원하듯 조용히 말했다. 공항에 도착할 때까지 멈추지 않을 테다.

"네 목소리 듣고 상황이 더 나빠질까 봐 걱정되는데."

랜던의 목소리가 스피커폰을 통해 들렸다. 나는 볼륨을 최대한으로 올리고 전화기를 콘솔에 놓았다.

"빌어먹을, 랜던!"

깁스한 팔로 운전대를 내리쳤다. 깁스한 손으로 운전하기는 참으로 어려웠다.

"빨리 테사 귀에다 전화를 대줘, 부탁이야."

속에서는 천불이 일고 있었지만 최대한 목소리를 차분하게 유지하려 애를 썼다.

"좋아, 근데 테사를 자극하면 안 돼. 이미 충분히 상처 받았으니까."

"테사를 나보다 더 잘 아는 것처럼 말하지 마!"

의붓형제를 향한 분노가 걷잡을 수 없이 일었다. 있는 대로 열이 뻗쳐 소리를 질렀다.

"내가 잘 아는 건 네가 못된 얼간이라는 거지. 테사한테 그딴 짓을 하다니. 네가 그렇게 이기적이지만 않았더라도, 넌 지금 여기, 테사 곁에 있었을 거야. 그러면 테사도 지금처럼 완전히 무너지진 않았을 거고."

랜던이 속사포처럼 쏘아붙였다.

"그만!"

나는 또 한 번 깁스한 팔로 운전대를 내리쳤다.

"그냥 전화기나 테사 귀에 대달라고. 너 이 자식, 하나도 도움이 안 돼. 당장 테사를 바꾸란 말이야."

랜던의 부드러운 목소리가 들리고 침묵이 이어졌다.

"테사? 내 말 들려? 당연히 들리지만."

랜던의 억지웃음 소리가 들렸다. 랜던의 목소리에 담긴 고통을 느낄 수 있었다. 랜던은 어떻게든 테사가 입을 열도록 설득하는 중이었다.

"하딘이랑 통화 중이었어. 하딘이…."

소곤거리는 소리가 스피커폰을 통해 흘러나왔다. 무슨 소리인지 들으려고 전화기로 몸을 기울였다.

'뭐지?'

몇 초 동안이나 계속됐다. 낮고 겁에 질린 소리였다. 그게 테사가 중얼거리는 소리라는 걸 알아차리기까지 한참이 걸렸다. 테사는 같은 말을 끊임없이 반복하고 있었다.

"싫어, 싫어, 싫어."

테사는 멈추지도 않고 반복하여 말했다.

"싫어, 싫어, 싫어, 싫어, 싫어…."

그나마 추스르던 마음 한 귀퉁이까지도 산산조각으로 부서져 내렸다.

"싫어, 제발, 싫어!"

테사는 결국 울부짖고 말았다.

'아, 맙소사.'

"알았어, 괜찮아. 통화 안 해도 돼…."

전화가 뚝 끊겼다. 다시 걸었다. 받지 않을 거라는 걸 알았지만 다른 방법이 없었다.

23 · 테사

"내가 데려다줄게."

귀에 익은 목소리가 어떻게든 나를 위로하려 애쓰고 있었다. 힘센 손이 바닥에 주저앉은 나를 일으켜 세웠다. 그러고는 꼭 아이인 양 안아 올렸다.

노아의 탄탄한 가슴에 머리를 묻고 눈을 감았다.

엄마의 목소리도 어딘가에서 들렸다. 얼굴은 보지 못했지만 목소리만은 똑똑히 들렸다.

"대체 왜 저러는 거래요? 왜 입을 꼭 다물고 있대요?"

"충격 받아서 그러는 겁니다."

켄 씨가 말을 시작했다.

"곧 괜찮아질…."

"글쎄, 앞으로도 계속 말 한마디도 안 하면 뭘 어떻게 해줘야 하죠?"

엄마가 쏘아붙였다.

노아가 부드럽게 말을 받았다. 세상에 엄마의 저 뻔뻔함과 무례를 처리할 사람은 노아뿐이리라.

"캐롤, 테사는 불과 며칠 전에 아버지의 시신을 발견했잖아요. 좀 편하게 해주세요."

노아가 곁에 있다는 게 지금처럼 든든했던 적은 없었다. 랜던을 사랑하는 만큼, 그의 가족들에게 감사한 만큼, 이제 이 집에 더 이상 폐를 끼쳐선 안 된다. 지금은 오랜 친구가 필요하다. 전부터 나를 알았던 사람 말이다.

나는 미쳐버릴지도 모른다. 그럴 거 같다. 정신이 나간 지 이미 오래다. 온몸이 굳어버린 것처럼 뻣뻣하다. 굳어버린 아빠의 시신이 내 발에 걸렸던 그 순간부터. 어떻게 해야 할지 몰랐다. 그저 아빠의 이름을 부르며 아빠의 몸을 세게 흔드는 것밖에 할 수 있는 게 없었다. 그 탓에 아빠의 턱이 벌어졌고, 팔에 꽂혔던 주삿바늘도 빠졌다. 그게 바닥에 떨어지며 나던 소리가 아직도 엉망진창이 된 머릿속에서 울려 퍼지는 것만 같다.

아빠의 손을 잡았을 때 뭔가 나를 잡아당기는 것 같았다. 불수의적인 근육 경련이었겠지만, 아직도 잘 모르겠다. 진짜 그런 일이 있었던 건지, 아니면 실낱같은 희망이라도 붙들고 싶었던 내 마음이 빚어낸 착각이었던 건지. 맥박을 확인하고 그 희망은 물거품이 되었다. 아무런 느낌도 없었다. 오직 채 감지 못한 아빠의 공허한 눈을 쳐다보고만 있었다.

노아는 성큼성큼 걸어 집을 나섰다. 덩달아 내 몸도 이리저리 흔들렸다.

"나중에 테사 전화로 전화할게요. 괜찮은지 알고 싶어요. 어떻게 지내고 있는지 알려주세요."

랜던의 목소리였다. 랜던은 괜찮을까? 내가 본 장면을 랜던은 보지 못했길 바랐다. 그런데 정확히 기억나지 않는다.

기억나는 건, 내가 아빠의 머리를 끌어안고 있었다는 거다. 그리고 소리를 질렀는지 울부짖었는지, 아니면 둘 다 했는지도 모른다. 그때 랜던이 아파트로 들어왔다. 랜던이 나를 아빠에게서 떼어놓으려 애썼던 기억이 난다. 이제 겨우 서로 알아가기 시작한 아빠인데. 그 다음 기억은 앰뷸런스가 도착했을 때다. 그런 다음 또 다시 기억이 나지 않았다. 정신을 차렸을 때, 나는 스캇 씨네 집 마룻바닥에 주저앉아 있었다.

"그럴게요."

노아가 다짐하듯 말했다. 현관문 열리는 소리가 들렸다. 차가운 빗방울이 얼굴로 떨어졌다. 눈물과 오욕을 씻어내려는 듯이.

"이제 됐어. 우린 집으로 가는 거야. 그럼 다 괜찮아질 거야."

노아가 내게 속삭였다. 노아는 빗물에 젖은 내 머리를 이마 위로 쓸어 넘겼다. 나는 계속 눈을 감은 채로 노아의 가슴에 뺨을 기대고 있었다. 노아의 심장 소리에 또 다시 기억이 떠올랐다. 아빠의 가슴에 귀를 갖다 댔다. 박동은 없었다. 숨을 쉬지 않았다.

"이제 다 됐어."

노아가 한 번 더 말했다. 꼭 옛날 그 어느 때 같다. 술에 취한 아빠가 온 집안을 때려 부술 때 노아가 나를 구해주러 왔었다.

하지만 이제는 몸을 숨길 온실이 없다. 한치 앞도 볼 수 없는 칠흑 같은 어둠만 있을 뿐이다.

"이제 집으로 가는 거야."

노아가 나를 차에 앉히며 또 같은 말을 되뇌었다.

노아는 정말 친절하고 상냥하다. 그런데 내가 집이 없다는 걸 모르나?

시곗바늘이 느리게 움직인다. 바늘을 뚫어지게 쳐다볼수록 마치 나를 비웃기라도 하듯 더 느리게 움직인다. 내가 쓰던 방은 너무 크게 느껴졌다. 늘 비좁다고 생각했는데 지금은 거대하기만 하다. 내가 작아진 걸까? 몸이 한층 가벼워진 느낌이다. 마지막으로 이 침대에서 잤던 때보다 훨씬. 점점 작아져서 아무도 눈치채지 못하게 날아가버렸으면 좋겠다. 확실히 제정신이 아니다. 노아는 내가 정신이 들 때마다 말을 걸었다. 노아는 늘 내 곁에 있다. 내가 이 침대에 누웠을 때부터 곁을 떠나지 않았다. 얼마나 오래됐는지 도통 모르겠다.

"다 괜찮아질 거야, 테사. 시간이 약이라잖아. 신부님이 늘 말씀하셨던 거 잊지 마."

노아의 파란 눈동자에 걱정의 빛이 가득했다.

나는 잠자코 고개를 끄덕였다. 그리고 나를 조롱하는 벽시계를 노려보았다.

노아는 손도 대지 않은 음식 접시와 포크를 다시 들이밀었다.

"어머니가 곧 오실거야. 저녁도 만들어주실 거고. 좀 늦었네. 근데 너 점심도 안 먹었어."

창문 밖을 힐끔 쳐다보았다. 어느새 밖은 깜깜했다.

'해는 언제 진 거지? 나 좀 데리고 가줘.'

노아는 부드러운 손을 내 손에 포갰다. 자기를 쳐다보라는 듯 잡은 손에 힘을 주었다.

"조금만 먹어봐. 그럼 어머니도 널 쉬게 놔두실 거야."

접시를 잡았다. 노아를 더 곤란하게 만들기는 싫었다. 노아는 엄마가 시키는 대로 하는 중이다. 딱딱해진 빵을 입으로 가져갔다. 고무줄 같은 고기를 씹으며 게워내지 않으려 애를 썼다. 억지로 다섯 숟갈을 먹고는 침대 옆 탁자에 놓인 물을 마셨다. 아침부터 놓여 있던 물은 미지근했다.

"눈 좀 붙일래."

접시에 있던 포도를 먹으려던 노아에게 말했다.

"더는 못 먹겠어."

천천히 접시를 밀었다. 음식을 보는 것만으로도 속이 뒤집어졌다.

비스듬히 기대 누워 무릎을 가슴께로 끌어안았다. 열두 살의 노아가 떠올랐다. 그때 우리는 미사 시간에 포도를 던지는 바람에 혼쭐이 났었다.

"그게 우리가 저질렀던 최고의 일탈이었지."

노아가 조용히 웃으며 말했다.

그 소리를 들으며 나는 잠에 빠졌다.

"여기가 어디라고 온 거니? 테사를 만나게 그냥 둘 것 같아? 테사는 지금 며칠 만에 처음으로 잠들었어."

아래층에서 엄마의 목소리가 들렸다.

누구한테 얘기하고 있는 거야? 난 잠들지 않았다, 아니 잤나? 손깍지를 끼어 머리를 받치고 있었다. 피가 머리로 쏠리는 것 같았다. 너무 피곤하다, 너무너무. 노아는 내 곁에, 내 어린 시절 침대에 함께 있다. 모든 게 익숙한 느낌이다. 침대며, 노아의 헝클어진 금발, 전부 다. 하지만 나만 달라졌다. 갈 곳을 잃고 이리저리 헤매고 있는 나만.

"상처 주려고 온 게 아니라니까요, 캐롤. 이제부터 제 말을 똑똑히 들으세요."

"너…."

엄마는 금세 전투태세가 되었지만, 저지당한 듯 했다.

"난 당신이 뭐라든 상관하지 않을 거예요."

방문이 벌컥 열렸다. 격분한 엄마를 밀치며 나타난 얼굴은, 다시는 볼 거라 생각지 못했던 바로 그 사람이었다.

나를 짓누르고 있는 노아의 팔이 무거웠다. 노아는 잠결에 내 허리를 꽉 붙잡고 있었다. 하딘이 시야에 들어오자 목에서 뜨거운 무언가가 치밀어 올랐다. 눈앞에 펼쳐진 광경을 보고는 하딘의 초록색 눈동자가 분노로 이글거렸다. 하딘은 방을 가로질러 오더니 내 몸에 걸쳐진 노아의 팔을 거칠게 치웠다.

"이게 무슨…."

노아가 깜짝 놀라 잠에서 깼다. 하딘이 내게 한 걸음 더 다가오자, 나는 있는 힘을 다해 침대 끝으로 기어갔다. 그러다 벽에 허리가 세게 부딪쳤다. 순간 숨이 턱 막혔다. 그럼에도 나는 그에게서 멀어지려 발버둥 쳤다. 내가 기침을 해대자 그의 눈빛이 조금 순해졌다.

이 사람이 왜 여기 있는 거지? 이 사람이 여기 있는 걸 원치 않는다. 그만큼 상처를 줬으면 됐지. 여기까지 따라와서 뭘 더 보여주려는 걸까?

"젠장! 괜찮아?"

하딘은 타투 투성이의 팔을 내게 뻗었다. 그 순간 내 머릿속에 떠오른 것은 단 한 가지였다. 나는 있는 대로 비명을 질렀다.

24 · 하딘

테사의 비명이 내 귀에, 텅 빈 심장에, 폐부에 가득 찼다. 닿을 수 없을 것 같았던 내 마음 속 어딘가, 그곳은 테사만이 닿을 수 있는 곳인데.

"너 여기서 뭐 하는 거야?"

노아가 침대와 나 사이를 가로막았다. 제가 무슨 정의의 기사라도 된 줄 아는 모양이지? 나와… 테사를 막아주는?

테사는 여전히 비명을 질러댔다. 왜 이렇게 소리를 지르는 거야?

"테사, 제발….."

뭘 애원하려는 건지 잘 모르겠다. 그러는 새에 그녀의 비명은 기침으로, 기침은 흐느낌으로, 흐느낌은 질식하는 듯한 소리로 바뀌어갔다. 나는 어찌할 바를 몰랐다. 조심스럽게 테사를 향해 다가갔다. 마침내 테사는 숨을 고르기 시작했다.

잔뜩 겁에 질린 눈으로 나를 보고 있었다. 오직 그녀만이 채울 수 있는 가슴에 커다란 구멍을 내려는 것처럼.

"테스, 이 사람이 여기 있어도 괜찮겠어?"

노아가 물었다.

노아 자식이 여기 있다는 걸 있는 힘을 다해 무시하는 중이었다. 그런데 끝까지 거슬리게 만드네.

"테사한테 물 좀 가져다줘요!"

테사 엄마에게 말했다. 하지만 그녀는 내 말을 완전히 무시했다.

그때, 믿을 수 없게도, 테사가 나를 거부하듯 진저리를 치며 고개를 흔들었다. 그러자 기다렸다는 듯, 임시 보호자를 자처하는 녀석이 나에게 손을 들어 보이며 엄하게 말했다.

"테사는 네가 여기 있는 걸 원치 않아."

"쟤는 지금 자기가 뭘 원하는지도 몰라! 쟤 꼴을 좀 봐!"

매니큐어를 곱게 바른 캐롤의 손이 내 팔을 움켜잡았다.

내가 무슨 짓이라도 하려는 줄 알았는지, 테사 엄마는 제정신이 아니었다. 테사에게서 나를 떼놓을 수 없다는 걸 아직도 모르나? 오직 나만이 나를 테사에게서 떼어놓을 수 있다. 어리석은 생각이지만 말이다.

노아가 나를 향해 살짝 몸을 기울였다.

"테사는 널 만나고 싶어 하지 않아. 가보는 게 좋을 거야."

지난번에 만났을 때보다 확실히 녀석의 근육이 더 빵빵해지고 덩치도 커진 것처럼 보였다. 그러거나 말거나. 녀석은 나에게 아무 것도 아니다. 누구도 테사와 나 사이에 끼어들려 하지 않는 이유를 곧 알게 될 테니까. 다들 잘 알고 있으니 녀석도 이제 곧 알게 될 거다.

"난 안 갈 거야."

나는 테사를 향해 섰다. 테사는 여전히 기침을 하고 있었다. 아무도 신경 쓰지 않는 눈치다.

"누가 물 좀 가져다 주라고!"

나는 작은 방이 떠나가라 고함을 질렀다. 벽에서 벽을 타고 소리가 쩌렁쩌렁 울렸다.

테사는 흐느끼며 무릎을 끌어안았다.

테사가 고통에 몸부림치고 있다. 나는 여기 있으면 안 된다. 근데 테사 엄마나 노아는 절대 테사에게 도움이 안 된다. 두 사람을 합한 것보다 내가 테사를 더 잘 안다. 그럼에도 이런 모습의 테사는 본 적이 없다. 그러니 두 사람은 테사가 이런 상태일 때 어떻게 처신해야 할지 짐작도 할 수 없을 거다.

"안 나간다면 경찰을 부르겠다, 하딘."

등 뒤에서 캐롤이 낮은 목소리로 위협했다.

"내 딸한테 무슨 짓을 했는지는 모르겠다만, 이러는 데 아주 질렸다. 이 집에 네가 있을 곳은 없어. 지금도 그렇고 앞으로도 마찬가지일 거야."

두 명의 훼방꾼 따위는 아랑곳없이 나는 테사의 침대 모서리에 걸터앉았다.

소름 돋게도, 테사는 또 다시 뒤로 물러났다. 이번에는 두 손으로 기듯이 달아났다. 급하게 물러서다 침대 모서리에 부딪히며 바닥으로 쿵 떨어졌다. 나는 바로 일어나 테사의 두 팔을 잡았다. 테사의 몸에 내 손길이 닿자 상황은 훨씬 더 참혹해졌다. 테사는 조금 전보다 더 공포에 질려 비명을 질러댔다. 어쩔 바를 모르겠다. 영원할 것 같은 잠깐이 지나자, 테사의 마른 입술 사이로 새어나오는 비명이 '내 앞에서 꺼져!'인 걸 알았다. 서늘함이 온몸을 관통했다. 테사는 내 가슴을 때리며 손톱으로 내 팔을 긁어댔다. 어떻게든 내게서 떨어지려는 몸부림이었다. 깁스한 팔로 이런 식으로 테사를 안심시키는 건 어렵다는 걸 깨달았다. 혹시라도 테사가 다칠까 봐 걱정스러웠다. 만에 하나라도 그러고 싶진 않았다.

테사가 필사적으로 떨어지려 발버둥치는 모습에 가슴이 아팠다. 그러면서도 테사의 반응에 이상하게 기분이 좋기도 했다. 입 다물고 아무 말도 하지 않는 게 최악이다. 그래도 지금은 나에게 소리라도 지르고 있지 않은가. 테사 엄마는 나에게 감사해야 한다. 어쨌든 깊은 슬픔의 구렁텅이에서 테사를 끄집어낸 건 나다.

"꺼져!"

테사가 다시 소리를 질렀다. 뒤에서 노아가 나를 잡아끌기 시작했다. 테사는 깁스한 내 팔을 때리며 울부짖었다.

"증오해!"

그 말이 가슴에 와 박혔다. 그럼에도 나는 발광하는 테사의 몸을 꽉 잡고 있었다.

테사의 비명 사이로 노아의 묵직한 목소리가 들려왔다.

"네가 지금 상황을 더 악화시키고 있잖아!"

그러자 테사가 잠잠해졌다…. 그것은 내 가슴에 꽂을 수 있는 가장 아픈 비수였다. 테사를 잡고 있던 손에서 힘이 빠졌다. 한 팔로 테사를 붙들고 있는 게 더 힘들어졌다. 테사는 노아에게 팔을 뻗었다.

테사는 노아에게 도움을 구하듯 손을 휘저었다. 내가 눈앞에 있는 것조차 참을 수 없었을 테니까.

나는 테사를 놓아주었고, 그러자 기다렸다는 듯 그녀는 노아의 품에 뛰어들었다. 노아는 한 팔로는 테사의 허리를, 다른 팔로는 테사의 목을 감싸 안았다. 테사는 노아의 가슴에 머리를 기댔다. 그 꼴을 보고 있자니 화가 끓어올랐다. 최대한 침착하려고 있는 힘을 다해 버텼다. 여기서 내가 노아에게 손찌검이라도 한다면 테사가 나를 죽일지도 모른다. 하지만 보고만 있으려니 미쳐버릴 것 같았다.

'제기랄. 어쩌자고 여길 온 거냐?'

애초에 계획했던 대로 한발 물러서 있어야 했다. 여기 온 이상, 이 빌어먹을 집구석에서 발길을 돌릴 순 없을 것 같다. 테사의 울부짖음이 그녀 곁에 있어야겠다는 내 의지에 더욱 불을 지폈다. 나는 이 싸움에서 이길 수 없다. 그 생각에 더 미칠 것 같았다.

"저 사람 좀 가라고 해줘."

테사가 노아의 가슴에 기대 흐느꼈다.

나를 거부하다니, 온몸이 쪼개질 것 같은 통증이 밀려왔다. 한동안 나는 꼼짝도 할 수 없었다. 노아가 나를 쳐다보았다. 할 수 있는 한 최대한 정중하게 나더러 이 방을 나가 달라고 애원했다. 저 자식이 테사를 달래주는 꼴이 너무 싫다. 커다란 불안감이 내 뺨을 후려치는 것 같았다. 그런 생각을 하고 있을 겨를이 없다. 오로지 테사만을 생각해야 한다. 어떻게 해야 테사한테 가장 좋을지 생각해야 한다. 나는 엉거주춤 뒤로 물러나 방문을 열었다. 방을 나서고 난 뒤, 문에 기대서서 숨을 골랐다. 어쩌다 우리가 이렇게 순식간에 나락으로 떨어져버린 걸까?

정신을 차려 보니 나는 어느새 부엌에서 컵에 물을 받고 있었다. 한 손으로 하려니 불편하기 짝이 없다. 컵을 꺼내고, 물을 받고, 다시 수도꼭지를 잠그고. 생각보다 시간이 오래 걸렸다. 등 뒤에서 씩씩거리는 여자의 숨소리가 신경을 건드렸다.

테사 엄마를 향해 몸을 돌렸다. 경찰을 부르겠다고 말할 때까지 잠자코 기다렸다. 아무 소리 없이 나를 노려보고만 있기에 내가 먼저 말을 꺼냈다.

"이딴 일엔 눈 하나 깜짝하지 않아요. 가서 경찰을 부르시든가, 아니면 할 수 있는 걸 다 해보세요. 어쨌든 테사가 나랑 얘기할 때까지 이집에서 한 발짝도 움직이지 않을 거니까요."

물을 마시고 나서 테사 엄마 앞에 섰다.

캐롤의 목소리는 단호했다.

"여길 어떻게 온 거니? 넌 런던에 있었잖아."

"비행기라는 교통수단이 있거든요. 그걸 타고 왔지요."

테사 엄마는 기가 막히다는 표정을 지었다.

"네가 단숨에 날아왔다고 해서 테사 곁에 있을 수 있는 건 아니다."

테사 엄마는 이를 갈며 말했다.

"테사가 분명히 얘기했잖아. 넌 왜 떠나지 않는 거니? 넌 테사에게 상처만 주고 있어. 나도 더 이상 그 꼴을 보고만 있진 않을 거다."

"당신의 허락 따위는 필요 없어요."

"테사한테 너 같은 애는 필요 없어."

캐롤은 불같이 화를 내며 내 손에 있던 컵을 뺏어 들었다. 그게 마치 총이라도 되는 양. 컵을 카운터 테이블에 탕, 소리 나게 내려놓고는 나를 노려보았다.

"날 싫어하는 거 알아요. 하지만 나를 테사를 사랑해요. 다 내 실수예요. 너무 많이 저질렀지만. 하지만 내가 당신 곁에 테사를 두고 떠나면 당신은 미쳐버릴지도 몰라요. 테사가 지금껏 본 것과 경험한 게 뭔지 알고 나면 말이에요."

나는 보란 듯이 물 컵을 다시 들고 물 한 모금을 마셨다.

"괜찮아질 거다."

캐롤이 차갑게 말했다. 그리고 잠시 뜸을 들였다. 내면에서 무언가가 무너지는 듯 보였다.

"사람은 다 죽게 마련이야. 그러니까 테사도 극복해낼 거야!"

캐롤의 목소리가 한껏 커졌다. 엄마가 이런 식으로 냉정하게 말하는 걸 테사가 듣지 못길 바랐다.

"진심이세요? 테사는 당신 딸이에요. 그리고 그 사람은 당신의 남편…."

말꼬리를 흐렸다. 두 사람이 사실은 결혼하지 않았다는 게 떠올랐기 때문이다.

"테사는 상처를 입었어요. 그런데도 당신은 얼음 마녀처럼 굴잖아요. 그게 당신과 테사 둘만 두고 가지 못하는 이유라고요. 애초에 당신이 테사를 데려가게 두면 안 되는 거였는데!"

캐롤은 바짝 약이 오른 듯 고개를 쳐들었다.

"뭐 어째? 쟤는 내 딸이야."

물 컵을 잡은 손이 떨렸다. 물이 넘실거리다 바닥으로 흘렀다.

"그럼 엄마처럼 굴던가요. 적어도 곁에 있어주는 척이라도 하라고요!"

"곁에 있어주라고? 그럼 내 곁에는 누가 있어주는데?"

아무 감정도 담기지 않은 캐롤의 목소리가 갈라졌다. 무서운 기세로 몰아붙이며 돌도 씹어 먹을 것 같던 캐롤은 비틀거리며 넘어지지 않으려 카운터 테이블에 기댔다.

나는 그 모습에 충격을 받았다. 그녀의 얼굴에 눈물이 흘러내렸다. 새벽 다섯 시, 풀 메이크업을 한 그 얼굴에 눈물이 번지고 있었다.

"나도 그 사람을 몇 년 동안이나 보지 못했어…. 그 사람이 우리를 버린 거야! 행복하게 살자고 약속해놓고 나를 떠나버렸어!"

캐롤은 두 팔로 카운터 테이블을 쓸어버렸다. 그 바람에 그릇들이 바닥으로 떨어졌다.

"그는 거짓말을 했어. 테사를 버렸고, 내 삶도 망쳐버렸어! 리차드 영이 떠난 후에 난 어떤 남자도 쳐다볼 수가 없었어. 그 사람은 우리를 버렸어!"

캐롤이 소리를 질렀다. 그러더니 내 어깨를 붙잡고 내 가슴에 머리를 묻었다. 흐느끼며 소리를 지르는 모습이 찰나였지만 내가 사랑하는 그녀 모습처럼 보였다. 그래서 나는 캐롤을 뿌리치지 못했다. 어떻게 해야 할지 모르겠다. 그럼에도 한 팔로 그녀를 안고 잠자코 서 있었다.

"내가 바란 건지도 몰라. 그 사람이 죽길, 바란 건지도 몰라."

캐롤은 흐느끼며 속내를 털어놓았다. 그녀의 목소리에 수치심이 묻어 있었다.

"그를 기다렸어. 우리한테 돌아올 거라고 수도 없이 나 자신에게 말했어. 몇 년 동안이나. 근데 이제 죽어버렸어. 더 이상 멀쩡한 척할 수도 없게 말이야."

우리는 한참을 그러고 있었다. 캐롤은 내 가슴에 기대 펑펑 울었다. 그러면서 몇 번이나 되풀이하여 스스로를 증오한다고 말했다. 리차드가 죽었을 때 오히려 기뻤다고도 했다. 어떤 말로도 이 여인을 위로할 수 없었다. 캐롤을 만난 이래, 처음으로 가면 속에서 무너지고 있는 이 여인의 진짜 모습을 보고 있었다.

옆에 앉아 있던 노아가 일어나며 기지개를 켰다.

"마실 것 좀 가지고 올게. 너 요기할 것도 챙기고."

노아의 셔츠를 움켜쥐며 고개를 가로저었다. 나를 혼자 두고 나가지 말라는 애원이었다. 노아가 한숨을 내쉬었다.

"이렇게 아무 것도 안 먹으면 큰일 나."

말은 그래도 나를 꺾진 못할 거다. 노아는 나에게 자기 생각을 우겨서 관철시켰던 적이 한 번도 없었다.

아무 것도 입에 대고 싶지 않았다. 내가 원하는 건 단 한 가지. 그가 이 집을 떠나 다시는 돌아오지 않는 것이다.

"너네 엄마가 하딘한테 잔소리하는 중인가 봐."

노아는 억지 미소를 지어 보이려 했지만 실패했다.

어렴풋이 엄마가 고함치는 소리가 들린다. 뭔가 와장창 깨지는 소리도 들렸다. 그럼에도 나는 노아가 이 방에 나를 혼자 두고 가지 못하게 억지를 부렸다. 혼자 남게 되면 분명히 그가 올 거다. 항상 그랬으니까. 그는 상대가 가장 약해진 순간을 놓치지 않고 사냥하는 사람이다. 특히 나는 처음 만난 순간부터 내내 그에게 순한 양이었겠지. 베개에 머리를 파묻었다. 아무 것도 보고 싶지도, 듣고 싶지도 않았다. 엄마가 지르는 소리, 억센 영국 억양이 받아치는 소리, 심지어 노아가 나를 달래려 속삭이는 소리조차 듣고 싶지 않았다.

눈을 감았다. 악몽인지 현실인지 그중간 어디쯤에서 헤매고 있다. 어떤 게 더 나쁠지 저울질하면서.

눈을 뜨자 날이 훤히 밝아 있었다. 얇은 커튼 틈으로 햇빛이 쏟아져 들어왔다. 머리는 지끈거리고 입은 바짝 말라 있었다. 방에는 나 혼자였다. 노아의 테니스화가 바닥에 놓여 있었다. 아주 잠깐이지만 평화롭다는 착각에 빠졌다. 그러나 금세 현실의 무게가 나를 짓눌렀다. 나는 두 손에 얼굴을 파묻었다.

그가 여기 있었다.

"테사."

그의 목소리에 깜짝 놀라며 상념에서 깨어났다.

이 장면이 환영이길 바랐다. 그렇지만 아니다. 그가 여기 있다는 걸 느낄 수 있었다. 그가 방으로 들어오는 소리를 들었지만, 나는 그를 쳐다보지 않았다.

'왜 여기 있는 거야? 한순간에 등 돌리더니, 나를 자기 맘대로 할 수 있다고 생각하는 거야?'

더 이상 그런 일은 일어나지 않을 거다. 나는 그와 아빠를 모두 잃었다. 지금 내 앞에 있는 이 사람에게 더 이상 빼앗길 것은 없다.

"나가."

내 말이 떨어지자마자 해가 구름 속으로 숨어들었다. 해도 그가 여기 있는 걸 원치 않는다.

그가 침대 모서리에 앉았는지 한쪽이 내려앉는 느낌이 들었다. 엄습하는 오싹한 느낌에 몸을 숨기려 애썼다.

"물 좀 마셔."

차가운 유리잔이 손에 닿았다. 나는 손가락 하나 까딱 하지 않았다. 잔이 바닥에 떨어지는 소리를 듣고서도 꿈쩍도 하지 않았다.

"테스, 나를 좀 봐."

그의 손이 내 손에 닿았다. 차가웠다. 너무 낯선 느낌이었다. 나는 얼른 손을 뺐다.

그의 무릎을 베고, 그에게 위로를 받고 싶은 마음이 일었지만, 그러지 않았다. 그리고 앞으로도 절대 그런 일은 없을 거다. 그러고 싶은 마음이 들어도, 다시는 그가 그렇게 하게 놔두지 않을 거다.

"여기 있어."

하딘의 손이 다른 물 잔을 건넸다. 테이블 위에 있던 거다. 물 잔은 차갑지 않았다. 본능적으로 그걸 쥐었다. 왜 그런지 모르겠지만, 그의 이름이 머릿속에서 메아리쳤다. 그의 이름을 듣고 싶지 않았다. 유일한 도피처가 머릿속인데 그마저 그에게 빼앗겼다.

"물 좀 마셔봐."

그의 목소리는 부드러웠다.

나는 잠자코 물 잔을 입에 대었다. 뿌리칠 힘도 없었고 무엇보다 너무 목이 말랐다. 단숨에 물 한 잔을 전부 들이켰다. 시선은 벽에 고정한 채였다.

"나한테 화났다는 거 알아. 그래도 너를 위해 여기 있어주고 싶어."

입에 발린 거짓말이다.

그의 모든 것이 거짓이다. 늘 그래 왔고, 앞으로도 그럴 거다.

나는 아무 말도 하지 않았다. 대신 헛웃음이 픽 새어나왔다.

"어젯밤에 나를 봤을 때 네가…."

그가 말을 시작했다. 나를 바라보는 느낌이 들었다. 그래도 나는 그를 쳐다보지 않았다.

"네가 소리 질렀을 때…. 테사, 난 한 번도 그렇게 고통스러웠던 적이 없었…."

"그만."

내가 말을 막았다. 내 목소리가 내 것 같지 않았다. 궁금했다. 과연 지금 내가 깨어 있는 게 맞나? 아니면 또 다른 악몽을 꾸고 있는 건가?

"난 그냥 네가 날 두려워하는 게 아니라는 걸 확인하고 싶었어. 내가 두려운 건 아니잖아, 맞지?"

"너하고 상관없는 일이야."

진실이다. 그는 어떻게든 자기하고 이 상황을 엮어보려고 애쓰고 있다. 이것도 계획 중 일부겠지. 하지만 이건 내 아빠의 죽음에 관련된 일이다. 또 다시 마음이 무너져 내리는 걸 견딜 자신은 없다.

"젠장."

그가 한숨을 내쉬었다. 분명 두 손으로 머리카락을 쓸어 넘기겠지. 안 봐도 뻔하다.

"그 말이 아니잖아. 그런 뜻이 아니었어. 네가 걱정스러워서 그래."

눈을 감았다. 어디선가 천둥소리가 들린다.

'걱정스럽다고?'

진짜 내가 걱정스러웠다면 나를 혼자 미국으로 돌려보내지 말았어야지. 돌아오는 길에 나한테 무슨 일이라도 일어났어야 했다. 그래서 나를 잃은 걸 혼자 감당했어야 했다.

그랬더라도 아마 신경도 안 썼겠지. 약에 취해 있느라 정신없었을 거다. 아니, 아마 그 소식을 듣지도 못했을 거다.

"넌 지금 진짜 네가 아니야, 베이비."

역겨운 베이비라는 호칭에 몸이 떨리기 시작했다.

"말을 해야 해. 네 아버지에 대한 모든 걸 얘기해야 해. 그러고 나면 기분이 훨씬 더 나아질 거야."

그의 목소리가 격앙됐다. 낡은 지붕 위로 빗방울이 떨어지는 소리가 요란했다. 굴속에 들어가 있었으면 좋겠다. 아니면 태풍이 나를 휩쓸어 가버렸으면 좋겠다.

내 옆에 앉아 있는 이 사람은 누구지? 분명 나는 그를 모른다. 그가 지금 무슨 소리를 하고 있는지도 모른다. 아빠 얘기를 해야 한다고? 도대체 누군데 곁에서 나를 챙겨주는 척, 도와줄 수 있는 척 하는 거지? 도움 같은 건 필요 없다. 내게 필요한 건 침묵이다.

"네가 여기 있는 게 싫어."

"그래. 지금은 나한테 화나 있잖아. 내가 나쁜 놈처럼 굴고 다 망쳐버렸으니까."

고통스러워야 하는데 그렇지 않았다. 아무 느낌도 들지 않았다. 차 안에서 그가 내 허벅지에 손을 올리던 장면, 부드럽게 닿던 입술, 머리카락을 쓸어 넘기던 모습까지 떠올려봤지만 소용없었다. 내겐 아무 것도 남지 않았다.

행복했던 기억들을 그가 주먹으로 벽을 치던 모습, 그의 셔츠를 입고 있던 여자의 모습으로 바꿔도 달라지는 건 없었다. 며칠 전 그는 그 여자랑 잤을 것이다. 그래도 아무렇지 않았다. 아무 느낌도 들지 않았다. 아무 느낌도 없다는 건, 드디어 내 감정을 컨트롤할 수 있게 됐다는 건가? 꽤 괜찮은 기분이다. 벽을 쳐다보고 있자니 비로소 깨닫게 된 것 같다. 원치 않는 것은 느낄 필요가 없다. 기억할 필요도 없다. 모든 걸 잊고, 다시는 그 기억들이 나를 무력하게 만들 게 두지 않을 거다.

"아닌데."

확실하게 말하지 않아서 그런지, 그는 다시 나를 건드리려고 했다. 이번엔 움직이지 않았다. 소리치고 싶었지만 입술을 꽉 물었다. 그에게 만족감을 주고 싶지 않다. 그의 손길에 마음이 진정되는 걸 보니 내가 얼마나 약해졌는지 알겠다. 방금 전까지만 해도 완전히 무감각해졌다고 느꼈는데 말이다.

"리차드 일은 정말 유감이야. 네가 얼마나….."

"됐어."

나는 손을 뿌리쳤다.

"네가 상관할 일 아니야. 넌 여기 오면 안 돼. 마치 나를 도와주러 온 것처럼 굴어서도 안 되고. 나에게 가장 큰 상처를 준 건 바로 너야. 다시는 설명하지 않을 거야."

담담한 말투였다. 내가 듣기에도 설득력이란 하나도 없고 공허하기만 했다. 꼭 내 마음같이.

"나가."

말을 많이 했는지 목이 아팠다. 더 이상 이야기하고 싶지 않다. 그가 가버리기를 바랄 뿐이다. 나 혼자 있길 바랄 뿐이다. 다시 벽에 시선을 고정했다. 아빠 시신을 목도했던 그 장면에 압도되지 않으려면 정신을 차려야 한다. 모든 게 엉망진창이다. 머릿속도 뒤죽박죽이다. 내 안에 남아 있는 손톱만 한 이성조차 흔들리고 있다. 두 죽음을 애도하고 있다. 그게 나를 찢어놓고 있다.

고통은 그다지 친절하지 않은 모양이다. 녀석은 내 생살을 갈기갈기 찢어발기고 싶은 모양이다. 내가 아주 작은 파편이 되어 사라질 때까지 이 고통은 멈추지 않으리라. 거절의 칼날과 배신의 상처가 나를 아프게 했다. 그럼에도 공허함이 주는 고통과는 비교도 되지 않았다. 하나도 아프지 않은 것보다 더 나쁜 건 없겠지. 말도 안 되는 이치와 완벽히 말이 되는 이치가 동시에 나를 사로잡았다. 정말 미쳐가고 있나 보다. 뭐 그렇대도 상관없다.

"먹을 것 좀 가져다줄까?"

'내 얘길 못 들었나? 여기서 나가라는 말을 이해 못 한 거야?'

내 마음 속 혼란의 소용돌이를 눈치챘을 리 없는데.

"테사."

대답이 없자 그가 다시 힘주어 말했다. 나한테 필요한 건 그가 내 곁에서 떨어지는 거다. 그 눈동자를 보고 싶지 않다. 어떤 약속도 듣고 싶지 않다. 어차피 자기혐오가 밀려오면 티끌처럼 사라져버릴 것을.

목이 타는 것 같았다. 너무 아프다. 하지만 있는 힘껏, 진짜 내 편이 되어줄 사람을 소리쳐 불렀다.

"노아!"

노아가 방으로 허겁지겁 들어왔다. 노아는 꿈쩍도 않는 하딘을 내 방에서, 아니 내 인생에서 끌어내리려는 것처럼 보였다. 노아는 하딘을 쳐다보았다. 그제야 나는 하딘을 힐끗 쳐다보았다.

"내가 말했지? 테사가 나를 부르면 그걸로 끝이라고."

화가 나는지, 하딘은 노아를 노려보았다. 그는 성질을 억누르려 애쓰는 거 같았다. 그때 눈에 무언가 들어왔다. 그의 손에…, 깁스인가? 확실히 보려고 한 번 더 쳐다보았다. 검은색 깁스가 손목에서부터 손가락 끝까지 씌워져 있었다.

"확실하게 해두도록 하지."

하딘은 일어서서 노아를 내려다보았다.

"난 지금 테사를 화나지 않게 하려고 최대한 노력 중이야. 그래서 네 녀석 모가지를 비틀지 않는 거고. 그러니까 운 좋은 줄 알고 잠자코 계시지."

상처 입고 혼란스러운 마음 속으로부터 아빠의 축 처진 머리와 떡 벌어진 턱이 떠올랐다. 나는 고요를 원한다. 내 귀에, 내 마음에 아무것도 들리지 않고, 떠오르지 않는 진정한 고요.

두 사람의 언성이 높아지자 머릿속에 걷잡을 수 없이 온갖 장면이 떠올랐다. 속이 뒤집혔다. 모든 걸 게워내려는 듯 뱃속에 있던 게 올라왔다. 문제는 먹은 게 물밖에 없다는 사실이다. 마셨던 물을 모조리 토해내자 위산이 역류하며 엄청나게 쓰라렸다.

"젠장!"

하딘이 소리를 질렀다.

"꺼져, 빌어먹을!"

그는 한 손으로 노아의 가슴을 거칠게 밀었다. 노아는 휘청거리며 뒤로 물러나다 문설주에 몸을 기댔다.

"너나 꺼져! 네가 여기 있길 바라는 사람은 아무도 없어!"

노아가 앞으로 돌진하며 하딘을 밀쳤다.

내가 침대에서 일어서 옷소매로 입을 훔치는 동안 아무도 눈치채지 못했다. 둘 다 눈에서 불을 내며 나를 향한 충성심을 겨루는 데 바빴다. 나는 방을 빠져나와 아래층으로 향했다. 그리고 현관문을 열고 밖으로 나섰다. 누구에게도 들키지 않고 말이다.

26 · 하딘

"엿이나 먹어!"

깁스한 손으로 노아의 턱을 후려쳤다. 녀석은 휘청거리며 뒤로 물러섰다. 입술이 터져 피가 흘렀다. 그런데도 녀석은 멈추지 않았다. 나한테 덤비더니 나를 바닥에 쓰러뜨렸다.

"이 개자식!"

녀석이 소리를 질렀다. 몸을 굴려 녀석의 위로 올라앉았다. 여기서 멈추지 않으면 테사가 나를 더 증오하게 될 거다. 이 자식을 그냥 놔둘 순 없지만, 테사가 아끼는 녀석이다. 더 큰 상처라도 입혔다간 테사가 나를 절대로 용서하지 않을 거다. 억지로 몸을 일으켜 녀석과 거리를 두려 뒤로 물러섰다.

"테사…."

침대 쪽으로 몸을 돌렸는데 침대가 텅 비어있었다. 가슴이 철렁 내려앉았다. 축축한 얼룩만이 테사가 침대에 있었다는 걸 말해주었다.

노아를 쳐다볼 겨를도 없이 테사의 이름을 부르며 아래층으로 내달았다.

'난 왜 이렇게 멍청한 걸까? 대체 언제쯤 이런 병신 짓을 멈추게 될까?'

"테사는?"

노아가 길 잃은 강아지처럼 헐레벌떡 내 뒤를 따랐다.

캐롤은 여전히 소파에서 잠이 든 채였다. 캐롤은 어젯밤 내 품에 안

겨 잠이 들었다. 그녀는 내가 뉘어준 그 자리에서 조금도 움직이지 않았다. 나의 뻔뻔함을 증오하고 있겠지만, 그런데도 나는 이 여인을 밀어낼 수 없었다. 위로가 필요하다는 걸 알았으니까.

스크린 도어가 열려 바람에 흔들리는 게 눈에 들어왔다. 깜짝 놀랐다. 바깥 도로에는 차 두 대가 주차되어 있었다. 노아의 차와 캐롤의 차였다. 내 차는 여기 없다. 집에 가서 차를 가지고 오느니 공항에서 택시를 타고 바로 오는 게 나을 것 같았다. 적어도 테사는 차를 몰고 나가진 않았다.

"테사 신발이 여기 그대로 있어."

노아가 테사의 신발 한 짝을 들어올렸다.

녀석의 턱으로 피가 흘렀다. 푸른색 눈동자에는 걱정이 가득했다. 테사는 이 폭풍 속을 맨발로 혼자 헤매고 있는 거다. 내가 그 못된 습관을 제어하지 못하는 바람에.

노아가 금세 사라졌다. 나는 테사의 흔적을 찾으며 바깥 풍경을 훑어보았다. 방을 다시 살피러 갔던 노아가 돌아왔다. 손에는 테사의 지갑이 들려있었다. 테사는 신발도 안 신고, 돈 한 푼 없이, 전화기마저 두고 사라져버렸다. 멀리 가진 못했을 거다. 우리가 주먹다짐을 한 게 기껏해야 1분 남짓이었을 테니까. 싸우는 데 얼마나 정신이 팔렸으면 테사가 나가는 것도 몰랐을까.

"차로 동네를 한번 돌아볼게."

노아가 바지 주머니에서 차 키를 꺼내며 밖으로 나갔다.

그런 면에선 녀석이 더 유리하다. 녀석은 이 동네에서 자랐으니, 내가 모르는 곳까지 훤히 꿰고 있을 거다. 거실을 둘러보고 부엌으로 갔다. 창문 밖을 보고 나서 내가 녀석보다 더 유리한 위치를 선점했음을 깨달았다. 녀석이 이걸 생각 못 했다는 게 놀라웠다. 녀석이 이 동네를 잘 알지 몰라도, 나는 테사를 더 잘 안다. 테사가 어디 있는지 확실히 알겠다.

나는 뒷문 현관을 나와 구석에 있는 온실로 향했다. 비는 여전히 무섭게 퍼부어댔다. 온실은 흔들리는 나무들 사이에 숨어 있었다. 함석으로 만든 문짝이 바람에 너덜거리며 열려 있었다. 내 추측이 맞았다.

바닥에 웅크리고 있는 테사를 발견했다. 바지는 온통 흙투성이인데다가 맨발은 진흙이 잔뜩 묻어 있었다. 가슴께까지 세운 무릎을 끌어안고 떨리는 손으로 두 귀를 막고 있었다. 억장이 무너지는 광경이다. 강인했던 내 여자가 완전히 무너진 모습이었다. 줄지어 놓인 화분에 먼지가 소복했다. 테사가 이 집을 떠난 이후 아무도 이곳에 발을 들여놓지 않은 거다. 천정에는 군데군데 금이 가 있고, 갈라진 틈으로 여기저기서 빗방울이 떨어지고 있었다.

나는 아무 말도 하지 않았다. 테사를 놀라게 하고 싶진 않았다. 대신 진창에서 철벅거리는 내 발소리를 듣길 바랐다. 귀를 막고 있던 테사의 손을 치우고, 나를 쳐다보게 했다. 테사는 겁에 질린 짐승처럼 버둥거리며 뒤로 물러섰다. 순간 흠칫 놀랐지만, 나는 다시 테사의 손을 잡았다.

테사는 손을 진흙 바닥에 파묻고 발버둥 쳤다. 테사의 손목을 놓치자마자 다시 두 손으로 귀를 틀어막았다. 그녀의 입술 사이로 처절한 흐느낌이 새어나왔다.

"조용히 해, 조용히."

테사는 몸을 앞뒤로 천천히 흔들며 애원했다.

해야 할 말이 너무 많다. 테사에게 들려줄 이야기가 너무나 많다. 내 이야기를 듣고 테사가 스스로를 가둔 철창에서 나왔으면 좋겠다. 그럼에도 테사의 절박한 눈빛을 보자, 그 모든 바람이 물거품처럼 사라졌다.

테사가 원하는 게 조용하게 있는 거라면, 그렇게 해줄 거다. 나더러 가버리라고 억지를 부리지만 않는다면 다 해줄 수 있는데. 원하는 모든 걸 해줄 수 있는데.

나는 테사에게 조금 더 가까이 갔다. 우리는 낡은 온실의 진흙 바닥에 앉아 있다. 테사가 아빠의 행패를 피해 숨어들곤 했던 이 온실에. 지금은 세상으로부터, 그리고 나로부터 도망쳐와 숨어든 이 온실에.

유리로 된 지붕 위로 비가 하염없이 쏟아지는 동안 우리는 그대로 앉아 있었다. 테사의 흐느낌이 울음으로 바뀌는 동안 그대로 앉아 있었다. 테사는 초점 없는 눈으로 멍하니 앞만 바라보았다. 귀를 막고 있는 테사의 손에 내 손을 포개고 가만히 앉아 있었다. 어떤 소음도 없이, 테사가 원하던 고요를 선사하며.

27 · 하딘

무서운 기세로 몰아치는 폭풍 소리를 들으며 그대로 앉아 있었다. 폭풍에 휩싸인 게 내 처지와 비슷하다. 어차피 내가 만든 폭풍이었지만. 나는 구제 불능이다. 그것도 정상급. 손 쓸 수 없는 최악의 인간이 여기 앉아 있다.

테사는 결국 조금 전 잠이 들었다. 나에게 기댄 채. 적어도 물리적인 도움만은 받아들인 듯했다. 퉁퉁 부은 눈이 감겨 있다. 언제 무너져 내릴지 모르는 온실에서, 밖에는 폭우가 쏟아 붓는데도 잠에 빠져 있는 거다.

살짝 몸을 움직였다. 다리를 베고 누울 수 있도록 테사를 살짝 움직였다. 깨지 않기를 바라며 조심스럽게. 비가 뚝뚝 떨어지는 이 진흙탕에서 데리고 나가야 하지만, 지금 눈을 뜬다면 아마 펄쩍 뛰며 내게서 떨어질 거다. 그리고 나에게 꺼지라고 하겠지. 젠장, 그런 소리를 또 들을 엄두가 안 난다.

이런 꼴을 당해도 싸다. 하지만 그런다고 내가 빌어먹을 겁쟁이라는 사실은 변하지 않는다. 그러니 이 고요의 순간은 최대한 즐기고 싶다. 이 평온함 속에서만큼은 아닌 척 할 수 있으니 말이다. 잠깐이지만, 노아인 척을 할 수도 있다. 만약 내가 녀석이었다면 상황은 달라졌겠지. 애정 공세와 입에 발린 말로 테사를 위로해줬을 거다. 우리 관계를 어긋나게 할 바보 같은 게임 따위는 애초부터 없었을 거다. 늘 눈물 바람이던 테사를 더 자주 웃게 만들 수 있었을 거다. 테사는 나를 전적으로 믿었을 테고, 나 또한 그 믿음을 깨뜨리지 않았을 거다. 그랬다면 믿음이 재가 되어 허망하게 날아가버리는 꼴을 보지 않아도 됐을 텐데. 신뢰가 바탕이 된 관계니 망가질 이유도 없었을 거다.

하지만 나는 노아가 아니다. 나는 하딘이다. 하딘이라는 인간으로 살아가는 건 아무 의미가 없다.

내 안에서 들끓는 갈등이 없었더라면 테사를 행복하게 해줄 수 있었을 텐데. 테사가 내게 그랬듯, 나 또한 테사의 삶을 환히 밝혀줄 수 있었을 거다. 그런데 지금, 테사는 모든 게 망가져버린 채로 내 곁에 앉아 있다. 온몸은 진흙투성이가 되었고, 손에 묻은 흙은 말라서 갈라지기 시작했다. 머리카락은 젖은 채다. 런던을 떠난 뒤 옷이라도 갈아입은 적이 있는 건지조차 알 수가 없다. 아파트에서 혼자 그런 일을 당할 줄 알았다면, 그렇게 테사를 돌려보내지 않았을 거다.

생각이 테사 아버지와 그의 죽음에 미치자 미친 듯이 혼란스러워졌다. 자기 손으로 자기 삶을 망쳐버린 낙오자에게 벌어진 일이다. 그러다가도 한순간 다시는 그를 볼 수 없다는 생각에 가슴이 먹먹해졌다. 오래 알던 사람도 아니고, 견디기 힘든 면도 있는 사람이었다. 그럼에도 테사 아버지라는 이유로 어울렸고, 그럭저럭 괜찮은 사람이라 생각했다. 인정하고 싶진 않지만, 어떤 부분에서는 그를 좋아했던 것도 같다. 사실 그는 역겨운 인간이었다. 내 시리얼을 다 먹어치우는 건 진짜 혐오스러웠다. 하지만 테사를 사랑하는 모습이나 삶을 대하는 낙관적인 시각은 꽤 마음에 들었다. 비록 자기 삶을 쓰레기통에 처박아버렸지만.

정말 아이러니하다. 그런 인간도 살 가치가 있다고 생각한 순간, 그가 죽었다. 세상에 좋은 건 단 하나도 자기 몫이 아니라는 듯 너무나 홀연히. 북받치는 감정에 눈시울이 뜨거워졌다. 슬픔이겠지, 아마도. 겨우 알 것 같았고, 그래서 조금쯤 좋아진 그가 사라졌다는 슬픔, 내 아버지라 생각했던 켄을 잃었다는 슬픔, 테사를 잃었다는 슬픔. 그리고 테사를 영원히 잃을지도 모른다는 슬픔.

젖은 머리에서 물이 뚝뚝 떨어졌다. 이기심으로 가득한 내 눈에서 눈물이 떨어져 섞인다. 고개를 숙였다. 테사의 목덜미에 얼굴을 묻으면 조금이나마 위로가 될 텐데. 그 충동과 싸우는 중이다. 나 같은 놈은 위로를 받을 자격이 없다. 그 누구의 위로도 얻을 자격이 없다.

그냥 이렇게 앉아, 고독과 고요, 그중간 어디쯤에서 휘청대며 고통

받아 마땅하다.

처절한 흐느낌이 빗소리에 씻겨 사라졌다. 그나마 다행이다. 내가 무너지는 걸, 사랑하는 내 여자는 전혀 모른 채 잠에 빠졌다는 사실이. 내게 일어난 모든 일들은 전부 내가 저지른 악행의 결과다. 리차드의 죽음도. 테사를 영국에 데려가는 걸 끝까지 반대했더라면, 이런 일은 일어나지 않았을 거다. 불과 일주일 전만 해도 우리는 더없이 행복했고, 그 어느 때보다 견고했다.

'젠장, 그게 겨우 일주일 전이라고?'

이 모든 일이 단 며칠 동안 일어났다는 건 확률적으로 불가능하다.

여전히 우리가 미래를 약속한 사이처럼 느껴졌다. 테사를 처음 만지고, 안고, 그녀의 심장 소리를 느꼈던 그 순간부터 지금까지 쭉. 너무도 테사를 만지고 싶었다. 하지만 동시에 그녀가 깰까 두려웠다.

딱 한 번만 테사의 심장 박동이 규칙적이라는 걸 확인하면, 안심하고 진정할 수 있을 것 같다. 그렇게만 할 수 있다면, 나락에 떨어진 나를 끌어올릴 수 있을 것 같다. 이 지긋지긋한 눈물과 가슴을 후벼 파는 고통도 멈출 수 있을 것 같다.

"테사!"

빗소리 사이로 노아의 굵직한 외침이 들렸다. 바로 그때 우렁찬 천둥이 절규처럼 울려 퍼졌다. 나는 거칠게 얼굴을 훔쳤다. 그리고 등줄기가 오싹해지는 이른 봄의 냉기가 사라지길 기다렸다.

"테사!"

노아가 한 번 더 외쳤다. 이전보다 더 큰 소리였다. 온실 바로 바깥인 것 같았다.

이를 바드득 갈며, 녀석이 테사의 이름을 더 부르지 않길 바랐다. 그랬다간 테사가 깰 테고, 그럼 난….

"하느님, 감사합니다! 여기 있을 거라 생각했어야 했는데!"

온실로 뛰어들며 노아가 외쳤다. 여전히 한껏 목청을 올린 채였다. 안도감인지 뭔지 녀석의 표정이 일그러졌다.

"제발 입 좀 닥쳐줄래? 이제 겨우 잠들었다고."

이를 악물고 속삭이며, 잠든 테사를 내려다보았다. 녀석이 이곳까진 들이닥치지 않기를 바랐는데. 시뻘개진 내 눈을 녀석도 분명 눈치챘을 거다.

제기랄, 내가 이 빌어먹을 자식을 증오할 거라곤 생각지도 못했다. 녀석이 한 치도 어김 없이 좋은 놈이라는 사실이 더욱 그를 증오하게 만들었다.

"테사가…."

노아는 진흙투성이 온실을 둘러보며 말했다.

"테사가 여기 있을 줄 알았어야 했는데. 테사는 늘 여기로 왔었는데…."

녀석이 이마로 흘러내린 금발을 빗어 넘겼다. 그러더니 온실 문 쪽으로 발길을 옮겼다. 그 모습을 보고 나는 깜짝 놀랐다.

"나는 집 안에 있을게."

맥 빠진 목소리였다. 노아는 어깨가 한 뼘은 꺼진 채로 온실을 나갔다. 문까지 얌전히 닫고서.

벌써 한 시간째다. 거울을 들여다보며 화장하고 머리를 만지는 나를 그가 사사건건 간섭하며 괴롭히고 있다. 틈 날 때마다 나를 더듬는 건 물론이고.

"테스, 베이비."

하딘이 칭얼거리는 것도 두 번째다.

"널 사랑하긴 하지만, 조금만 서둘러줘. 이러다간 우리가 연 파티에 우리가 늦을 거야."

"알았어. 그래도 고상하게 보이고 싶단 말이야. 다들 모였을 텐데."

나는 멋쩍은 듯 미소를 지었다. 그의 짜증은 오래 가진 않을 거다. 그 찡그린 표정까지도 사랑한다. 심술궂게 투덜거릴 때마다 하딘의 오른쪽 뺨에 패는 보조개가 너무도 사랑스럽다.

"안 그래도 사람들의 시선을 한 몸에 받을 텐데, 뭘."

하딘이 투덜거렸다. 이건 분명 질투다.

"근데 이게 무슨 파티라고 그랬지?"

나는 입술 선에 번진 립글로스를 닦아냈다. 도통 기억이 나지 않는다. 생각나는 건 오로지 사람들이 모두 들떠 있다는 거, 그리고 내가 서둘러 단장을 끝내지 않으면 우리는 늦을지도 모른다는 거.

하딘은 억센 팔로 나를 감싸 안았다. 갑자기 사람들이 뭘 기념하는지 번뜩 기억이 난 것 같았다. 끔찍했다. 나는 들고 있던 립글로스를 세면대에 떨어뜨렸다. 숨이 턱 막혔다. 그 순간 하딘이 낮게 속삭였다.

"네 아버지 장례식이잖아."

벌떡 일어나 앉았다. 하딘이 나를 끌어안고 있었다. 얼른 몸을 떼어 냈다.

"왜 그래? 무슨 일이야?"

하딘이 놀라 소리쳤다.

하딘이 이곳에 있다, 그것도 바로 내 옆에. 잠들면 안 되는 거였는데. 왜 그랬을까? 잠이 들었던 기억조차 없다. 마지막으로 기억나는 건 귀를 틀어막고 있던 내 두 손을 감싸던 하딘의 따뜻한 손이었다.

"아무 것도 아니야."

목 쉰 소리가 났다. 목구멍이 타는 것 같았다. 정신이 돌아올 때까지 주위를 둘러보았다.

"물 마시고 싶어."

목을 문지르며 일어서려 했다. 몸이 휘청거리는 바람에 하딘을 내려 다보았다.

그의 얼굴은 굳어 있었고, 눈은 새빨갰다.

"악몽이라도 꾼 거야?"

공허함이 스멀스멀 밀려온다. 가슴 속 깊은 곳에 자리 잡은 공허함 이 온몸으로 퍼져갔다.

"앉아봐."

하딘은 나를 잡으려 했다. 살갗에 그의 손길이 닿자 불에 덴 듯 뜨거 웠다. 나는 화들짝 놀라 몸을 뺐다.

"제발, 그러지 마."

나지막한 목소리로 그가 애원했다. 꿈에서 보았던, 심술궂지만 사랑 스러운 하딘의 모습, 딱 그랬다. 하지만 아무 의미 없는 개꿈이다. 지금 내가 마주하고 있는 사람은 그 하딘이 아니다. 이 사람은 나와 다른 세계를 오락가락하며 상처 주는 그 하딘이다. 하딘이 왜 그러는지 알지만, 지금은 그걸 감당할 수 없다.

하딘은 절망하며 고개를 떨구더니 땅을 짚고 몸을 일으켰다. 한쪽 무릎이 진흙에 미끄러졌다. 그가 중심을 잡는 동안 나는 멍하니 다른 데를 쳐다보고 있었다.

"어떻게 해야 할지 모르겠어."

하딘의 목소리는 부드러웠다.

"아무 것도 하지 마."

나는 중얼거리며 억지로 몸을 일으켜 세웠다. 밖에 비가 퍼붓더라도 이곳에서 나가야 한다.

뒷마당을 절반쯤 지났을까, 뒤에서 하딘이 따라오는 소리가 들렸다. 최대한 안전거리를 유지한 채였다. 그건 좀 다행이다. 그와 떨어져 생각을 정리하고 숨을 고를 시간이 필요하다. 그가 어디로든 가버렸으면 좋겠다.

뒷문을 열고 집 안으로 들어갔다. 러그에 진흙이 잔뜩 묻었다. 흠칫 놀랐다. 엄마가 보면 큰일인데. 엄마의 잔소리 폭탄이 떨어지길 기다리는 대신, 브래지어와 팬티만 남기고 옷을 모두 벗었다. 진흙투성이 옷가지를 뒷문 밖에 내놓고 빗물에 발을 씻었다. 그런 다음 다리를 질질 끌며 집 안을 가로질러 갔다. 한 걸음 뗄 때마다 다리가 천근만근이었다. 뒷문이 열리더니 진흙이 잔뜩 묻은 부츠 발로 하딘이 저벅거리며 들어왔다. 그 모습에 나는 다시 잔뜩 움츠러들어다.

나는 왜 이런 쓸데없는 걱정까지 하고 있지? 진흙이라니. 온갖 일들이 머릿속을 헤집고 다니는 지금, 바닥이 더러워지는 것쯤은 정말 하찮은 일인데. 그런 사소한 걸 걱정하던 날들이 그리웠다.

말소리에 퍼뜩 정신을 차렸다.

"테사, 내 말 들었어?"

눈을 껌뻑거리며 고개를 들었다. 맨발의 노아가 젖은 옷을 입고 복도에 서 있었다.

"미안, 못 들었어."

노아는 그럴 줄 알았다는 듯 고개를 끄덕였다.

"괜찮은 거지? 샤워 할래?"

나는 고개를 끄덕였고, 노아는 욕실로 들어가 샤워기를 틀었다. 샤워기에서 쏟아지는 물 소리가 나를 욕실로 이끌었다. 그 순간 하딘의 단호한 목소리가 나를 멈춰 세웠다.

"저 녀석이 네 샤워를 도와주는 건 안 돼."

대답하지 않았다. 그럴 힘도 없었다.

'당연하지, 노아가 왜 그러겠어?'

하딘은 진흙을 바닥에 질질 흘리며 나를 지나쳐갔다.

"미안하지만, 이건 있을 수 없는 일이야."

잠시 정신이 나갔던가 보다. 하딘이 바닥을 엉망으로 만들어놓는 걸 바라보며 허탈한 웃음이 나왔다. 이 집만을 말하는 건 아니다. 하딘이 지나간 곳이면, 그곳이 어디든 엉망이 되어버렸다. 그중 가장 엉망진창이 된 건 바로 나다.

하딘이 욕실로 사라지더니 노아에게 얘기하는 소리가 들렸다.

"테사가 반라 상태인데, 네가 샤워를 도와주겠다고? 빌어먹을, 안 돼. 목욕하는 동안 넌 나가 있어. 절대 안 돼. 개수작 부리지 마."

"그냥 도와주려는 것뿐이야. 문제를 일으키는 건 너잖아."

나는 욕실로 들어서서 골칫덩어리 두 남자를 밀치며 지나쳤다.

"둘 다 나가."

내 목소리는 마치 기계음처럼 아무런 영혼도 담겨 있지 않았다.

"다른 데 가서 싸우든가 말든가."

두 사람을 밀어내고 욕실 문을 닫았다. 문을 잠그며 딱 한 가지 생각을 했다. 제발 이 종잇장처럼 얇은 욕실 문이 하딘의 파괴 목록에 들어 있지 않기를.

옷을 모두 벗고, 물줄기 속으로 발을 내딛었다. 등줄기로 쏟아지는 물은 너무 뜨거웠다. 온몸이 오물로 뒤덮여 있는 것 같았다. 그런 내가 증오스러웠다. 아무리 박박 닦아도 다시는 깨끗해질 수 없을 것 같은 내가.

29 · 하딘

"테사를 도와줄 수 없잖아. 이 난리를 치면서 걱정한다는 게 고작 내가 테사 몸을 볼까 봐 그러는 거냐?"

노아 녀석이 핀잔을 주었다. 확 목을 졸라버릴까 보다.

나는 한숨을 내쉬었다.

"그런 거 아니야."

이 녀석한테 모든 걸 떠벌일 필요는 없다. 손을 주머니 속에 넣었다. 그제야 한 손에 깁스를 했다는 걸 깨달았다. 어색해져서 다시 손을 다리 위에 올려놓았다.

"너희 둘 사이에 무슨 일이 있었는지 모르겠지만, 내가 테사를 도와주려는 걸 막을 순 없어. 나는 평생 테사를 알아왔어. 그런데 이런 모습은 처음이라고."

노아는 몸을 떨며 고개를 가로저었다.

"네 녀석한테 말해주지는 않을 거다. 너와 내가 같은 팀이 될 순 없어."

노아가 한숨을 쉬었다.

"그렇다고 라이벌이 될 필요도 없잖아. 난 테사한테 잘해주고 싶어. 너도 그래야 하지만. 널 위협하는 건 아니야. 테사가 다시 나에게 돌아올 거란 기대를 할 만큼 바보도 아니고. 난 완전히 극복했다고. 테사를 여전히 사랑해. 앞으로도 늘 그럴 거야. 그런데 그건 네가 테사를 사랑하는 것 같은 그런 사랑이 아니야."

지난 8개월 동안 녀석을 경멸하지 않았더라면 녀석의 말은 꽤 설득력 있게 들렸을 거다. 나는 욕실 문 앞 벽에 등을 기대고 잠자코 있었다. 샤워가 끝나기를 기다리는 중이다.

"너네, 또 헤어진 거지?"

녀석이 종알거렸다. 언제 입을 닥쳐야 하는지를 모르는 녀석이다.

"보면 몰라?"

눈을 감고 머리를 뒤로 기댔다.

"내가 상관할 바는 아니지만, 리차드 씨가 어떻게 네 아파트에서 생을 마감하신 건지 얘기해줬으면 좋겠어. 도대체 이해가 안 되거든."

"테사가 시애틀로 가고 난 다음 리차드는 우리 집에서 지냈어. 다른 갈 곳이 없었거든. 그래서 우리 집에 있게 해줬어. 얼마 전 우린 런던에

갔고, 그 사이 그는 재활원에서 치료를 받기로 했는데, 결국 우리 집 욕실 바닥에서 발견된 거지…."

무거운 주제의 대화가 오가는 동안에도 머릿속에서는 노아가 테사의 벗은 몸을 보진 않았겠지 하는 생각이 떠나지 않았다. 지금까지 아무도 못 봤겠지. 어떻게든 그걸 지키고 싶다는 이기적인 생각이 들었다. 이런 걱정을 할 때가 아니지만, 나란 놈은 어쩔 수가 없었다.

물을 마시러 주방으로 들어갔다. 적막 속에서 캐롤의 겁먹은 듯한 목소리가 들렸다.

"하딘, 잠깐 나랑 얘기할 수 있니?"

테사 엄마가 저런 목소리라고? 혼란스럽다. 게다가 그녀는 나한테 먼저 말을 걸지 않는데.

"그럼요."

나는 조금 뒤로 물러섰다. 거리를 유지해야 하니까. 좁은 주방 벽에 등이 닿자, 뒷걸음질을 멈췄다.

캐롤의 표정은 굳어 있었다. 내가 어색한 만큼 그녀도 어색할 테지.

"어젯밤 일, 말이다."

캐롤을 쳐다보던 시선을 돌려 발끝을 내려다보았다. 무슨 말을 해야 할지 모르겠다. 그녀는 이미 머리를 단정히 빗어 올렸다. 눈물범벅이 돼 번졌던 화장도 어느새 완벽해져 있었다.

"내가 왜 그랬는지 잘 모르겠다."

캐롤이 말을 시작했다.

"네 앞에서 그런 식으로 행동해선 안 되는 거였는데. 너무 경솔했어,

난…."

"괜찮아요."

그만 얘기하길 바라며 말을 막았다.

"아니, 괜찮지 않아. 달라진 건 아무 것도 없다는 걸 분명히 하고 싶구나. 지금도 네가 내 딸 곁에서 떨어져야 한다고 생각하니까."

나는 고개를 들어 캐롤의 눈을 쳐다보았다. 내 기대와는 다른 눈빛이었다.

"당신 말대로 하겠다고 대답하면 좋겠어요. 근데 그게 안 돼요. 나를 탐탁찮아 한다는 건 알지만."

잠시 말을 멈추었다. 내가 들어도 너무 완곡한 표현에 실소가 터졌다.

"당신은 날 증오하잖아요. 그건 알아요. 근데 당신 생각이 나한테 아무 영향도 못 끼친다는 것도 잘 알죠? 그냥 그렇다고요."

그녀가 느닷없이 웃음을 터뜨렸다. 고통스럽고 낮게 울리는 소리였다.

"넌 정말 그 사람이랑 똑같구나. 그 사람이 내 부모님께 한 말이랑 똑같은 말을 하네. 리차드도 남이 어떻게 생각하는지 따위는 신경 쓰지 않았어. 근데 지금 그 사람이 어떻게 됐는지 봐라."

"난 그가 아니에요."

내가 일갈했다. 최선을 다해 잘 대해 주려고 노력 중인데 상황을 자꾸만 어렵게 만든다. 테사가 샤워를 너무 오래 한다. 한번 들여다봐야 할 것 같은데…. 특히 노아 녀석이 알짱거리는 상황이니.

"내 입장에서 한번 생각해봐, 하딘. 나도 딱 이렇게 독이 될 관계에 빠졌었다. 그 관계가 어떻게 끝나는지 잘 알지. 테사는 내가 당한 걸 안 겪었으면 한다. 네가 주장하는 것처럼 테사를 그렇게 사랑한다면, 테사가 그런 비극을 겪지 않기를 바랄 텐데."

캐롤은 나를 쳐다보았다. 뭔가 반응을 기대하는 눈치였다. 하지만 이내 말을 이어나갔다.

"나는 테사를 최고로 키우고 싶었어. 믿을지 모르겠다만, 나처럼 되지 않게, 테사가 남자한테 의존하지 않도록 키웠다. 그런데 지금 그 아이 꼴을 좀 봐. 겨우 스무 살인데, 잃을 게 없는 처지가 됐잖니. 네가 매번 개를 떠날 때마다…."

"나는…."

캐롤이 손을 들어 내 말을 막았다.

"내 말 먼저 끝내고."

캐롤이 한숨을 내쉬었다.

"사실 테사가 부럽기도 했어. 한심하긴 하지만, 어떤 부분에선 부러웠다. 넌 늘 다시 테사에게 돌아왔잖니. 리차드는 한 번도 돌아오지 않았지. 네가 떠나 테사가 엉망이 될 때마다 나는 확실히 깨달았지. 너희 둘도 우리 같은 엔딩을 맞을 거라는 걸. 왜냐고? 네가 다시 돌아온다 해도, 넌 절대 정착하진 않을 테니까. 테사가 외톨이에 증오만 가득한 나 같은 꼴이 되길 원하는 거라면, 하던 대로 계속해라. 그럼 분명 테사는 내가 말한 결말을 맞을 테니까."

저런 눈빛이 싫다. 하지만 더 싫은 건 캐롤의 말이 틀린 게 없다는 사실이다. 나는 늘 테사를 떠날 거다, 다시 돌아올지라도. 그리고 테사가 안정될 때까지 기다렸다가 또 떠날 거다.

"다 너한테 달렸다. 테사가 네 말만 들으니까. 내 딸은 원래 가진 착한 심성대로 널 무척 사랑하겠지."

그래, 테사는 나를 사랑한다. 테사가 나를 사랑하기 때문에 우리는 테사 부모님 같은 파국으로 치닫진 않을 거다.

"넌 테사에게 필요한 걸 줄 수 없어. 그런 사람을 찾지 못하게 발목을 잡고 있을 뿐이지."

그 순간에도 내 귀에 들리는 건 낡은 욕실 문이 닫히는 소리였다. 테사가 샤워를 마쳤다.

"나중에 알게 될 거예요, 캐롤. 알게 될 거예요…."

나는 그릇장에서 잔을 하나 꺼냈다. 테사에게 줄 물을 담으며 되뇌었다. 나는 길을 잘못 들어선 우리의 여정을 바꿀 수 있다. 그리고 나를 포함한 다른 사람들 생각이 다 틀렸다는 걸 증명해낼 수 있다. 분명 그럴 거다.

30 · 테사

조금 정신이 들었다. 샤워를 한 덕인지, 온실에서 잠깐 눈을 붙인 덕인지, 아니면 마침내 얻어낸 고요 덕인지는 모르겠다. 아주 조금, 이제 세상이 좀 더 명확하게 보인다. 망상 속에 빠져 있는 느낌이 덜해졌다. 그리고 시간이 지날수록 모든 게 더 선명해지고, 더 평화로워질 거란 작은 희망도 생겼다.

"나 들어갈게."

대답할 틈도 없이 하딘이 방문을 열었다. 얼른 티셔츠를 입고 침대에 걸터앉았다.

"물 좀 가져왔어."

하딘은 물이 가득 담긴 잔을 협탁 위에 올려놓았다. 그리고 내 맞은

편에 앉았다.

샤워를 하면서 무슨 얘기를 할까 생각했다. 하지만 그가 코앞에 앉아 있는 지금, 아무 생각도 나지 않았다.

"고마워."

고작 이 말이 전부였다.

"기분은 좀 나아졌어?"

하딘은 조심스러웠다. 내가 형편없이 심약하게 보이겠지. 나도 그렇게 느끼니까. 기가 빠지고, 화가 나면서 슬프기도 하고, 혼란스러우면서 허탈했다. 하지만 중요한 건, 아무 것도 느껴지지 않는다는 거다. 묵직한 고통조차도. 시간이 지날수록 익숙해지는 것 같았다.

샤워기 아래 오래 서 있었더니 물이 더 이상 뜨겁지 않았다. 그리고 모든 게 새로운 관점으로 보이기 시작했다. 내 인생이 블랙홀로 변해 버렸다는 생각이 들었다. 이런 기분이 드는 걸 내가 얼마나 싫어하는지도 생각했다. 그리고 완벽한 해결책도 생각해냈다. 하지만 어떻게 말을 꺼내야 할지 모르겠다. 정신이 없을 때 드는 딱 그런 기분이었다.

"그러길 바라."

뭘 어쩌길 바란다는 거야…?

"기분이 나아지길 바란다고."

내 생각에 대답하듯 하딘이 덧붙였다. 그와 내가 연결되어 있다는 느낌이 소름 끼칠 만큼 싫었다. 내가 뭘 느끼는지 무슨 생각을 하는지 그가 뻔히 알고 있다는 느낌 말이다.

나는 어깨를 한 번 으쓱하고는 다시 벽에 시선을 고정시켰다.

"그래, 어느 정도."

그의 빛나는 초록색 눈동자보다는 벽을 쳐다보는 게 낫다. 그 초록색 눈동자를, 늘 잃을까 봐 전전긍긍했다. 둘이 함께 누워 있을 때면 늘한 시간만, 한 주만, 한 달만 이 눈동자를 더 볼 수 있기를 바랐다. 그가내 곁에 머물며 영원히 나를 원하길 간절히 기도했다. 내가 그렇듯이. 하지만 더 이상 그런 기분이 드는 건 싫다. 하딘과 엮일 때마다 나를 휘감았던 절박함을 더는 원하지 않는다. 그저 이곳에, 아무 것도 없이, 조용히 앉아 있고만 싶다. 그러면 언젠가는 다른 사람이 되겠지. 대학 입학 전에 생각했던, 내가 되고 싶었던 그런 사람이 되겠지. 운이 좋으면이 집을 떠나기 전 그때의 모습으로도 돌아갈 수 있겠지.

그 소녀는 이미 오래 전에 사라졌다. 그녀는 지옥으로 향하는 티켓을 끊고, 여기 이렇게 앉아서, 조용히 타버리는 중이다.

"내가 얼마나 미안한지 알아줬으면 좋겠어. 너와 함께 돌아왔어야 했는데. 내 문제들 때문에 너랑 그렇게 끝내는 게 아니었어. 그냥 곁에있었어야 했어. 네 기분이 어땠을지 이제 알겠어. 어떻게든 나를 도와주려고 하는 너를 밀어내기만 했을 때 말이야."

"하딘."

나는 조용히 속삭였다. 그렇지만 다음 말을 어떻게 이어야 할지 모르겠다.

"아냐, 테사. 내가 말할게. 이번에는 완전히 다를 거야. 약속해. 다시는 그런 짓 안 할게. 미안한 말이지만, 네 아버지가 돌아가시는 바람에나한테 네가 얼마나 필요한지 더 절실히 알게 됐어. 다시는 도망가지않을게. 널 홀대하지도 않을게. 사라지지도 않을게, 맹세해."

절박함이 담긴 하딘의 목소리가 어쩐지 너무 익숙하다. 똑같은 톤의 똑같은 소리를 수백 번도 더 들었다.

"아니."

나는 담담하게 말했다.

"미안해, 하딘. 정말 안 되겠어."

하딘은 패닉에 빠진 듯 내 쪽으로 다가왔다. 카펫을 더럽히면서 내 앞에 무릎을 꿇었다.

"뭐가 안 되는데? 시간이 걸릴 거라는 거 알아. 기다릴게. 네가 슬픔에서 빠져나올 때까지. 뭐든 다 할게, 뭐든지."

"우린 못 해. 우린 절대 안 돼."

말투가 다시 밋밋해졌다. 영혼 없는 테사가 여기 앉아 있다. 감정을 실을 힘도 없다.

"결혼할 수도 있어⋯."

하딘이 횡설수설하고 있다. 자기가 말하고도 놀란 모양이었다. 그래도 꺼낸 말을 되돌리지는 않았다. 하딘은 내 두 손을 모아 손목을 꽉 잡았다.

"테사, 우리 결혼하자. 너만 동의하면 내일 결혼할 수도 있어. 턱시도든 뭐든 다 입을게."

얼마나 듣고 싶었던 말인가. 얼마나 그가 말해주길 바랐던가. 그럼에도 아무 느낌이 없었다. 분명히 들었지만 아무 느낌도 없었다.

"우린 안 돼."

나는 고개를 가로저었다.

하딘은 더욱 필사적으로 매달렸다.

"돈도 있어. 결혼식은 치르고도 남을 만큼. 네가 고르는 장소가 어디든 거기서 결혼식을 올릴 수 있어. 제일 비싼 드레스랑 부케까지, 뭘 어떻게 하든 아무 말 안 할게!"

하딘의 목소리가 방을 쩌렁쩌렁 울릴 만큼 커졌다.

"그런 말이 아니야. 맞는 방식도 아니고."

하딘의 말이 마음에 닿았으면 좋았을 텐데. 혼자 흥분해 날뛰는 그를 보니 옛날 일이 떠올랐다. 우리 관계가 얼마나 서로를 갉아먹는지 모르던 때. 그때였다면 하딘의 말에 모든 걸 잊고 동의했을 거다.

"아무 것도 남은 게 없어, 하딘. 너에게 줄 게 아무 것도 없어. 네가 벌써 다 가져가버려서 나한테 더는 남은 게 없어."

마음속 공허가 커져갔다. 모든 감정이 그 속에 함몰되었다. 아무 것도 느낄 수 없다는 게 이렇게 고마울 수가. 조금이라도 감정이 느껴졌다면, 나는 괴로움에 질식했을지도 모른다.

진짜 죽을지도 모른다. 조금 전까지 살고 싶다고 생각했는데. 온실에서는 안 좋은 쪽으로 마음이 마구 기울었다. 그러나 뜨거운 물이 나오다가 찬물로 바뀌어버린 샤워기 아래에서 마음을 고쳐먹었다. 그리고 그런 내가 자랑스러웠다.

"너한테 원하는 거 없어. 네가 원하는 대로 하면 돼!"

하딘이 숨을 헐떡거렸다. 그 소리가 너무 마음에 걸려서 하마터면 홀딱 넘어갈 뻔했다. 다시는 그런 소리를 듣지 말아야겠다.

"결혼해줘, 테스. 제발 부탁이야, 나랑 결혼해줘. 그럼 앞으론 절대 이딴 짓 하지 않을게. 맹세해. 우리는 평생 함께할 거야. 서로에게 좋은 남편과 아내가 될 거야. 그래, 네가 나한텐 너무 과분하지. 넌 훨씬 나은 대접을 받을 자격이 있어. 이제야 알았어. 우리는 다른 어떤 사람들과도 다르다는 걸. 우리는 너네 부모님이나 우리 부모님과는 다른 사람들이야. 우린 다르잖아. 그러니까 우린 헤쳐나갈 수 있어, 그렇지? 그러니까 딱 한 번만 내 말 좀 들어줘…."

"우리 꼴 좀 봐."

나는 힘없는 손짓으로 우리를 가리켰다.

"지금 내 꼴 좀 봐. 난 더 이상 이렇게 살고 싶지 않아."

"아냐, 아냐, 아냐."

하딘이 벌떡 일어서 방을 서성거렸다.

"넌 할 수 있어! 제발 내가 다 보상하게 해줘."

하딘은 한 손으로 머리카락을 쥐어뜯으며 애원했다.

"하딘, 제발 진정해. 내가 너한테 한 짓은 미안해. 네 인생을 복잡하게 만든 것도, 기를 쓰며 싸우고 이랬다저랬다 했던 것도 전부. 너도 알아야 해. 우린 안 될 거야."

나는 쓴웃음을 지었다.

"난 우리가 잘될 거라 생각했어. 우리 사랑은 소설 같은 데서나 나올 법한 그런 거라고, 아무리 현실이 혹독해도 늘 그 자리에 있을 수 있다고. 모든 역경을 이겨내고 살아남아서 옛 얘기를 하면서 웃을 수 있을 줄 알았어."

"우린 그럴 수 있어, 살아남을 수 있다고!"

하딘은 목이 메어 소리쳤다.

차마 그를 쳐다볼 수 없었다. 어떤 광경이 펼쳐질 줄 뻔히 알았으니까.

"그거야, 하딘. 난 살아남고 싶지 않아. 난 그냥 살고 싶어."

내 말에 충격을 받았는지, 하딘은 머리를 쥐어뜯는 것도 서성거리는 것도 멈추었다.

"널 보낼 수가 없어. 너도 알잖아. 항상 너한테 돌아왔다는 거. 내가 돌아올 거라는 거 알았잖아. 결국 런던에서 돌아왔잖아. 우리…."

"네가 돌아오길 기다리면서 일생을 보낼 순 없어. 나한테 왔다 갔다 하면서 네 인생을 허비하게 두는 것도 마찬가지고."

말은 그렇게 했지만 어쩐지 이게 내 생각이 맞나 하는 의문이 들었다. 내 모든 건 하딘을 향해 있었다. 어떻게 하면 하딘이 더 좋아할지, 내 곁에 계속 머물지에 대한 것이었다. 이런 생각과 말들이 어디서 튀어나온 건지 모르겠다. 그래도 털어놓고 나니 조금 후련했다.

"난 너 없이 살 수 없어."

하딘이 부르짖었다. 백만 번도 넘게 들은 고백이었다. 그럼에도 불구하고 나를 떼어내려고, 나를 주저앉히려고 했던 거다.

"살 수 있어. 더 행복하고 덜 골치 아프게, 그리고 더 편하게. 네가 그랬잖아."

진심이었다. 내가 없으면 하딘은 더 행복해질 거다. 하딘은 자신과 두 아버지 사이에서의 분노에 더 집중할 수 있을 거다. 그러다가 문제가 해결되면 언젠가는 행복해지겠지. 그의 행복을 바랄 만큼은, 그를 사랑한다. 나와 함께가 아니더라도 말이다.

하딘은 꽉 쥔 두 주먹을 이마에 가져다댔다. 그는 이를 꽉 깨물고 말했다.

"아니야!"

나는 하딘을 사랑한다. 언제나 그랬다. 하지만 이제 모든 걸 소진했다. 그가 끝도 없이 꺼버리려고 물을 들이붓는 바람에 불꽃을 유지할 연료를 다 써버렸다.

"정말 치열하게 싸웠지. 근데 이제 멈출 때인 것 같아."

"아니! 아니라고!"

하딘은 방을 두리번거렸다. 무슨 짓을 하려는지 알겠다. 그래서 작은 램프가 방을 가로질러 벽에 부딪히며 박살났을 때도 놀라지 않았다. 나는 움직이지 않았다. 아니, 눈 하나 깜짝 하지 않았다. 너무 익숙했다. 이러니까 내가 그럴 수밖에 없는 거다.

하딘을 위로할 수가 없었다. 나 자신조차 위로할 수 없었으니까. 그의 어깨를 감싸 안으며, 허황된 약속을 속삭일 만큼 나 자신을 믿지도 않는다.

"이게 네가 원한 거잖아, 기억나? 그때로 돌아가, 하딘. 날 원치 않는다고 말했던 걸 기억해봐. 왜 나를 혼자 돌려보냈는지 기억해봐."

"너 없이는 살 수 없어. 네가 필요해. 필요하다고, 네가, 내 삶에."

구호를 외치듯 하딘이 웅얼거렸다.

"함께할 순 있어. 이렇게는 아니지만."

"친구가 되자는 말이야?"

하딘이 악에 받쳐 소리 질렀다. 그의 초록색 눈동자는 더 이상 반짝이지 않았다. 화가 치밀어 오르는 듯 눈빛이 어두워졌다.

"말도 안 돼. 그 집에서 너 없이 지낼 순 없어. 넌 내 전부야. 나를 모욕하는 거야? 진심은 아니지? 넌 날 사랑하잖아, 테사."

하딘은 내 눈을 들여다보았다.

"혹시 날 사랑하지 않는 거야?"

평정심이 무너져내렸다. 어떻게든 마음을 다잡으려 애썼다. 무너지기 시작하면 걷잡을 수 없을 테니까.

"사랑하지."

나는 심호흡을 했다.

하딘은 또 다시 내 앞에 무릎을 꿇었다.

"나도 널 사랑해, 하딘. 그래도 계속 이럴 순 없어."

하딘과 싸우고 싶지 않았다. 상처 주고 싶지도 않았다. 그래도 이건 하딘이 짊어져야 할 짐이다. 나는 하딘에게 모든 걸 줬다. 맙소사, 나는 다 줬지만 하딘은 그걸 원치 않았다. 상황이 어려워질 때마다 하딘은 나를 위해 역경을 견뎌낼 만큼 나를 사랑하진 않았다. 그는 그때마다 포기했다, 매번.

"너 없이 어떻게 살아남아?"

하딘이 코앞에서 울부짖고 있다. 나는 눈을 깜빡여 눈물을 떨어뜨렸다. 그리고 목구멍에서 넘어오는 묵직한 죄책감을 꿀떡 삼켰다.

"난 못 해. 안 해. 이런 일로 우리 관계를 헌신짝처럼 버릴 순 없어. 곁에 있게 해줘. 날 밀어내지 말아줘."

또 다시, 정신이 나간 듯 나는 웃음을 터뜨렸다. 놀라움에 터진 헛웃음이 아니었다. 슬프고도 아픈 웃음이었다. 하딘의 말이 너무나 아이러니했다. 내가 했던 것과 똑같은 말로 하딘이 나에게 애원하고 있다. 그러고도 본인은 깨닫지 못하는 듯했다.

"하딘, 널 만난 이후 쭉 나도 너한테 똑같이 애원했었어."

가만히 상기시켜 주었다. 그에게 상처를 주고 싶진 않다. 그렇지만 이 악순환의 고리를 끊어야 한다. 그렇지 않으면 내가 살아남지 못할 거다.

"알아."

하딘은 고개를 떨궜다. 그리고 내게 몸을 기댔다.

"미안해! 정말 미안해!"

하딘은 이성을 잃은 듯했다. 공허함이 밀려왔다. 이런 기분이 싫다. 하딘이 내게 기대 울고 있는 걸 보고 싶지 않다. 여태껏 기다렸던 약속의 말을 들은 후에 말이다.

"괜찮아질 거야. 네가 이 위기를 극복하고 기운을 차리면, 우린 다 괜찮아질 거야."

하딘이 말했다. 정말 이렇게 말한 건가? 한 번 더 들었다가는 감당할 수 없을 것 같아 다시 말해 달랄 수가 없었다.

어렴풋이 방문이 움직이는 걸 알아챘다. 나는 노아에게 괜찮다는 뜻으로 고개를 끄덕였다.

사실 나는 괜찮지 않다. 계속 그래왔다. 하지만 전과 달리 괜찮아져야 한다는 강박이 생기진 않았다. 노아의 시선이 깨진 램프로 옮겨갔다. 금세 걱정스러운 표정이 되었다. 그에게 나는 한 번 더 끄떡여 보였다. 나가 달라는 무언의 애원, 그냥 좀 내버려 두라는 애원이었다. 내게 기댄 하딘의 온기를, 내 다리에 놓인 하딘의 머리카락을 느낄 마지막 순간이었다. 그의 두 팔에 어지럽게 그려진 검정색 타투를 마지막으로 기억할 순간이었다.

"널 치유해줄 수 없어서 정말 미안해."

하딘의 축축한 머리카락을 부드럽게 쓰다듬으며 말했다.

"나도."

하딘은 내 다리에 머리를 파묻고 흐느꼈다.

31 · 테사

"장례식 비용은 누가 치르는 거죠?"

엄마에게 물었다. 무신경하거나 무례하게 굴고 싶진 않았다. 하지만 나에겐 조부모님이 안 계신다. 부모님들도 모두 외동이다. 당연히 엄마는 장례식 비용을 낼 형편이 안 된다. 특히나 아빠의 장례식이라니. 걱정이 되기 시작했다. 엄마가 교회 사람들한테 보여주려고 장례식을 치르는 게 아닌가 싶었다.

엄마가 사준 검정 드레스는 입고 싶지 않았다. 엄마 형편으로는 사기 힘들었을 것 같은 이 검정 하이힐도 신고 싶지 않았다. 무엇보다도 아빠를 땅에 묻는 장면을 보고 싶지 않았다.

엄마는 우물쭈물했다. 손에 든 립스틱을 입술에 바르지 못하고 들고 있었다. 그러다 거울에 비친 나와 눈이 마주쳤다.

"나도 모른다."

엄마를 돌아보았다. 불신과 이 찜찜한 느낌은 뭘까. 기운이 있었다면 뭐라고 쏘아붙였을지도 모르겠다. 호기심까지 둔해져버린 모양이다.

"모른다고요?"

나는 엄마를 쳐다보았다. 눈이 퉁퉁 부어 있었다. 센 척하고 있었지만, 엄마는 아빠의 죽음으로 적잖이 힘든 시간을 보내고 있는 게 분명했다.

"돈 얘기를 꼭 지금 해야겠니, 테레사?"

엄마가 핀잔을 준 뒤 거실로 나가는 것으로 대화는 끝났다.

맞는 말이다. 나는 고개를 끄덕였다. 엄마랑 언쟁하기는 싫었다. 적어도 오늘 만큼은. 오늘은 정말 힘들 거다. 조금 이기적이고 뒤틀린 마음이 들었다. 아빠가 마지막으로 자기 혈관에 바늘을 밀어 넣었던 상황까지 굳이 이해하고 싶지 않았다. 아빠는 중독자였다. 수년째 그런 생활을 해왔을 거다. 치명적일 걸 뻔히 알면서 왜 상황을 그 지경까지 몰고 간 건지 생각하면 머릿속이 복잡해졌다.

하딘이 여기 온 지 사흘이 지났다. 슬슬 정신이 돌아오기 시작했다. 완전히는 아니다. 한편 다시는 전과 같은 사람이 될 수 없다고 생각하니 두렵기도 했다.

하딘은 지난 사흘 동안 노아네인 포터 씨 댁에 머물고 있었다. 그 얘기를 듣고 엄청 놀랐다. 포터 씨 내외도 마찬가지였을 거다. 두 분은 낯선 방문객 때문에 불편한 시간을 보내고 있을 거다. 노아가 하딘을 집에 데리고 갔을 때 두 분의 표정을 봤어야 했는데. 하딘과 노아가 어울리는 장면은 도무지 상상이 안 간다. 하딘이 내 거절에 얼마나 충격이 컸는지 대충 짐작이 갔다. 노아의 호의를 기꺼이 받아들인 걸 보니.

묵직한 슬픔이 아직 가슴 한편에 남아 있다. 공허의 장벽 뒤에 숨어 있다. 그 슬픔이 나를 밀어붙이는 느낌이 들었다. 나를 망치려고 서서히 코너로 몰고 있었다. 하딘과의 결별 이후, 고통이 나를 장악할까 두려웠다. 그러나 고맙게도 상황은 반대였다.

하딘은 그렇게 가까운 곳에 있으면서도 코빼기도 비치지 않았다. 나는 늘 숨 쉴 공간이 필요했지만, 하딘은 늘 그걸 힘들어했다. 물론 얼마 전의 우리에겐 그런 공간 따위는 필요 없었지만.

현관문 두드리는 소리가 들렸다. 얼른 검정 스타킹을 마저 신었다. 나가기 전 마지막으로 거울을 보며 매무새를 고쳤다. 가까이서 거울을 들여다보며 눈이 괜찮은지 살펴보았다. 딱 꼬집어 말할 순 없지만, 뭔가 조금 다른 느낌이었다. 더 냉혹해 보인다 해야 하나? 더 슬퍼 보인다 해야 하나? 잘 모르겠지만 억지웃음을 지어 보여야 하는 현실과 잘 어울렸다. 내가 반쯤 정신이 나가지 않았더라면, 내 모습을 보고 더 걱정했을 거다.

"테레사!"

엄마가 짜증스러운 목소리로 나를 불렀다. 막 복도로 나선 참이었다.

엄마의 목소리로 미루어 짐작컨대, 하딘이 나타난 건 아닐까. 그가 오늘 즈음은 얼굴을 나타낼 거라 짐작하고 있었다. 오늘이 장례식 날이기 때문이다. 하지만 복도 끝을 돌았을 때 온몸이 얼어붙고 말았다. 너무 놀랐다. 물론 기쁨이었다. 현관 앞에 서 있는 사람은 다름 아닌 제드였다.

눈이 마주치자 제드는 어색한 듯 쭈뼛거렸다. 내가 미소를 지어 보이자 그의 얼굴에도 환한 미소가 번졌다. 저 표정, 내가 너무나 사랑하는 표정이다. 벌어진 입 사이로 혀가 살짝 보이고, 눈빛을 반짝이고 있었다.

"어쩐 일이야?"

제드의 목에 두 팔을 두르며 물었다. 제드는 나를 꽉 안아주었다. 너무 꽉 안는 바람에 기침이 나올 정도였다. 제드가 나를 바로 세우며 웃었다.

"미안, 오랜만이네."

그의 웃음에 기분이 금세 밝아졌다. 한동안 제드 생각은 못 하고 지냈다. 지난 몇 주 동안 한 번도. 조금 미안한 마음이 들었다. 내 하늘은 무너졌지만 세상은 잘 돌아가고 있구나. 제드가 나타나니 새삼 드는 생각이었다.

하늘이 무너졌다…. 인정하고 싶진 않지만, 역시 이 상실감은 감당하기 너무 힘이 들었다.

그러다 문득 떠올랐다. 제드와 거리를 두게 된 이유를. 인사를 하다 말고 나는 조심스레 현관문 밖을 내다보았다. 엄마가 공들여 가꿔놓은 잔디 위에서 하딘과 언쟁을 벌이고 싶진 않았다.

"하딘이 여기 있거든. 그러니까, 우리 집이 아니라, 근처에."

"응, 알아."

제드는 전혀 놀라지 않았다.

"안다고?"

엄마가 나를 미심쩍은 눈초리로 쳐다보더니 부엌으로 사라졌다. 제드와 나만 남았다. 이제야 그가 함께 있다는 게 조금씩 실감이 났다. 제드한테 연락한 적은 없는데, 어떻게 아빠 얘기를 알았을까?

"하딘이 전화했더라."

제드의 말에 고개를 들었다.

"녀석이 여기 와서 널 좀 만나보라 하더라고. 너하고는 계속 연락이 안 됐고. 그래서 녀석 말을 들을 수밖에 없었어."

뭐라고 대꾸해야 할지 모르겠다. 나는 가만히 제드를 쳐다보았다. 도대체 무슨 꿍꿍이인 걸까?

"그래도 괜찮지, 그치?"

제드는 손을 뻗어 나를 만지려다 멈칫 했다.

"날 만나는 게 싫은 건 아니지? 내가 오버한 거면 돌아갈게. 녀석 말이, 너한테 친구가 필요하다더라. 하딘 녀석이 나한테 전화했다는 건 상황이 진짜 안 좋다는 거잖아. 하필 그 많은 사람들 중에 나한테까지 연락을 한 걸 테니."

말끝에 슬쩍 웃긴 했지만, 제드는 진지하게 받아들인 것 같았다.

'왜 하딘은 랜던이 아니라 제드한테 전화한 거지? 랜던은 어쨌든 여길 올 텐데. 왜 제드에게 나한테 가보라고 부탁한 거냐고?'

뭔가 잘 짜여진 각본 같다는 느낌이 들었다. 하딘이 나를 시험하기 위해 짜놓은 각본. 이딴 짓은 너무 싫다. 이 시점에서, 고작 이런 짓을 벌이다니. 하긴 더한 짓도 했으니까. 잊을 수가 없다. 그의 이런 행동 이면에는 늘 무슨 꿍꿍이가 있다. 그는 호시탐탐 어떻게 하면 나한테 접근할까 계략을 꾸민다.

느닷없는 그의 청혼은 그 무엇보다 상처가 됐다. 우리가 사귀기 시작했을 때부터 결혼 얘기가 나오기만 하면 기겁을 하던 그다. 그 입에서 결혼 얘기가 나온 건 딱 두 번이었다. 뭔가 원하는 게 있었을 때. 한 번은 술에 취해 무슨 소리를 하는지도 모르고 지껄였다. 그리고 또 한 번은 내 발목을 잡기 위해서였다. 아마 그 다음날 내가 그의 곁에서 잠을 깼다면 그는 전처럼 자기가 했던 말을 취소했을 거다. 항상 그래 왔듯이. 그는 처음부터 약속 같은 건 쉽게 깨버리던 사람이었다. 결혼이라는 신성한 제도를 믿는 나한테 가장 나쁜 짓은 그거다. 찰나의 승리를 위해서 함부로 청혼하는 건 비열한 짓이다. 진심으로 나와 함께하고 싶은 마음은 눈곱만큼도 없으면서.

절대 잊지 말아야지. 어처구니없는 상상을 계속하는 게 낫겠다. 턱시도를 차려입은 하딘이 내 일상을 좀먹으며 계략을 꾸미는 상상 말이다. 그 모습을 떠올리니 웃음이 나왔다. 턱시도를 입은 하딘은 금세 블랙진에 부츠를 신은 모습으로 바뀌었다. 결혼식 날까지도. 근데 그래도 괜찮을 것 같다.

아니, 이런 몹쓸 상상은 그만해야겠다. 정신을 차리는 데 아무런 도움이 안 된다. 그럼에도 또 다른 상상에 빠져들었다. 이번에는 하딘이 웃고 있는 모습이다. 한 손에는 와인 잔을 들고⋯. 그의 손가락에는 결혼반지가 끼워져 있다. 그는 큰 소리로 웃는다. 너무 찬란한 모습으로, 고개까지 뒤로 젖히며 화통하게.

아니, 이런 생각은 집어치워야 한다.

그의 미소가 다시 떠올랐다. 하얀색 티셔츠 위에 와인을 흘리는 모습이 보인다. 아마 그가 흰 티셔츠를 입겠다고 우겼겠지. 늘 입던 블랙 셔츠 대신에 말이다. 냅킨으로 얼룩을 문지르는 내 손을 부드럽게 뿌리치며 이런 말을 한다.

"흰색을 입는 게 별로라는 걸 진작 알았어야지."

그는 웃음을 터트리며 내 손을 자기 입술에 가져다 대고는 손끝 하나하나에 다정하게 입을 맞춘다. 그의 시선은 내 결혼반지에 멈춰 있다. 자랑스러운 듯 미소가 얼굴에 번진다.

"테사, 괜찮아?"

제드의 목소리에 한심한 상상에서 깨어났다.

"응."

미소 짓던 하딘의 완벽한 모습을 떨쳐내려 도리질을 했다.

"미안, 내가 요새 좀 정신이 없어."

"괜찮아. 안 그랬다면 더 걱정스러웠을 거야."

제드는 한 손으로 내 어깨를 감쌌다.

생각해보니, 제드가 나를 위로하러 온 게 놀랄 일도 아니었다. 생각하면 할수록 기억은 더욱 살아났다. 제드는 항상 거기 있었다. 내가 원하지 않았을 때에도. 그는 늘 하딘의 그림자에 가려진 배경 같은 사람이었다.

32 · 하딘

노아 녀석은 너무 짜증나는군. 이 녀석을 테사가 그동안 어떻게 견뎠는지 이해가 안 된다. 테사가 온실에 숨어든 건 리차드 때문이 아니라 이 녀석 때문이 아닐까.

테사를 탓하는 건 아니다. 나도 지금 똑같은 짓거리를 하고 있으니까.

"그 사람한테 전화하는 건 아니었다고 본다."

노아는 널찍한 거실 소파에 앉아 지껄였다.

"난 그 사람 진짜 싫어. 물론 너도 싫지만. 그래도 그 사람이 너보다 더 싫어."

"닥쳐."

으름장을 놓고, 다시 요상하게 생긴 베개를 쳐다보았다. 며칠 동안 뭉갰던 커다란 벨벳 의자에 놓인 베개다.

"그냥 그렇다고. 그렇게 싫다면서 부득부득 전화한 네가 이해가 안 돼서 그래."

정말 입을 닥칠 시점을 모르는군. 이 동네가 진짜 싫다. 테사 엄마네 집에서 반경 20마일 안에 호텔 하나가 없다니!

"왜냐하면."

나는 짜증이 섞인 한숨을 내쉬었다.

"테사는 걔를 싫어하지 않으니까. 테사는 그러면 안 될 때도 그 녀석을 믿었어. 그리고 지금은 테사한테도 친구가 필요해. 나도 없는데."

"난 어때? 아니면 랜던은?"

노아는 음료수 캔을 땄다. 캔이 큰 소리를 내며 터졌다. 캔 하나도 제대로 못 따는 멍청이 같으니라고.

테사가 나한테 한 번 더 기회를 주는 대신 안정적인 관계를 찾아 다시 네 녀석에 돌아갈지도 몰라 걱정돼서 그런다는 말까지는 하고 싶지 않았다. 랜던은, 그러니까, 절대 인정하고 싶지 않지만, 암튼 랜던은 내 친구였으면 했다. 나에게도 친구가 없다. 그러니까, 어쨌든, 랜던이 필요할 수도 있다. 아주 조금.

아니, 아주 많이. 나는 랜던이 빌어먹을 만큼 필요하다. 테사 말고 나한테는 아무도 없다. 이제 테사도 내 사람이라고 말하기 어려운데, 랜던까지 잃을 수는 없다.

"그래도 이해가 안 돼. 그 사람이 테사를 좋아한다면서, 왜 테사 주변에 얼쩡거리게 만드는 거야? 딱 봐도 질투의 화신 타입인데. 그리고 다른 사람의 여자친구 뺏는 데도 일가견이 있잖아."

"하, 하, 하."

어이가 없었다. 나는 창밖으로 눈을 돌렸다. 이 집의 앞면은 넓은 통유리 창으로 되어 있다. 포터 씨네 집은 이 거리에서 제일 컸다. 아마이 동네에서 가장 클 수도 있다. 노아 녀석이 내가 자기를 좋아한다고 착각하는 건 싫었다. 나는 여전히 녀석이 싫다. 이 집에서 지내는 건 단지 테사한테서 멀어지지 않으면서 숨 쉴 공간을 주기 위해서다.

"네가 왜 신경 쓰는데? 왜 나한테 잘해주는 척이야! 네 녀석이 날 경멸하는 거 다 알아. 나도 그렇거든."

노아 녀석을 쳐다보았다. 녀석은 멍청이 같은 카디건을 걸치고, 싸구려 장식이 달린 갈색 구두를 신고 있었다.

"너한테 신경 쓰는 거 아니야. 테사한테 신경 쓰는 거지. 난 그냥 테사가 행복해졌으면 좋겠어. 난 우리한테 일어난 일들을 받아들이는 데 오래 걸렸어. 테사한테 너무 익숙해져 있었거든. 그 관계에 길들여져 있었고, 그게 너무 편했어. 그래서 테사가 왜 다른 사람을 원하게 됐는지 이해가 안 됐어. 그것도 하필 너 같은 사람을. 솔직히 지금도 이해는 안 돼. 근데 그건 인정해. 테사가 널 만나고 나서 정말 많이 변했다는 거. 나쁜 뜻은 아니야. 그건 정말 긍정적인 변화였어."

노아가 미소를 지었다.

"이번 주는 빼고."

녀석은 어떻게 저런 생각을 할 수 있었을까? 테사의 삶에 내가 끼어든 다음부터, 나는 그녀에게 상처를 주고 눈물을 쏟게 만들었을 뿐인데.

"음."

나는 의자에 편하게 앉았다.

"오늘 몫의 친한 척은 이제 그만. 머저리같이 굴지 않아서 고맙다."

자리에서 일어나 부엌으로 갔다. 노아 엄마가 블렌더를 쓰고 있는 소리가 들렸다. 여기에 묵는 동안 재밌는 구경거리 하나를 찾아냈다. 노아 엄마는 내가 같은 공간에 있을 때마다 깜짝 놀라 중얼거리며 목덜미를 마구 문질렀다.

"엄마 성가시게 하지 마. 그랬다간 쫓겨날 줄 알아."

노아가 짓궂게 으름장을 놓는 소리에 웃음이 터질 뻔했다. 테사가 조금만 덜 보고 싶었어도 이 녀석과 좀 더 시시덕거렸을지 모른다.

"너도 장례식 갈 거지? 우리랑 같이 타고 가도 돼. 한 시간 정도 후에 떠날 거야."

노아의 제안에 발걸음을 멈추었다.

어깨를 한 번 으쓱해 보이고는 깁스 가장자리를 잡았다.

"그건 별로 좋은 생각이 아닌 것 같다."

"왜? 비용도 다 내놓고. 너도 어떻게 보면 그분의 친구였잖아. 그러니까 꼭 가야 할 것 같은데."

"그 얘기 좀 그만 해. 그리고 한 번 더 말하는데, 내가 장례식 비용 냈다고 떠벌리면 어떻게 되는지 알지?"

위협조로 말했다.

노아가 멍청한 푸른 눈으로 나를 째려보았다. 나는 노아 엄마를 괴롭히러 부엌으로 들어갔다. 제드가 테사와 한집에 있다는 생각을 떨쳐 버리려 노력하며. 도대체 나는 무슨 생각이었을까?

33 · 하딘

마지막으로 장례식에 간 게 언제인지 기억나지 않는다. 가만 생각해 보니, 한 번도 장례식에 가본 적이 없었다.

할머니가 돌아가셨을 때도 아무 생각 없이 가보지 않았다. 술 약속과 빠질 수 없는 파티가 있었다. 잘 알지도 못하는 '엄마의 엄마'한테 작별 인사를 하러 갈 어떤 의무감도 없었다. 생각나는 게 딱 한 가지 있긴 했다. 그 사람이 나를 썩 탐탁지 않아 했다는 사실이다. 그 사람은 엄마한테도 그닥 신경 쓰지 않았다. 그런데 내가 왜 딱딱한 의자에 앉아 죽음을 애도하는 척하면서 시간을 써야 하나. 사실 나와 아무 상관도 없잖아?

몇 년이 지난 지금, 나는 작은 교회의 뒷자리에 앉아 있다. 테사 아버지의 죽음을 슬퍼하면서. 테사, 캐롤, 제드, 그리고 절반쯤 채운 문상객들은 죄다 앞자리에 있었다. 나와 웬 할머니 하나만 뒷벽 근처에 앉았다. 할머니는 장례식인지 뭔지도 모르고 앉아 있는 듯했다.

제드가 테사의 옆에 있었고, 다른 쪽 옆에는 테사 엄마가 있었다.

제드에게 전화한 걸 후회하지 않는다…. 음, 후회한다. 오늘 아침 일찍 녀석이 도착한 다음 테사는 마치 꺼져가던 삶의 등불이 다시 살아나기라도 한 것처럼 보였다. 테사는 여전히 나의 테사 같진 않다. 그래도 여기까지 왔네. 저 녀석이 불씨를 살려낸 거라면, 빌어먹을 그러라지.

살면서 빌어먹을 만행을 많이 저질렀다, 아주 많이. 나도 알고, 테사도 알고, 이 교회에 있는 사람들 전부 다 그걸 알 거다. 고맙게도 테사 엄마 덕분이다. 그럼에도 나는 테사를 위해 모든 걸 바로잡을 거다. 과거든 현재든 다른 걸 뜯어고칠 생각은 없다. 오로지 테사에게 한 못할 짓을 바로잡을 거다.

테사한테 못할 짓을 많이 했다…. 테사는 나를 치유해줄 수 없다고 했다…, 앞으로도 그럴 수 없을 거라고도 했다. 내 상처들은 테사 때문이 아니다. 나는 테사로 인해 치유 받았다. 테사가 나를 치유하는 동안 나는 그녀의 아름다운 영혼을 산산조각 내버렸다. 내 두 손으로 그녀를, 그녀의 빛나는 영혼을 박살냈다. 이기적인 내가 억지로 붙어 있으면서 벌어진 일이다. 이중에 가장 빌어먹을 부분은 이거다. 내가 얼마나 테사에게 상처를 줬는지, 반짝이던 그녀를 얼마나 희미하게 만들었는지조차 보려고 하지 않았다는 거다. 아니, 나는 알고 있었다. 모두 알

239

고 있었다. 그건 중요하지 않았다. 중요한 건 결국 내가 그 사실을 받아들였다는 거다. 처음이자 마지막으로 테사가 나를 거부했을 때, 그제야 깨달았다. 커다란 트럭에 치인 것 같았다. 아무리 움직이려고 해도 꼼짝도 할 수 없었다.

테사 아버지의 죽음으로 비소로 깨달았다. 테사를 내게서 떼어놓는 게 최선이라 생각했던 내 계획이 얼마나 어리석었는지를. 이렇게 엉망진창이 될 줄 알았다면, 그게 얼마나 멍청한 생각이었는지 알았을 거다. 테사는 나를 원했다. 테사는 분에 넘칠 만큼 나를 항상 사랑해줬다. 그런데 나는 그걸 어떻게 갚았나? 나는 테사가 나가떨어질 때까지 그녀를 밀어내고 또 밀어냈다. 이제 테사는 나를 원하지 않는다. 그러니까 내가 반드시 찾아내야 한다. 테사가 나를 얼마나 사랑하는지 일깨워줄 방법을.

지금 내 꼴은 말이 아니다. 구석에 앉아 제드가 테사 어깨에 팔을 두르고 당기는 모습을 훔쳐보고 있다. 눈을 뗄 수도 없다. 그들에게 시선이 고정돼버린 것만 같다. 아마 스스로에게 벌을 내리고 있는가 보다. 테사는 녀석에게 기대고, 녀석은 테사의 귀에 뭔가를 속삭이고 있다. 녀석은 사려 깊은 표정을 짓고 있다. 그걸로 테사가 진정되는 모양이다. 테사는 한숨을 내쉬더니 고개를 끄덕거렸다. 녀석이 테사를 향해 미소를 지어 보인다.

그 순간 누군가 내 곁으로 다가왔다. 잠깐 동안의 셀프 고문이 멈췄다.

"아슬아슬하게 왔다…. 하던, 넌 왜 이 구석에 처박혀 있어?"

랜던이었다. 나의 아버지…, 켄이 랜던 옆에 앉았다. 카렌은 교회 단상 앞 테사 쪽으로 혼자 걸어가고 있었다.

"너도 앞으로 가지 그래. 저 앞쪽 자리는 테사가 반기는 사람들만 앉을 수 있거든."

앞줄 사람들을 쭉 훑어보며 랜던에게 투덜거렸다. 거기에는 캐롤과 노아가 있고, 나는 없다.

나는 테사를 사랑한다. 하지만 제드에게 위로를 받고 있는 테사에게 다가갈 엄두가 나지 않았다. 녀석은 테사를 모른다. 테사 옆에 앉을 자격이 없다.

"그만 해. 테사가 너도 반길 거야."

랜던이 말했다.

"테사 아버지 장례식이잖아, 그것만 기억하라고."

아버지, 젠장, 아니, 켄의 시선이 느껴졌다.

켄은 이제 내 아버지가 아니다. 지난주부터. 그런데 이제야 켄이 내 앞에 있다. 마치 처음 다시 만났을 때 같은 기분이다. 당장 켄에게 말해야 한다. 당신의 오랜 의심이 맞았노라 이야기해줘야 한다. 엄마와 반스 사이의 진실을 알게 해야 한다. 여기서 당장. 그래서 켄도 내가 그랬던 것처럼 깊은 절망감을 맛봐야 한다. 내가 절망했나? 확실히는 모르겠다. 나는 화가 났었다. 그리고 여전히 화가 나 있다. 내가 아는 한 그랬다.

"기분은 좀 어떠니, 아들?"

켄의 팔이 랜던을 지나쳐 내 어깨에 와 닿았다.

'말하라고. 당장 말해야 해.'

"괜찮아요."

나는 어깨를 한 번 으쓱했다. 도대체 왜 입과 머리가 따로 노는지 알수가 없다. 그냥 말하면 되는데. 입버릇처럼 얘기하지 않았나, 나 혼자 죽을 순 없다고. 난 지금 죽을 만큼 비참한데.

"이런 일이 일어나서 유감이다. 내가 무척 미안하구나. 그 시설에 더 자주 전화를 했어야 했는데. 내가 그 사람을 잘 챙기겠다고 약속했잖니, 하던. 근데 그 사람이 제발로 나올 줄은 몰랐다. 미안하다."

켄의 눈동자에 고인 실망감이 내 입을 다물게 했다. 나와 함께 저주받은 대환장 파티로 끌고 갔어야 했는데.

"너한테 늘 잘못하는 것 같아서 정말 미안하다."

켄과 눈이 마주치자 나는 고개를 끄덕였다. 이 시점에서 켄에게 그 사실을 알릴 필요는 없다는 생각이 들었다. 지금 당장은 아니다.

"잘못 한 거 없어요."

나는 조용히 말했다.

테사의 시선이 나를 향해 있는 것 같았다. 떨어져 있지만 마치 내 주의를 끌려는 것처럼 보였다. 제드의 팔은 더 이상 테사의 어깨를 감싸고 있지 않았다. 테사는 나를 보고 있다. 내가 그렇듯이. 나는 나무 의자를 꽉 움켜쥐었다. 교회를 가로질러 테사에게 달려가고 싶은 충동을 억눌러야 했다.

"어찌 됐든, 미안하구나."

켄의 갈색 눈동자가 반짝이고 있었다, 꼭 랜던처럼.

"괜찮아요."

나를 바라보는 회색 눈동자에서 시선을 떼지 않고 중얼거렸다.

"어서 가봐, 테사한테는 네가 필요해."

랜던이 옆에서 부추겼다.

랜던의 말을 들으며 기다리고 있었다. 어떤, 아주 작은 감정의 사인 같은 걸 그녀에게서 받게 되기를. 내가 필요하다는 사인, 그러면 나는 단숨에 그녀 곁으로 달려갈 거다.

목사가 강단을 향해 가자 테사는 아무런 신호도 없이 몸을 돌렸다. 마치 나를 보고 있지도 않았던 것처럼.

카렌이 제드를 향해 미소 지었다. 제드는 얼른 자리를 비켰고, 카렌은 테사 옆에 앉았다. 나는 그 모습을 망연자실하게 바라보고 있을 뿐이었다.

34 · 테사

마음에도 없는 미소를 셀 수 없이 지었다. 장례식에 참석한 얼굴도 모르는 조문객들에게 감사 인사를 해야 했으니까. 장례식은 금방 끝났다. 이 교회는 약물 중독자의 죽음에 애도할 마음이 별로 없는 듯했다. 어색한 애도사와 틀에 박힌 칭찬 몇 마디가 오갔고, 그게 다였다.

겨우 몇 사람만이 진심을 담은 애도의 말을 건넸다. 한 번만 더 아빠가 훌륭한 사람이었다는 말을 들었더라면 비명을 질렀을지도 모른다. 교회 한복판, 시시비비 가리기를 좋아하는 엄마 친구들 앞에서 말이다. 여기 모인 사람들의 대부분은 리차드 영이라는 사람을 만난 적도 없다. 근데 왜 온 걸까? 왜 엄마는 그들이 아빠 얘기만 꺼내면 말도 안 되는 거짓말을 해대는 걸까?

아빠가 정말로 좋은 사람이기 때문은 아닌 것 같다. 나조차도 그가 어떤 사람인지 판단을 내릴 만큼 잘 알지 못했다. 하지만 이 사실만은 확실하다. 아빠는 내가 어렸을 때 나와 엄마를 버리고 떠났다. 그리고 몇 달 전 아주 우연히 내 삶에 다시 들어왔다. 하딘과 그 타투 숍에 가지 않았더라면, 아빠를 다시 만날 기회는 영영 없었을 거다.

아빠는 내 삶 속으로 들어오거나 얽히고 싶어 하지 않았다. 그는 누구의 남편이거나 누구의 아버지가 되고 싶어 하지도 않았다. 단지 자기가 살고 싶은 대로 살길 원했다. 그래서 아빠는 아웃사이더를 자처하며 혼자 남는 걸 택했다. 거기까지는 그럴 수 있다. 하지만 이해되지 않는 게 있다. 고작 약물 중독자로 살고 싶어서 가장으로서의 책임을 버리고 도망간 사람이다. 그가 약을 한다고 하딘이 말했을 때 들었던 기분이 지금도 뚜렷하게 기억난다. 그 말을 믿을 수가 없었다. 나는 왜 그를 약물 중독자가 아닌 알코올 중독자라고 생각했을까? 아마 감당이 안 되었던가 보다. 아빠가 나아질 수 있게 내가 노력하겠다는 생각을 했던 것도 같다. 이제야 서서히 깨닫고 있다. 하딘이 입버릇처럼 말했던 대로 나는 너무 순진하다. 순진하다 못해 바보 같다. 어떻게든 사람의 좋은 면을 찾아내려고 애쓰지만, 결국 그들은 늘 내가 틀렸다는 걸 증명해줬다. 나는 항상 틀렸다. 이제 그러는 것도 신물이 난다.

"이 자리가 정리되면 몇몇 분들이 집으로 오시겠다는구나. 얼른 집에 가서 준비를 좀 도와줬으면 좋겠다."

마지막 조문객을 포옹한 뒤 엄마가 말했다.

"어떤 분들이요? 그들이 아빠를 알기나 한대요?"

엄마에게 쏘아붙였다. 곱지 않은 말투를 숨길 수가 없었다. 엄마가 얼굴을 찡그렸다. 조금 미안한 기분이 들었다. 엄마는 혹시라도 엄마의 '친구들'이 내 얘기를 들었을까 주변을 두리번거렸다. 그나마 들었던 미안한 마음도 이내 사라졌다.

"물론, 테레사. 몇 분들은 아신다."

"저도 가서 도울게요."

밖으로 나오면서 카렌이 끼어들었다.

"괜찮으시다면 말이죠."

카렌이 미소 지었다. 카렌이 있어서 그나마 천만다행이다. 카렌은 항상 다정하고 사려 깊다. 심지어 엄마까지 카렌을 좋아하는 것처럼 보였다.

"그래 주시면 정말 감사하죠."

엄마는 카렌을 향해 미소를 지었다. 그리고 교회 마당에 있는 낯선 무리 중 한 명에게 손을 흔들며 걸어갔다.

"나도 가도 될까? 안 된다고 해도 이해할게. 하딘이 여기 있다는 건 아는데. 애초에 나한테 연락한 게 하딘이니까…."

제드가 말했다.

"그럼, 당연하지. 여기까지 왔는데."

제드의 입에서 하딘이 언급되자 자연스레 주차장을 살폈다. 아무리 둘러봐도 눈에 들어오는 건 랜던과 켄 씨가 그들 차에 타는 장면뿐이었다. 적어도 내게는 하딘이 보이지 않았다. 아까도 켄 씨와 랜던에게 인사를 하고 싶었는데 두 사람이 하딘과 같이 앉아 있었다. 그들을 하딘에게서 억지로 떼어내고 싶진 않았다.

장례식 내내 마음을 졸였다. 혹시라도 하딘이 사람들 앞에서 크리스찬 반스와의 일을 켄 씨한테 말해버릴까 봐 말이다. 하딘은 분명 기분이 언짢았을 테니, 다른 사람의 기분도 나쁘게 만들고 싶었을 거다. 하딘이 그 정도 사리 분별은 할 줄 알길 간절히 바랐다. 상처투성이 진실을 까발릴 적절한 때를 기다릴 줄 아는 분별 말이다. 하딘이 실은 예의 바르다는 걸 나는 안다. 깊이 들여다보면 하딘은 나쁜 인간이 아니다. 그냥 나한테만 나쁘게 구는 거다.

제드를 향해 몸을 돌렸다.

"집까지 걸어갈래? 그렇게 멀지는 않아. 기껏해야 20분 정도 걸릴 거야."

제드가 동의했다. 엄마가 나를 좁아터진 차에 쑤셔 넣기 전에 얼른 자리를 떴다. 엄마랑 같이 있을 생각을 하니 견딜 수가 없었다. 엄마를 점점 더 참을 수가 없다. 버릇없게 굴고 싶지 않았지만, 좌절감이 커지는 건 어쩔 수가 없었다. 엄마가 완벽하게 세팅된 머리를 만지는 횟수와 내 참을성은 반비례했다.

걷기 시작하고 10분이 지나서야 제드는 침묵을 깼다.

"얘기하고 싶은 게 있음 뭐든 해도 돼."

"잘 모르겠어. 아마 무슨 말을 해도 말이 안 될 거야."

나는 고개를 가로저었다. 지난 주 내가 얼마나 미쳐 날뛰었는지 제드까지 알게 하고 싶지는 않았다. 제드는 하딘과 나의 관계에 대해서 한마디도 묻지 않았다. 그 점만은 감사하게 생각한다. 하딘에 관한 얘기라면 손톱만큼도 화제에 올리고 싶지 않다.

"괜찮으니까 해봐."

제드가 따뜻하게 웃으며 북돋아주었다.

"나 화났어."

"속상해서 화난 거야, 아니면 진짜 화가 난 거야?"

제드가 짓궂게 말하며 어깨로 내 어깨를 툭 쳤다.

"둘 다."

나는 억지로라도 웃어 보이려 애를 썼다.

"속상해서 화난 게 더 크지만. 아빠가 돌아가셨는데 화가 난다면 잘못된 건가?"

이런 말을 하는 것도 싫다. 잘못이라는 거 알지만, 맞는 것 같았다. 아무 느낌도 없는 것보다는 화라도 나는 게 낫다. 화가 나니 다른 생각을 할수 있었다. 다른 생각을 할 수 있게 되길 얼마나 절박하게 원했었는지.

"그런 생각이 드는 건 잘못된 게 아니야. 근데 계속 그러면 잘못된 걸수도 있고. 네가 아버지한테 화를 내는 건 좀 아닌 거 같아. 그분은 당신이 하면서도 무슨 짓을 하고 있는지 모르셨을 테니까."

제드가 나를 내려다보았다. 나는 시선을 피했다.

"아빠는 알고 계셨어. 아파트로 약을 가져왔을 때. 그래, 물론 당신이죽게 될 줄은 모르셨겠지. 하지만 그 가능성을 전혀 모르진 않았을 거야. 그런데도 오로지 관심은 약에 취하는 것뿐이었어. 아빠는 당신 자신하고 약에 취하는 것 말고는 그 누구도 생각하지 않았던 거야."

말을 내뱉은 뒤의 죄책감은 삼켜버렸다. 나는 아빠를 사랑했다. 그래도 솔직하고 싶었다. 나도 내 감정을 토해내야 했다.

제드가 인상을 찌푸렸다.

"잘 모르겠어, 테사. 그래도 돌아가신 누군가에게, 특히 부모님께 화내는 건 아닌 거 같아."

"아빠는 나를 양육하지도 않았고, 내 인생에서 아무 역할도 안 하셨어. 내가 아주 어렸을 때 나를 버리고 떠나셨다고."

제드가 이 사실을 알고 있었나? 확실히는 모르겠다. 하딘한테 이런 얘기를 하는 데 너무 익숙해져 있었다. 하딘만이 나의 모든 걸 알고 있다. 가끔은 다른 사람들에게 내 속내를 잘 드러내지 않았다는 사실을 잊어버리곤 한다.

"아버지가 떠나신 건, 그게 너하고 네 어머니한테 더 낫다고 생각하셔서 그런 거 아닐까?"

제드가 어떻게든 나를 위로하려고 애썼다. 하지만 소용없었다. 오히려 나는 소리를 지르고 싶어졌다. 이 사람 저 사람이 이런 식으로 똑같이 그를 변호하는 데 질렸다. 그들은 그게 나한테 좋은 거라 지껄여댔다. 그러고는 아빠를 감싸기 급급했다. 나를 떠난 건 그인데, 책임을 저버린 게 마치 나를 위한 것인 양 행동하다니. 정말 이기적인 사람이다. 아내와 딸을 헌신짝처럼 버리고 떠난 사람이다.

"모르겠어."

나는 한숨을 내쉬었다.

"이 얘기는 더 이상 하지 말자."

우리는 입을 다물었다. 엄마네 집에 도착할 때까지 아무 말도 하지 않았다. 엄마가 왜 이렇게 늦게 왔냐며 잔소리를 해댔다. 입술을 깨물고 짜증을 참았다.

"다행히도 카렌이 도와주고 계신다."

곁을 지나쳐 부엌으로 들어가는 내게 엄마가 말했다.

제드는 엉거주춤 서 있었다. 뭘 해야 할지 모르는 눈치였다. 엄마가 잽싸게 제드의 손에 크래커 박스를 쥐어줬다. 엄마는 박스 위를 뜯고 말없이 빈 접시들을 가리켰다. 켄 씨와 랜던은 이미 채소를 자르고, 엄마가 제일 아끼는 접시들에 과일을 가지런히 담고 있었다. 그 접시는 엄마가 있어 보이고 싶을 때만 꺼내 쓰는 것들이다.

"네, 다행이네요."

나는 들릴 듯 말듯 중얼거렸다. 쌀쌀한 봄기운이 열을 식혀줄 줄 알았지만 오산이었다. 부엌은 좁고 답답했다. 게다가 한껏 차려입은 사람들이 뭐라도 캐내려는 듯 잔뜩 모여 있다.

"바람 좀 쐬고 올게. 금세 올 거니까 그냥 있어."

제드에게 살짝 말했다. 엄마는 뭐가 바쁜지 허겁지겁 복도를 내달렸다. 내내 나를 위로해주려던 제드에게는 고마웠다. 하지만 앞으로 제드에게 아빠 얘기는 꺼내지 않을 거다. 정신이 들고 나면 달리 보이겠지만 지금 당장은 혼자이고 싶다.

뒷문이 삐걱 소리를 내며 열렸다. 나도 모르게 욕이 나왔다. 부디 엄마가 뒷마당으로 쫓아 나와 나를 끌고 집으로 들어가지 않기를. 진흙 범벅이던 온실 바닥에 햇빛이 들었나 보다. 아직도 절반쯤은 진흙이겠지만, 혼자 서 있을 만한 마른 바닥 정도는 찾을 수 있었다. 엄마가 사준 새 하이힐을 더럽히고 싶진 않았다. 분수에 넘치는 이런 신발을 왜 사준 건지.

뭔가 움직이는 게 눈에 들어왔다. 덜컥 겁이 났다. 하딘이 선반 뒤에서 모습을 드러냈다. 그의 눈동자는 맑았고, 창백한 피부 아래 진한 다크서클이 도드라졌다. 검게 그을려 윤이 나던 평소의 피부는 찾아볼 수 없었다. 상처 받고 겁에 질린 듯한 창백한 얼굴이 있었다.

"미안, 네가 여기 있는 줄 몰랐어."

얼른 사과를 하고 뒤로 물러섰다.

"내가 나갈게."

"아냐, 괜찮아. 원래 여긴 네가 숨던 곳이었잖아."

하딘이 나를 보며 희미하게 웃었다. 아주 흐릿했지만 하루 종일 봤던 거짓 미소들보다는 훨씬 진짜 같이 보였다.

"맞아, 하지만 집에 들어가 봐야 해."

내가 문 손잡이를 잡자 하딘이 열지 못하게 내 팔을 잡았다. 그의 손이 닿자마자 나는 얼른 뿌리쳤다. 내 거절에 하딘이 거칠게 숨을 들이마셨다. 그러다 금세 진정하고 문 손잡이를 움켜쥐었다. 나는 꼼짝도 할 수 없었다.

"다시 가봐야 하는데, 왜 나온 거야?"

하딘이 부드럽게 다그쳤다.

"난 그냥…."

말이 잘 나오지 않았다. 제드와 대화를 나눈 뒤 누구와도 대화하고 싶은 마음이 없어졌다. 아빠의 죽음에 대한 내 끔찍한 생각에 대해서 말이다.

"아무 것도 아니야."

"테사, 얘기해봐."

내가 거짓말을 하고 있다는 것쯤은 뻔히 알 만큼 하딘은 나를 잘 안다. 하딘은 사실대로 털어놓기 전까지 이 온실에 나를 잡아둘 거다.

'그를 믿어도 될까?'

하딘을 쳐다보았다. 그가 입고 있는 낯선 드레스 셔츠에 눈길이 갔다. 장례식 때문에 셔츠를 새로 산 게 분명했다. 하딘이 가진 몇 벌 없는 셔츠는 전부 내가 알고 있다. 노아의 옷은 하딘에게 맞지 않을 거고. 하딘은 이런 옷을 싫어하는데….

검정색 셔츠는 깁스한 손 위로 접혀 있었다.

"테사."

하딘의 재촉에 갈등이 일었다. 셔츠의 첫 단추는 열려 있었고, 칼라는 접힌 채였다.

나는 하딘에게서 한 발짝 물러섰다.

"우린 이러면 안 될 것 같아."

"뭐가? 이야기하는 거? 난 그냥 네가 말 못하고 숨기고 있는 게 뭔지 알고 싶어."

간단하지만 참으로 부담스러운 요구다. 나는 모든 걸 숨기고 있으니까. 일일이 열거하기도 어려울 만큼 많은 걸. 그중 가장 중요한 게 하딘, 너라는 것도. 그에게 내 감정을 털어놓고 싶었다. 하지만 그랬다가는 다시 우리의 패턴으로 돌아가게 될 거다. 더 이상 그런 게임은 하고 싶지 않다. 다음 라운드를 시작할 힘이, 이제는 없다. 하딘이 이겼고, 나는 그걸 받아들이는 중이다.

"우리 둘 다 알잖아. 네가 털어놓기 전에는 이 온실에서 꼼짝 못 한다는 거. 그러니까 괜히 에너지 낭비하지 말고 얼른 얘기해봐."

하딘은 농담조로 말했지만, 그의 눈 속에 숨어 있는 절박함을 알아차릴 수 있었다.

"나, 화났어."

나는 결국 털어놓았다. 하딘은 격하게 고개를 끄덕였다.

"당연히 그렇겠지."

"진짜 화났다고, 완전 뚜껑이 열릴 지경이야."

"그게 맞아."

나는 하딘을 쳐다보았다.

"그러는 게 맞다고?"

"맙소사, 당연히 그렇지. 나도 뚜껑이 열렸는데."

'내가 무슨 말을 하려는지 전혀 이해를 못 하는구나.'

"난 아빠 때문에 화가 나 죽겠다는 거야, 하딘. 아빠한테 너무너무 화
가 나."

나는 논점을 분명히 했다. 그리고 하딘의 반응을 기다렸다.

"나도 그래."

"너도?"

"젠장, 당연하잖아. 너도 그러는게 당연하고. 그 인간한테 열받을 권
리가 있어, 너는. 그가 죽었든 아니든 말이야."

하딘은 너무나 심각한 표정으로 열변을 토했다. 그 모습에 나는 웃
음이 픽 새어나왔다.

"그러니까 네 말은, 아빠가 자살한 게 너무 화가 나서 내가 슬프지도
않다는 게 맞는 감정이라는 거지?"

나는 아랫입술을 깨물었다.

"아빠가 한 짓이 그거잖아. 그건 자살이나 마찬가지라고. 아빠는 그
게 다른 사람들한테 어떤 영향을 미칠지 전혀 생각하지 않았어. 정말
이기적으로 들리겠지만, 내 생각은 그래."

나는 바닥으로 시선을 떨어뜨렸다. 진심을 털어놓고 나니 어쩐지 수
치스러웠다. 그럼에도 기분은 훨씬 좋아졌다. 내가 뱉은 말이 온실 안에

만 머물기를 바랐다. 아빠가 어디에 있든 내 얘기는 못 들었기를 바랐다.

하딘은 내 턱을 잡고 고개를 들어올렸다.

"이봐."

하딘의 터치에도 나는 움찔하지 않았다. 하지만 손을 치우자 안심이 되었다.

"그런 기분 든다고 수치스러워 하지 마. 리차드가 자살한 건 사실이 잖아. 그리고 그건 그 사람 잘못이지, 누구의 잘못도 아니야. 그가 네 삶에 등장했을 때 네가 얼마나 기뻐했는지 내 두 눈으로 똑똑히 봤어. 근데 그 사람은 쾌락에 자신을 던져버린 머저리라고."

말투는 거칠었지만, 이거야 말로 지금 내가 가장 듣고 싶었던 말이다.

하딘이 조용히 말했다.

"그래도 이런 말은 나한테만 하는 거야, 알았지?"

하딘은 눈을 감고 천천히 그의 머리를 앞뒤로 흔들었다.

우리 관계는 지금의 이 대화와는 별개다. 선을 그을 필요가 있다.

"그런 기분이 들었다는 게 마음이 상하더라. 아빠를 경멸하고 싶지 는 않았거든."

"엿이나 먹으라 그래."

하딘은 깁스한 손을 공중에서 휘둘렀다.

"네가 느낀 대로 그냥 받아들여도 돼. 누구도 그걸 가지고 왈가왈부 할 수 없어."

"사람들이 다 그렇게 생각했으면 좋겠어."

나는 한숨을 내쉬었다. 하딘한테 하소연하는 게 건강한 해소 방법은 아닐지도 모른다. 그렇지만 나는 이곳에서나마 전부 털어내고 가볍게 일어서야 한다. 하딘은 나를 정말로 이해해주는 유일한 사람이니까.

"진심이야, 테사. 시답잖은 속물들이 네 감정에 대해 지껄이게 놔두지 마."

그게 말처럼 간단했으면 좋겠다. 나도 하딘 같았으면 좋겠다. 그래서 다른 사람들이 나에 대해서 어떻게 생각하든, 뭐라고 하든 신경 쓰지 않았으면 좋겠다. 그런데 난 그게 안 된다. 애초에 나는 그런 사람으로 만들어지지 않았다. 그러지 않아도 될 때조차 나는 다른 사람들을 생각한다. 그런 내 성격이 나를 무너지지 않게 지탱해줬으면 좋겠다. 배려심이 많은 건 분명 좋은 점이다. 하지만 그 배려심이 자주 나에게 상처를 준다.

하딘과 온실에 함께 있었던 건 아주 잠깐이었다. 그런데도 치밀었던 화가 거의 다 가라앉았다. 어떤 감정이 이 분노를 대신한 건지는 잘 모르겠다. 하지만 분명한 건 타오를 듯한 분노가 사그라들었다는 거다. 남아 있는 건 묵직한 고통뿐. 아마도 이건 한동안 가져가야겠지.

"테레사!"

엄마 목소리가 뒷마당에 쩌렁쩌렁 울렸다. 하딘과 나는 동시에 흠칫 놀라 몸을 움츠렸다.

"난 누가 뭐라 그러든 상관 안 해. 너네 엄마라도 마찬가지야. 알지?"

하딘은 내 눈치를 살폈고, 나는 고개를 끄덕였다. 하딘이 함부로 행동하지 않을 거라는 건 안다. 그래도 한편으로는 하딘을 저 시끄러운 여자들 틈에 풀어놓고 싶었다. 여기 있을 이유가 전혀 없는 여자들이다.

"알아."

나는 다시 한 번 고개를 끄덕였다.

"이런 식으로 감정 풀이를 해서 미안해. 난 그냥….."

스크린 도어가 열리고 엄마가 온실로 들어왔다.

"테레사, 들어와 주겠니?"

엄마의 목소리는 고압적이었다. 엄마는 나한테 화가 났다는 걸 최대한 감추고 있었다. 그래도 표정은 숨기질 못했다.

하딘은 성난 엄마의 얼굴 보고 다시 나를 쳐다보았다. 그러더니 엄마와 나를 지나쳐 갔다.

"막 가려던 참이에요."

몇 달 전 기숙사 방에서 엄마가 하딘을 발견했을 때가 기억났다. 엄마는 펄펄 뛰며 화를 냈고, 내가 노아와 나가자 하딘은 얼빠진 표정이 되었었다. 그때가 아주 오래 전인 것만 같다. 그때만 해도 앞으로 어떤 일이 일어날지 전혀 알지 못했다. 사실 그건 우리 모두 마찬가지였다.

"근데 넌 뭘 하고 있었던 거니?"

엄마를 따라 마당을 가로질러 현관으로 가는 중이었다.

내가 뭘 했든 엄마가 상관할 바 아니다. 엄마는 내 감정을 절대 이해 못 한다. 그리고 나도 내 마음을 다 드러낼 만큼 엄마를 신뢰하지 않는다. 사흘이나 하딘을 피해놓고, 왜 또 하딘과 이야기를 했는지 엄마는 죽었다 깨어나도 이해 못 할 거다. 애초부터 엄마는 나라는 사람을 이해하지 못하기 때문이다.

나는 가만히 입을 다물었다. 근데 하딘은 온실에 숨어서 대체 뭘 한 거지? 물어볼 기회가 있었으면 좋겠다.

"하딘, 부탁이야. 이제 준비해야 한단 말이야."

테사가 내 가슴에 기대어 칭얼거렸다. 어느 날의 일이다. 테사는 벗은 채로 내 위에 누워 있었다. 정신이 혼미해진다.

"소용없어. 진짜 가고 싶으면, 지금 당장 일어나야 할 걸."

입술을 테사의 귓바퀴에 대고 힘을 주었다. 테사는 온몸을 배배 꼬았다.

"설마 지금 내 페니스에 몸을 비비는 건 아니지?"

테사는 키득거리며 내 몸을 타고 미끄러져 내려왔다. 발기한 페니스를 자극하려는 듯.

"네가 먼저 시작한 거다."

나는 볼멘소리를 하며 테사의 풍만한 엉덩이를 움켜쥐었다.

"너 오늘 수업 못 들어가."

손가락을 미끄러뜨려 테사의 몸 안으로 집어넣었다. 테사는 숨이 막히는 듯 헐떡거렸다.

젠장, 테사는 너무 조이면서 따뜻하다. 손가락도 이런데, 페니스는 그 느낌이 엄청나다.

테사가 몸을 세워 내 페니스를 잡고 천천히 움직였다. 나는 엄지로 그녀에게서 흘러나온 애액을 문질렀다. 테사는 더 해달라며 신음했다. 나는 짓궂게 웃었다.

"뭘 더 해달라고?"

내가 던진 미끼를 물길 바랐다. 다음 단계가 뭔지 뻔히 알면서도 말이다. 그녀가 직접 얘기하는 걸 듣는 게 너무 좋았다.

테사의 입을 통해 나오는 그녀의 욕망은 더욱 진짜 같았다. 그녀가 신음하고 흐느끼는 게 내 욕정이나 내 만족보다 더 좋았다. 그 몸짓과 소리는 나를 향한 믿음의 다른 형태다. 테사의 몸짓은 내게 있어 사랑의 징표였고, 그 사랑의 약속만이 나를, 내 몸을, 내 영혼을 채워주었다.

사랑을 나눌 때면 늘 나는 정신이 혼미해질 만큼 모든 걸 쏟아 부었다. 이번에도 예외는 아니다.

테사의 입에서 듣고 싶은 말이 나오길 재촉했다. 나에게 필요한 그 말.

"말해줘, 테사."

"그냥…, 네 모든 거."

그녀는 내 가슴을 입술로 훑으며 신음했다. 그녀의 한쪽 다리를 들어 내 몸에 두르게 했다. 힘은 더 들지만, 이렇게 하면 훨씬 더 깊이 들어간다. 그리고 그녀를 더 잘 볼 수 있다. 나만이 그녀에게 줄 수 있는 것, 그게 무엇인지 똑똑히 볼 수 있다. 입이 벌어지고, 내 이름을 부르면서 절정에 오르는 그녀의 모습에 한껏 도취되는 거다.

'넌 벌써 내 모든 걸 가졌어.'

이 말을 해줬어야 했는데. 대신 나는 몸을 일으켜 침대 옆 탁자에서 콘돔을 꺼내 재빨리 씌웠다. 그리고 다시 그녀의 다리 사이로 나를 있는 힘껏 밀어 넣었다. 희열에 찬 신음이 나를 절정에 오르게 했다. 잠시 움직임을 멈추고 그녀가 나와 함께 절정에 오를 때까지 기다렸다. 그녀가 나를 얼마나 사랑하는지, 나와 나눈 정사가 얼마나 만족스러운지 속삭여주었다. 나도 똑같은 기분이라고 얘기해주었어야 했는데. 아니, 상상 그 이상으로 좋았다고 얘기했어야 했는데. 그러지 못했다. 그저 콘돔에 모든 걸 비워내며 테사의 이름만 불렀을 뿐.

말해줬어야 하는 게, 말할 수 있었던 게 너무도 많았다. 천국 같은 그 시간이 얼마 남지 않았다는 걸 알았더라면, 분명 얘기해줬을 텐데. 더 아끼고 위해줬을 테지. 이렇게 순식간에 내쳐질 걸 알았더라면 말이다.

"바로 간다는 거야? 테사는 하루 더 있을 거라던데."

노아가 불쑥 끼어드는 바람에 퍼뜩 현실로 돌아왔다. 역시 짜증나는 녀석이다. 녀석은 잠시 나를 빤히 쳐다보았다.

"괜찮냐?"

"그럼."

머릿속에서 무슨 일이 벌어지고 있었는지 녀석에게 말했어야 했는데. 테사와의 달콤했던 추억이 나를 휘감고 있다는 걸, 테사가 내 등을 마구 할퀴는 것 같았다는 걸 말했어야 했는데. 그러나 녀석에게 그런 상상의 나래를 펼치게 하고 싶지 않았다.

녀석은 금빛 눈썹 한쪽을 들어 올리며 말했다.

"그래서 어쩐다고?"

"난 갈 거야. 테사한테 숨 쉴 공간을 줘야 하거든."

어쩌다 이런 빌어먹을 상황이 된 건지 이해가 안 간다. 내가 멍청한 놈이라 그렇다. 멍청함이 하늘을 찌른다. 그래도 두 아버지와 엄마만 하겠나. 확실한 건 그들한테서 멍청함을 물려받았다는 사실이다. 한심한 데다, 좋은 건 망가뜨리고야 마는 이 성미마저 그 세 사람에게서 물려받은 게 틀림없다. 전부 그들 탓이다.

탓해도 된다. 하지만 그건 아무 도움도 되지 않는다. 그러니 이제는 아마도 뭔가를 해야 할 것 같다.

"숨 쉴 공간이라고? 네가 그런 말도 아는지 미처 몰랐는데."

노아가 농담이라도 붙여보려 애를 쓰고 있었다. 내가 노려보자 녀석이 뒷말을 이었다.

"혹시 필요한 게 있으면, 뭐든 나한테 연락해도 돼."

녀석은 어색한 듯 널찍한 거실을 두리번거렸다.

자기 엄마보다 몇 배나 어색하게 서성거리는 노아를 뒤로 하고, 나는 가방을 챙겨 집을 나섰다. 짐이라고는 더러워진 옷가지 몇 개랑 휴대전화 충전기밖에 없었다. 비가 추적추적 내리는 밖으로 나오고 나서야 내 차가 어디 있는지 기억났다. 제기랄. 여기 없지.

테사 엄마네 집 쪽으로 걸어내려 갔다. 혹시 켄의 차에 얹혀 갈 수 있을까. 허나 그건 좋은 생각이 아니다. 테사에게 가까이 가면 안 된다. 테사와 내가 같은 하늘 아래 숨 쉬고 있다는 걸 느끼게 되면, 무엇도 우리를 갈라놓을 수 없게 될 게 뻔하기 때문이다.

온실에서 나는 우리 관계의 돌파구를 찾았다. 테사도 마찬가지였던 것 같다. 테사의 미소를 보았다. 자신을 사랑하는 가련한 소년에게 보내는 슬프고도 공허한 미소.

테사는 여전히 내게 미소를 지어줄 만큼의 애정은 가지고 있다. 그것만으로도 나는 세상을 다 얻은 것 같았다. 테사는 내 세상의 전부니까. 혹시 내가 테사에게 숨 쉴 공간을 준다면, 테사가 나한테 자비의 부스러기나마 계속 던져줄지 모른다. 그렇게만 해도 감지덕지다. 미소한 번, 짧은 메시지 한 번이라도. 나한테 접근 금지령만 내리지 않는다면 뭐든지 기꺼이 받아들일 거다. 우리가 함께 소유한 그 무언가를 다시 일깨워줄 수 있을 때까지.

'뭔가를 일깨워 준다고?'

그럴 만한 게 많지는 않을 거다. 사실 그동안 나는 테사에게 제대로 보여준 게 없다. 지금껏 이기적이거나 두려워하는 모습만 보여줬다. 내 내면의 두려움과 자기혐오를 드러내기 바빴다. 그래서 늘 테사의 감정은 관심 밖이었다. 나는 자신과 내 역겨운 습관에만 집중하고 있었다. 테사의 사랑과 신뢰를 당연하다 여기면서, 결국 주제넘게 그것마저 내던져버리고 말았다.

비가 쏟아지고 있다. 상관없다. 비는 늘 나를 괴롭혔지만, 오늘만은 아니다. 오늘 내리는 이 비는 그닥 나쁘지 않다. 나를 씻어주고 있는 거다.

당신은 몰랐겠지만, 나 이런 은유 싫어하지 않는다.

36 · 테사

비가 다시 내리기 시작했다. 제법 빗줄기가 거세다. 창가에 기대어 창밖을 바라보고 있었다. 무수한 생각들이 스쳐 지나갔다. 옛날에는 비 오는 게 좋았다. 어릴 적에는 빗소리에 위안을 얻었다. 십대 시절에도, 성인이 된 다음에도 마찬가지였다. 하지만 지금 내리는 이 비는 오로지 내 안의 고독을 투영할 뿐이다.

집은 모든 게 제자리로 돌아갔다. 랜던의 가족들도 집으로 돌아간 지 오래다. 그들이 떠난 게 기쁜 건지, 혼자 남은 게 슬픈 건지 갈피를 잡지 못하겠다.

"뭐해?"

방문을 노크하는 소리가 들렸다. 그제야 내가 혼자가 아님을 깨달았다.

제드가 여기에서 하룻밤을 묵고 싶다고 했다. 그의 호의를 묵살할 수가 없었다. 나는 침대 헤드보드 쪽에 앉아 제드가 문 열기를 기다렸다. 기다렸는데도 그는 들어오지 않았다.

"들어와."

아마도 나는 누군가 허락 없이 불쑥 들이닥치는 데 익숙해진 모양이다. 그런다 해도 별 상관없었을 텐데….

제드는 방 안으로 들어왔다. 장례식에서 입었던 것과 같은 차림이었다. 셔츠 단추 몇 개가 풀어지고, 젤을 발라 넘긴 머리가 흐트러졌을 뿐. 그 모습이 더 부드럽고 편안해 보였다.

제드는 침대 모서리에 앉았다가 내 쪽으로 옮겨왔다.

"기분은 좀 어때?"

"괜찮아. 어떤 기분이어야 할지 잘 모르겠지만."

나는 솔직히 대답했다. 하지만 제드에게 말할 수 없는 게 있었다. 한 사람이 아닌 두 사람을 잃은 걸 슬퍼하는 중이라는 사실 말이다.

"어디 가고 싶은 데 없어? 영화를 본다든가. 기분 전환용으로."

잠시 생각해보았다. 가고 싶은 곳도, 하고 싶은 것도 없었다. 억지로라도 그래야 했지만. 그저 창가에 서서 추적이는 빗줄기에 취해 있는, 그거면 된다.

"아니면 얘기나 할까? 이런 네 모습을 본 적이 없어서. 너답지 않아서 그래."

제드는 한 손을 내 어깨에 올렸다. 나는 가만히 그에게 기댔다. 아까 그에게 못되게 군 건 내 잘못이다. 제드는 어떻게든 나를 위로해주려고 애쓰는 중이다. 그저 내가 듣고 싶은 것과 정반대로 말해서 그렇지. 그건 제드 잘못이 아니다. 내가 요즘 정신이 나가서 그런 거다. 다 내 잘못이다. 치열한 싸움 끝에 남은 건 오직 공허뿐이다.

"테사?"

제드가 뺨을 만졌다. 정신이 들었다. 민망함에 그를 향해 고개를 가로저었다.

"미안해. 내가 그랬잖아. 제정신이 아닌 것 같다고."

억지로 미소를 지었다. 제드도 억지웃음을 지었다. 그는 나를 걱정하고 있었다. 황갈색으로 빛나는 눈동자와 희미한 미소를 보면 분명 알 수 있다.

"괜찮아. 아직 극복하는 중이잖아. 이리 와봐."

제드는 자기 옆자리를 툭툭 쳤다. 그에게 가까이 다가갔다.

"물어보고 싶은 게 있어."

제드의 구릿빛 뺨이 붉게 물들었다.

나는 고개를 끄덕였다. 뭘 물어보고 싶은 걸까. 먼 길을 마다 않고 달려와줄 만큼 좋은 친구도 드물다.

"그래, 그럼…."

제드가 뜸을 들이더니 숨을 깊이 들이마셨다.

"너하고 하던 사이가 어떻게 된 건지 궁금해."

제드는 아랫입술을 깨물었다. 나는 재빨리 시선을 피했다.

262

"잘 모르겠어. 우리가 왜 그 얘기를 해야 하는지…."

"자세히 알고 싶은 건 아니야. 그냥 궁금했어. 이번엔 진짜 완전히 제대로 끝난 거야?"

꿀꺽 침을 삼켰다. 대답하기 어려웠지만 입을 열었다.

"응, 맞아."

"확실해?"

'뭐라고?'

나는 제드를 향해 고개를 돌렸다.

"그래. 근데 잘 이해가 안…."

제드가 입술을 덮치는 바람에 말이 끊겼다. 그는 두 손으로 내 머리를 붙잡고 내 입술에 혀를 들이밀었다. 너무 놀라 입이 벌어진 틈을 타 제드의 혀가 밀고 들어왔다. 제드는 매트리스에 눕히려는 듯 온몸으로 나를 밀어붙였다.

순식간에 일어난 일이라 혼란스러웠다. 내 몸이 반사적으로 반응하며, 두 손으로 그의 가슴을 밀어냈다. 제드는 잠깐 머뭇거리더니 여전히 입술을 내게 내밀었다.

"지금 뭐 하는 짓이야?"

내가 헐떡거리며 소리치자 제드가 몸을 일으켰다.

"뭐라고?"

제드는 눈을 동그랗게 떴다. 나한테 밀어붙였던 입술이 부어 있었다.

"왜 이런 짓을 하냐고?"

나는 펄쩍 뛰며 자리에서 일어섰다. 그의 행동에 확실하게 선을 그으면서, 동시에 오버하지 않으려 애썼다.

"이런 짓이라니? 키스 말이야?"

"그래!"

제드에게 소리를 지르고 재빨리 내 입을 틀어막았다. 엄마가 들어오는 건 싫으니까.

"하딘이랑 끝났다며! 네가 그랬잖아!"

제드의 언성이 나보다 더 높아졌다. 제드는 나처럼 조심하는 기색은 전혀 보이지 않았다.

'왜 이래도 된다고 생각하지? 왜 나한테 키스한 거야?'

본능적으로 나는 두 팔로 가슴을 감싸 안았다. 내가 스스로를 지키려 애쓰고 있다는 걸 깨달았다.

"그렇다고 너한테 뭘 허락한 건 아니야! 날 위로해주러 온 거 아니야? 친구로서?"

제드가 코웃음을 쳤다.

"친구? 내가 널 어떻게 생각하는지 몰라? 넌 내가 어떤 감정인지 알고 있었잖아!"

제드의 거친 말투를 듣고 당황스러웠다. 제드는 이해심이 많았다. 그런데 뭐가 달라진 걸까?

"제드, 우리가 친구라는 데 너도 동의했잖아. 하딘에 대한 내 감정도 다 알고 있었고."

가슴에서 통증이 이는 걸 최대한 억누르며 담담하게 말했다. 제드의 마음을 상하게 하고 싶진 않았다. 그럼에도 이건 분명 그가 선을 넘은 거다.

제드는 어이없다는 표정을 지었다.

"아니, 걔에 대한 네 감정은 모르겠는데. 왜냐고? 너희 둘은 늘 이랬다저랬다, 우왕좌왕했잖아. 넌 한 주 간격으로 마음이 바뀌었고. 난 늘 기다리고, 기다리고, 또 기다렸다고."

나는 움찔하며 뒤로 물러났다. 제드에게 이런 모습이 있는 줄 몰랐다. 예전의 제드로 돌아왔으면 좋겠다. 내가 믿고 의지했던 제드는 이곳에 없었다.

"그랬다는 거 알아. 근데 그 부분은 내가 벌써 확실하게 선을…."

"나한테 매달릴 땐 그런 메시지는 전혀 없었던 것 같은데."

제드의 말투는 차갑고 딱딱했다. 갑자기 돌변한 그의 모습에 소름이 끼치고 등골이 오싹해졌다. 또 그의 비난에 화가 나기도, 혼란스럽기도 했다.

"난 너한테 매달리지 않았어."

'어떻게 그랬다고 생각할 수가 있어!'

"네가 날 안아줬던 건, 아빠 장례식이었고, 난 그게 위로라고 생각했어. 정말 감사했고. 그렇다고 다른 의미가 있었던 건 아니야. 전혀! 하딘도 거기 있었고. 넌 내가 하딘 앞에서 너랑 애정 행각을 벌였다고 생각한 거야?"

밖에서 수납장 닫는 소리가 났다. 제드는 그제야 목소리를 낮췄다. 다행이다.

"그러면 안 돼? 넌 전에도 하딘이 질투하게 하려고 날 이용했잖아."

제드가 모진 말투로 중얼거렸다.

변명을 하고 싶었지만, 제드 말이 옳았다. 전부는 아니지만 지금 하는 말은 맞다.

"그래, 예전에는 그랬어. 그건 미안해. 정말이야. 전에도 미안하다고 몇 번이나 얘기했잖아. 너한테 정말 고마운데, 우리 이 부분은 확실히 정리했다고 생각했어. 너랑 나랑 친구 관계로 남자는 내 말을 네가 다 이해한 줄 알았어."

제드는 허공에서 두 손을 휘저었다.

"넌 걔한테 휘둘려서 네가 얼마나 빠져 있는지도 모르는구나."

따뜻하기만 했던 제드의 눈빛은 차갑게 식어갔다.

"제드…."

한숨이 나왔다. 이 상황에 제드와 싸우고 싶진 않았다.

"미안해, 정말 미안해. 그래도 지금 네 행동은 정말 부적절한 거야. 우린 친구라고."

"우리 친구 아니야."

제드는 경멸하듯 말했다.

"그땐 너한테 시간이 좀 더 필요하다고 생각했어. 그리고 이번이 내가 널 가질 수 있는 절호의 기회라고 생각했지. 근데 넌 또 나를 밀어냈어, 또!"

"네가 원하는 대로 해줄 수가 없어. 너도 알잖아. 하딘이 내게 너무 큰 걸 남기고 떠났어. 그래서 난 이제 갈 수가 없어. 너한테든, 누구한테든. 난 두려워."

마지막 말을 뱉어내고, 후회했다.

비참한 내 고백을 들은 제드의 눈빛이 섬뜩하게 변했다. 그는 내가 생각했던 착하고 희망적인 콜린스 씨(『오만과 편견』에 나오는 인물 - 옮긴이)가 아니었다. 가식적이고 뻔뻔한 위크햄(『오만과 편견』에 나오는 인물 - 옮긴이)이 거기 서 있었다. 다아시(『오만과 편견』의 남자 주인공)에게 상처 받은 척하며 애정을 구하려고 믿음직스러운 척하는 그런 사람이었던 거다. 진짜 거짓말쟁이는 제드였다.

나는 문 쪽으로 걸음을 옮겼다. 어떻게 이렇게 바보 같을 수 있지? 엘리자베스(『오만과 편견』의 여자 주인공)가 내 어깨를 잡고 정신 차리라 흔드는 것 같았다. 숱한 시간 동안 제드를 의지했는데. 하딘의 걱정은 그저 질투심의 발로라고 여겼는데. 하딘이 다 옳았던 거다.

"테사, 기다려! 미안해!"

등 뒤에서 제드가 나를 불렀다. 하지만 나는 이미 현관문을 열고 퍼붓는 빗속으로 뛰쳐나온 뒤였다. 제드의 목소리가 울려 퍼지는 바람에 엄마까지 눈치챘다.

나는 아랑곳하지 않고 달리고 또 달렸다. 어두운 밤 속으로.

37 · 테사

젖은 길바닥을 철벅거리며 맨발로 달렸다. 포터 씨 댁에 도착할 무렵엔 옷이 흠뻑 젖어 있었다. 시간은 얼마나 지난 걸까? 심지어 지금이 몇 시쯤 됐는지조차 모르겠다. 포터 씨 현관에 불이 켜진 게 눈에 들어오자 그저 감사하기만 했다. 문을 두드리자 안에서 노아 어머니의 목소리가 들렸다. 순간 안도감이 쏟아지는 비처럼 온몸을 휘감았다.

"테사니? 어머나 세상에. 괜찮니?"

어머니는 얼른 나를 안으로 들어오게 했다. 깨끗한 마룻바닥에 물이 뚝뚝 떨어졌다. 잔뜩 몸이 움츠러들었다.

"죄송해요, 그냥, 전…."

흐트러진 곳이라고는 찾아볼 수 없는 넓은 거실을 둘러보았다. 그러자 바로 후회가 밀려들었다.

어쨌든 하딘은 나를 보고 싶어 하지 않을 거다. 난 대체 무슨 생각이었던 걸까? 하딘의 품은 더 이상 내가 달려들 수 있는 곳이 아니다. 내 것이 아니니까. 그는 내가 알았던 사람이 아니다.

나의 하딘은 이미 영국에서 사라졌다. 꿈같던 그곳에서, 나는 그를 잃었다. 전혀 다른 사람이 그 자리를 빼앗았고, 우리를 망쳐버렸다. 나의 하딘은 절대 약 같은 걸 하면서 다른 여자를 건드리는 사람이 아니다. 다른 여자가 그의 옷을 입게 하지도 않는다. 나의 하딘은 친구들 앞에서 나를 조롱하지도, 나를 아무 것도 아닌 짐짝 취급을 하며 미국으로 돌려보내지도 않는다. 이제 나는 그에게 아무 것도 아니다. 모욕적인 기억을 열거할수록 내가 정말 바보 같다는 생각이 들었다. 중요한 건 단 하나, 내가 알던 하딘이 이 모든 사달을 냈다는 점이다. 그것도 몇 번이나 반복해서. 그럼에도 나는 아직도 그를 감싸고 있다.

참으로 한심한 구제 불능이다.

"정말 죄송해요, 포터 부인. 여기 오는 게 아니었는데, 죄송해요."

나는 애원했다.

"제가 여기 왔었다는 말은 아무한테도 하지 말아주세요, 부탁드려요."

말을 마치고 나는 정신줄을 놓은 사람처럼 빗속으로 다시 내달렸다. 미처 포터 부인이 말릴 새도 없이.

달리다 보니, 어느새 우체국 근처였다. 나는 늘 여기를 싫어했다. 벽돌로 지은 아담한 우체국은 동네의 가장 후미진 곳에 있었다. 근처에 다른 집이나 사무실은 하나도 없었다. 어두운 데다 비까지 내리고 있어서 그런지 작은 건물은 나무들과 섞여 분간이 잘 가지 않았다. 어린 시절 나는 항상 이곳을 달려서 지나쳤다.

솟구치던 아드레날린이 바닥난 건지, 맨발로 달렸던 발바닥이 욱신거렸다. 대체 무슨 생각으로 이렇게까지 멀리 온 걸까. 실은 생각이란 걸 하지 않았던 거다.

갑자기 우체국 차양막 아래에서 시커먼 그림자 같은 게 어른거렸다. 겨우 붙잡고 있던 정신줄이 마구 흔들렸다. 나는 뒷걸음질을 쳤다, 천천히. 혹시나 헛것을 본 게 아닐까.

"테사? 여기서 뭐 하는 거야?"

그림자가 말을 한다. 심지어 하던 목소리랑 똑같다.

도망치려고 했지만, 그림자는 나보다 빨랐다. 그림자의 두 팔이 내 허리를 감싸 안았다. 떨쳐버릴 틈도 없이 남자가 나를 가슴팍으로 끌어당겼다. 커다란 손이 내 얼굴을 들어 자기 얼굴을 보게 했다. 비가 쏟아져 시야가 흐려졌다. 간신히 눈을 뜨고 그를 바라보았다.

"이 빗속에 왜 여기까지 나온 거야? 그것도 혼자서?"

몰아치는 비바람을 뚫고 나를 나무라는 하딘의 말소리가 들렸다.

무슨 생각이었는지 잘 모르겠다. 하딘의 충고를 따르고 싶었다. 내가 원하는 대로 느끼도록 말이다. 근데 그게 말처럼 간단하지 않았다. 마음속에 남은 손톱만 한 자존심을 끝까지 버릴 수가 없었다. 뺨에 닿은 하딘의 손길에 안도감을 느꼈다. 하지만 그 안도감에 심취하게 됐다가는 또 다시 무너지고 말 거다.

"대답해봐. 무슨 일 있었어?"

"아니."

거짓말을 했다. 하딘에게서 떨어져 숨을 고르려고 애를 썼다.

"넌 왜 이 시간에 여기 있어? 포터 씨 댁에 있는 줄 알았는데."

포터 부인이 허둥거리며 안절부절못하던 나를 봤다고 얘기한 건가? 생각이 거기까지 미치자 돌아버릴 것 같았다.

"한 시간 전에 거기서 나왔어. 택시 기다리는 중이야. 거지 같은 택시가 20분 전에 왔어야 했는데 아직도 안 와."

하딘의 옷과 머리는 푹 젖었고, 내 살갗에 닿은 그의 손은 떨리고 있었다.

"왜 여기까지 왔는지 말해봐. 옷도 제대로 못 걸치고 맨발이잖아."

하딘은 흥분하지 않으려 애쓰는 모습이 역력했다. 그러나 그의 표정은 숨겨지지 않았다. 그의 초록색 눈동자는 흔들리고 있었다. 어둠 속에서도 요동치는 그의 눈빛을 읽을 수 있었다. 하딘은 알고 있다. 하딘은 늘 모든 걸 알고 있는 것 같다.

"아무 것도 아니야. 별일 없어."

하딘에게서 한 걸음 물러섰다. 하딘은 그런 나를 놔두지 않았다. 내게 더 가까이 다가왔다. 기어이 이유를 듣겠다는 의지였다.

빗속을 뚫고 헤드라이트가 비쳤다. 트럭이 눈에 들어오자 가슴이 두방망이질 치기 시작했다. 떨리는 마음을 간신히 부여잡았다. 역시 내가 아는 그 트럭이었다.

차가 멈추자마자 시동도 끄지 않고 제드가 뛰어내려 내게 돌진해 왔다. 하딘이 나와 제드 사이를 가로막았다. 더 이상 다가오지 말라는 경고였다. 너무도 익숙하지만, 다시는 보고 싶지 않은 장면이 또 펼쳐질 모양이다. 내 인생이 이 굴레에 사로잡혀 있는 것 같았다. 너무도 잔인

한 굴레. 아무리 벗어나려고 발버둥 쳐도 끝없이 반복되고 있다.

빗소리가 요란했지만, 하딘의 말투는 더 크고 단호했다.

"너, 무슨 짓을 한 거야?"

"쟤가 너한테 무슨 소릴 했는데?"

제드가 맞받아쳤다. 하딘이 제드에게 다가갔다.

"전부 다."

거짓말이다. 제드의 얼굴에 드러난 표정을 읽으려 애를 썼다. 헤드라이트가 우리를 비추고 있어 빛을 등진 그의 표정을 읽어내는 건 불가능했다.

"그럼 쟤가 나한테 키스했단 얘기를 들었단 말이야?"

제드가 비아냥거렸다. 그의 말투에는 묘한 만족감과 악의가 섞여 있었다.

제드의 거짓말을 반박하기도 전에 이 혼란 속으로 또 다른 헤드라이트 불빛이 비쳤다.

"뭐 어쨌다고?"

하딘이 소리 질렀다.

하딘은 여전히 제드를 향해 있었다. 택시의 불빛에 제드의 얼굴이 슬쩍 보였다. 그의 얼굴에는 비열한 미소가 번지고 있었다. 어떻게 하딘한테 그런 거짓말을 할 수 있지? 하딘이 이 말을 믿을까? 더 중요한 건, 그러거나 말거나 그게 하딘이랑 무슨 상관이 있을까?

"복수하는 거야?"

하딘은 제드가 대답하기도 전에 먼저 물었다.

"그런 거 아니야!"

제드는 얼굴에 흐르는 빗물을 거칠게 닦아냈다. 하딘은 제드에게 중지를 들어 보였다.

"맞아, 그것 때문이잖아! 내가 그럴 줄 알았어! 네 녀석이 테사 꽁무니를 따라다니는 게 그 여자 때문이라는 거, 진작에 알았어!"

"아니야! 테사를 돌봐주는 것뿐이야! 사만다에게 해줬던 것처럼, 그런데 네놈이 다 망쳤어! 넌 항상 내 일에 끼어들어서 다 망쳐놔야 직성이 풀리지!"

제드가 소리를 질렀다. 하딘은 제드에게 한 걸음 더 다가가며 나에게 말했다.

"가서 택시 타, 테사."

하딘 말을 무시하고, 나는 그 자리에 서 있었다.

'사만다는 누구야?'

어쩐지 귀에 익은 이름이었지만, 누군지 모르겠다.

"테사, 택시 타서 기다려, 부탁이야."

하딘은 이를 악물고 말했다. 인내심이 한계에 다다른 모양이었다. 슬쩍 제드의 표정을 살폈다. 그는 이미 정신이 나간 듯했다.

"제발 싸우지 마, 하딘. 그러지 마."

나는 애걸했다. 싸움질이라면 진절머리가 난다. 끔찍한 장면을 또 보고 있을 자신이 없다. 차갑게 식은 아빠 사체를 목도한 이후엔 더욱.

"테사…"

하딘이 입을 뗐지만, 나는 그의 말을 막았다. 그리고 하딘에게 같이 가자고 애원했다.

"제발 부탁이야. 이번 주는 이미 너무 괴로웠어. 더 이상 못 보겠어.

부탁이야, 하던. 나랑 같이 택시에 타자. 나를 여기서 먼 곳으로 데리고 가줘, 제발."

38 · 하딘

택시에 탄 뒤로 테사는 한마디도 하지 않았다. 나는 아까 들은 말 때문에 받은 열을 식히고 있었다. 테사를 거기서 만나다니. 이 밤에 뭔가에 쫓기듯 달아나고 있었다. 제드한테서 달아나려는 거였겠지. 화가 머리끝까지 치밀었다. 될 대로 되라지. 그냥 뒤집어 엎어버릴까.

아니다, 그러면 안 된다. 이번만은, 이번만은 테사에게 보여줄 거다. 나도 거친 입버릇과 주먹을 자제할 수 있다는 걸. 제드 녀석의 머리통을 바닥에 처박는 대신 나는 테사와 얌전히 택시에 올랐다. 테사가 그걸 알아줬으면 좋겠다. 물론 아주 사소한 일이겠지만, 그래도 우리 관계 회복에 조금이라도 도움이 되길.

테사는 달아나려고 하지 않았다. 테사 엄마네 집으로 가자고 택시 기사에게 말했을 때조차 아무 말도 하지 않았다. 그건 좋은 징조다. 테사의 옷은 흠뻑 젖어서 온몸에 착 달라붙었고, 머리카락은 엉망으로 이마에 붙어 있었다. 테사가 머리카락을 쓸어 넘겼다. 머리가 맘대로 되지 않는지 한숨을 내쉬었다. 테사의 머리카락을 귀 뒤로 넘겨주고픈 마음을 억지로 참았다.

"들어갔다 나올 때까지 여기서 기다려주세요."

택시 기사에게 내가 말했다.

"금방 나올 거예요. 그러니까 가지 말고 여기 계세요."

애초에 늦게 온 건 택시 기사였으니, 당연히 기다려줘야 한다. 불평하는 건 아니다. 택시 기사가 일찍 왔으면, 나는 이 빗속을 헤매는 테사를 만나지도 못했을 테니까.

테사가 문을 열고 마당을 가로질러 걸어갔다. 비가 퍼붓는데도 아랑곳하지 않았다. 몸을 감싸지도, 나에게서 도망가려 하지도 않았다. 택시 기사에게 두 번이나 당부한 다음, 테사의 뒤를 쫓아갔다.

집 앞에 있는 빨간색 트럭을 애써 무시하며 숨을 골랐다. 제드 녀석이 먼저 도착했나 보다. 테사를 데리고 내가 어디로 갈지 뻔히 안다는 듯이. 그럼에도 나는 이성을 잃지 않았다. 테사한테 꼭 보여줘야 한다. 내가 내 감정보다 테사의 기분을 먼저 생각하고 있다는 사실을.

"테레사, 도대체 몇 번이나 이러는 거니? 그래 봤자 소용없다는 거 뻔히 알면서, 헤어나오지 못하고 허우적거리고 있잖니?"

제드는 거실 한가운데 물을 뚝뚝 흘리며 서 있었다. 테사는 괴로운 듯 콧잔등을 쥐고 있었다. 다시 한 번 나는 입을 다물고 있으려 기를 써야 했다.

요구인지 애원인지, 테사가 손을 들어 엄마의 말을 막았다.

"엄마, 부탁인데 그만하세요. 난 아무 짓도 안 할 거예요. 그냥 여길 떠나고 싶어요. 여기 있는 건 아무 도움도 안 돼요. 시애틀로 갈게요. 일도 해야 하고 수업도 들어야 해요."

'시애틀이라고?'

"이 밤에 시애틀로 가겠다고?"

캐롤은 딸을 향해 고함을 질렀다.

"오늘 밤 말고 내일이요. 엄마가 왜 이러시는지 잘 알아요. 근데 난 그저 가까이 있고 싶어요, 내….”

테사가 나를 힐끗 보았다. 회색 눈동자에 불신의 그림자가 확연했다.

“친구 랜던이요. 랜던이랑 같이 있고 싶어요.”

‘아….’

제드가 빌어먹을 주둥이를 놀린다.

“내가 데려다줄게.”

더 이상 가만히 있을 수가 없었다.

“안 돼, 넌.”

아무리 참으려 해도 이건 너무하다. 여기 오자마자 테사 짐을 챙겨서 택시로 데리고 나갔어야 했다. 제드 녀석이 테사를 계속 힐끔거리기 전에.

녀석은 히죽거리고 있었다. 불과 몇 분 전 나에게 날렸던 그 비웃음이다. 약이 바짝 올랐다. 녀석은 나를 도발하려고 기를 쓰는 중이다. 아마 테사와 테사 엄마 앞에서 내가 자기에게 주먹질을 하게 만들려는 속셈인 듯했다. 항상 그랬듯이 녀석은 나와 게임을 하고 싶은 모양이다.

하지만 오늘은 아니다. 녀석의 농락에 놀아나지 않을 거니까.

“테사, 가방 챙겨.”

두 여자의 표정이 붙여넣기 한 듯이 동시에 일그러졌다. 말을 내뱉고 나서야 아차 싶었다.

“아니, 부탁인데 가방을 챙겨줄래?”

굳었던 테사의 표정이 그제야 풀렸다. 테사는 복도를 지나 방으로 들어갔다.

캐롤은 나와 제드를 번갈아 쳐다보다가 입을 열었다.

"대체 무슨 일로 쟤가 이 빗속에 뛰쳐나간 거니? 둘 중에 누구 때문이야?"

캐롤은 잡아먹을 듯이 노려보았지만, 그게 진짜 웃겼다.

"얘요."

제드와 나는 동시에 서로를 가리키며 대답했다. 정말 유치하다.

캐롤은 어이없다는 표정을 지었다. 그리고 딸을 쫓아 복도를 걸어갔다. 나는 제드를 노려보았다.

"이제 넌 좀 가지 그래."

내 말을 캐롤이 들었을 거다. 근데 솔직히 이 시점에서 그런 건 상관없었다.

"내가 가는 걸 테사가 원치 않았어. 걘 좀 혼란스러울 뿐이야. 테사가 나한테 같이 있어 달라고 애원했어."

제드가 말했다. 내가 고개를 가로저었지만, 녀석은 말을 이었다.

"걘 더 이상 널 원치 않아, 하딘. 테사가 누구한테 관심을 두는지 네 녀석도 다 알잖아. 개가 날 어떤 눈길로 쳐다보는지 봤지? 얼마나 나를 원하고 있는지 말이야."

주먹을 불끈 쥐었지만 진정하려고 심호흡을 했다. 테사가 서두르지 않는다면, 다시 돌아왔을 때 온통 피범벅이 된 거실을 보게 될지도 모른다. 이 녀석이 실실 웃고 있는 면상에서 뿜어낸 피로 말이다.

'테사가 저 녀석한테 키스했을 리 없어. 테사는 아니야.'

악몽의 한 장면이 눈앞에 펼쳐졌다. 한계점에 한 걸음 더 다가가는 느낌이었다. 녀석의 두 손이 불룩한 테사의 배 위에 있었다. 테사는 녀석의 벗은 등에 손을 올리고 있었다. 녀석이 다른 애들의 여자친구와

뒤엉켜 있었던 그 모습처럼….

'테사는 아냐. 테사는 녀석에게 키스하지 않았어.'

"그래 봤자 소용없어."

나는 녀석을 노려보며 간신히 말을 뱉었다.

"아무리 도발해봐야 소용없어. 테사 앞에서 너한테 주먹질하는 일은 없을 테니까."

제기랄, 녀석의 머리통을 쪼개 쏟아진 뇌수를 봤으면 좋겠다. 이건 완전한 살의다.

녀석은 소파 팔걸이에 걸터앉아 실실 웃었다.

"널 그렇게 만드는 건 나한텐 껌이야. 테사가 그랬어. 나를 얼마나 원하는지 모른다고. 불과 30분 전에 말이야."

녀석은 시간을 체크하듯, 아무 것도 없는 손목을 내려다보았다. 진짜 이 녀석은 쓰레기다.

"테사!"

이 거지 같은 녀석의 도발을 얼마나 더 참을 수 있을까, 테사를 불렀다.

집 안에는 정적만 감돌았다. 뒤이어 테사와 엄마가 웅얼거리는 소리가 들렸다. 잠시 눈을 감았다. 제발 캐롤이 테사에게 하룻밤 더 있으라고 설득하는 게 아니었으면 좋겠는데.

"어때, 돌아버릴 것 같지?"

제드 녀석이 실실거리며 약을 올렸다.

"네놈이 사만다랑 잤을 때 내가 어떤 기분이었을지 알겠냐? 네가 지금 느끼는 질투보다 천 배는 더 나빴어."

녀석은 내 마음이 어떤지 안다는 듯이 굴었다. 나는 지겨운 눈빛으로 쏘아붙였다.

"분명히 말했다. 입 닥치고 나가라고. 너나 사만다한테 관심 없어. 걘 너무 쉬운 애였어. 그래서 그렇게 된 거야."

제드가 내게 한 발짝 다가왔다. 나는 허리를 똑바로 펴고 섰다. 신장 면에서 내가 녀석보다 훨씬 우월하다는 걸 상기시켜주었다. 이제 내가 엿 먹일 차례다.

"왜 이래? 소중한 사만다 얘기를 듣는 게 싫어?"

제드의 눈빛이 어두워졌다. 그만하라고 경고하는 듯했지만, 나는 무시했다. 테사와 키스한 걸 무슨 뇌관이라도 되는 양 이용해먹으려고 한 거야? 뭘 몰라도 한참 모른다. 자기한테 폭탄 한 개가 있다면 나한테는 무기고가 있다는 걸 녀석은 모른다.

"입 닥쳐."

이번에는 손을 쓸 필요도 없겠다. 말로도 충분히 공격이 가능하니까.

"왜?"

테사가 아직 방에 있는지 확인하려 복도 쪽을 힐끔 보았다. 그 사이 제드를 조져놔야지.

"내가 걔랑 잤던 날 밤 얘기, 궁금하지 않아? 사실 잘 기억도 안 나. 근데 걔가 그걸 다이어리에 적을 때 들었던 신선한 느낌은 기억나. 걔 는 그닥 인상적이진 않았지만 최소한 열정적이긴 했지."

제드가 얼마나 그 여자한테 빠져 있었는지 잘 안다. 아마 그래서 더 그 여자를 정복하고픈 욕구가 생겼던 것도 같다. 그러다 제대로 발목 이 잡혔다. 그 여자가 제드를 버리고 매달렸기 때문이다.

"어쨌든 내가 걜 정신 나가게 만든 건 맞나 봐. 그랬으니까 나중에 임신이니 뭐니 하면서까지 들이댔지. 너도 기억나지?"

　잠깐, 아주 잠깐 동안 말을 멈췄다. 그리고 생각했다. 녀석이 그 사실을 알고 나서 기분이 어땠을지. 무슨 생각으로 그 여자를 가지려고 기를 쓰고 달려들었는지 잘 모르겠다. 둘이 사귀고 있었고, 그 여자 입에서 제드의 이름이 나온 걸 들었다. 반스 출판사 복사실에서였다. 그러자마자 바로 구미가 당겼다. 그때는 제드를 안 지 불과 몇 주 안 됐을 때였다. 그냥 제드를 골탕 먹이면 재밌을 것 같았다.

　"네 녀석이 내 친구인 줄 알았다."

　내뱉는 말조차도 딱하구나, 제드.

　"친구? 그 패거리 중에 네 친구는 아무도 없었어. 나도 널 잘 알지 못했고. 개인적인 악감정은 없었다."

　복도 쪽을 살폈다. 테사가 없는 걸 확인하고는 가까이 다가가 녀석의 멱살을 움켜쥐었다.

　"스테파니가 너한테 레베카를 소개시켜줬을 때도 전혀 개인적인 악감정이 없었던 것처럼 말이야. 갠 노아가 레베카를 만나고 있단 사실을 알았어. 개인적인 악감정은 테사를 따먹으려던 네 녀석한테나 있었지. 테사가 나한테 어떤 의미인지 뻔히 알면서. 너한테 그런 헤픈 직장여성이 의미하는 거랑 다르게 말이야."

　눈 깜짝할 새에 녀석이 나를 힘껏 밀었다. 나는 벽에 가서 세게 부딪혔다. 사진 액자들이 덜컹대며 바닥으로 떨어졌다. 테사와 엄마가 복도로 뛰쳐나왔다.

　"엿이나 먹어! 나도 테사랑 잘 수 있었어. 너만 안 나타났으면 그날 밤 난 걔를 그냥 먹을 수 있었다고!"

제드가 내게 주먹을 날렸다. 테사는 겁에 질려 몸을 움츠렸다. 입 안에서 비릿한 피 맛이 났다. 입에 고인 침을 삼키고 소매로 입술과 턱을 문질렀다.

"제드!"

테사가 나를 향해 달려들며 제드를 나무랐다.

"나가! 당장!"

테사는 두 주먹을 쥐고 제드의 가슴을 밀어젖혔다. 나는 가만히 테사를 잡아, 둘 사이를 떼어놓았다.

테사가 녀석에게 그런 식으로 말하는 걸 들으니 희열이 일었다. 내가 내내 경고하던 게 바로 이런 거다. 제드 녀석은 절대 착하고 순수한 놈이 아니다. 그건 그저 테사 자신이 만들어낸 틀이었을 뿐이다.

물론, 녀석이 테사한테 일말의 감정이 있었던 건 안다. 나도 눈치가 전혀 없는 건 아니니까. 그렇다 해도 녀석의 의도는 다분히 불순했다. 그걸 제 입으로 테사한테 까발린 거다. 어찌 기쁘지 않을 수 있겠는가. 그래, 나 이기적인 인간이다. 부정하지 않겠다.

제드는 아무 말 없이 현관문을 열고 쏟아지는 빗속으로 나가버렸다. 녀석이 집 앞 도로에서 사라질 때까지 창밖에서는 헤드라이트 불빛이 환히 빛났다.

"하딘?"

테사의 목소리는 부드러웠지만 기운이 다 빠진 듯했다. 우리는 나란히 택시 뒷자리에 앉아 있었다. 거의 한 시간이 지날 때까지도 테사와 나는 아무 말도 하지 않았다.

"응?"

목이 잠겼다. 헛기침을 하며 목청을 가다듬었다.

"사만다가 누구야?"

테사 엄마네 집을 나설 때부터 이 질문이 언제 나올까 기다리고 있던 참이다. 거짓말을 할 수도 있다. 제드를 쓰레기로 만들 수 있는 이야기를 꾸며낼 수도 있다. 아니, 이번만은 솔직해져야 한다.

"반스 출판사에서 인턴십 하던 여자야. 그 여자가 제드랑 사귈 때 내가 그 여자랑 잤어."

거짓말을 하지 않기로 마음먹었다. 허나 거침없는 내 말에 테사가 움찔하는 바람에 살짝 후회했다.

"미안, 다 솔직하게 말하고 싶었어."

분위기를 가라앉히려고 사과를 덧붙였다.

"그 여자가 제드 여자친구인 걸 알면서도 그 여자랑 잤다는 거야?"

테사는 내 눈을 똑바로 쳐다보았다.

"응, 그래서 잔 거였어."

약간 찔리는 표정으로 어깨를 으쓱해 보였다.

"왜?"

테사는 자신이 이해할 만한 대답이 나오길 바라는 눈치였다. 하지만 그런 답이 있을 리 없다. 그저 진실만이 있을 뿐이다. 추잡하고 더러운 진실.

"변명할 여지는 없어. 그냥 그건 게임 같은 거였어."

한숨을 내쉬었다. 내가 그런 쓰레기 같은 인간이 아니었다면 좋았을 텐데. 제드나 사만다를 위해서가 아니라, 오로지 이 사랑스럽고 아름다운 여자를 위해서 말이다. 이런 상황에도 비난이 아니라 납득할 만한 설명을 기다리는 이 여자를 위해서.

"너를 만나기 전, 나는 지금 같은 놈이 아니었어. 잊고 있었구나. 네가 생각하는 그런 놈이 아니었다고. 그래, 지금도 내가 구제 불능 같겠지. 그래도 날 좀 믿어줘. 당시의 내가 어떤 놈인지 알았더라면 넌 나를 훨씬 더 증오했을 거야."

나는 창밖으로 시선을 돌렸다.

"내가 그런 놈인 줄 몰랐다는 거 알아. 넌 정말로 나를 많이 도와줬어. 넌 내게 살아야 할 목표를 줬어, 테스."

테사의 한숨 소리가 들렸다. 내 얘기가 어떻게 들렸을지 생각하니 어깨가 움츠러들었다. 한심하고 위선적으로 들렸을 거다.

"그래서 지금의 네 목표는 뭔데?"

한밤의 적막을 뚫고 테사의 작은 목소리가 들렸다.

"그걸 알아내려고 노력 중이야. 알아내고 말 거야. 부탁인데, 제발 내가 그 답을 알아낼 때까지 내 곁에 있어주면 안 돼?"

테사는 나를 쳐다보았지만 아무 말도 하지 않았다.

그것만으로도 고마웠다. 면전에서 거절했다면 나는 견뎌내지 못했을 거다. 고개를 돌려 창밖의 칠흑 같은 어둠을 응시했다. 테사는 끝내 절망적인 말을 하지 않았고, 나는 그것만으로도 너무 기뻤다.

〈8권〉으로 이어집니다.

wattpad

세상 모든 이야기가 살고 있는 곳

전 세계의 다양한 작가들이 쓴
수백만 개의 이야기를
만나 보세요.

앱을 다운로드하거나 아래 사이트에 접속하세요.
www.wattpad.com